W0203761

Drive me insane

ALFREDA ENWY

DRIVE ME INSANE

ROMAN

© 2024, HarperCollins France.

Tous droits réservés, y compris le droit de reproduction de tout ou partie de l'ouvrage, sous quelque forme que ce soit.

Toute représentation ou reproduction, par quelque procédé que ce soit, constituerait une contrefaçon sanctionnée par les articles 425 et suivants du Code pénal.

Cette œuvre est une œuvre de fiction. Les noms propres, les personnages, les lieux, les intrigues sont soit le fruit de l'imagination de l'auteur, soit utilisés dans le cadre d'une œuvre de fiction. Toute ressemblance avec des personnes réelles, vivantes ou décédées, des entreprises, des événements ou des lieux serait une pure coïncidence.

HARPERCOLLINS FRANCE
83-85, boulevard Vincent-Auriol, 75646 PARIS CEDEX 13.
www.harlequin.fr

ISBN 978-2-2804-9890-6 — ISSN 2271-0256

Playlist

Drive You Insane – Daniel Di Angelo
Shut Up and Drive – Rihanna
A Real Hero – Electric Youth, College
Nightcall – Kavinsky
Into Too Deep – Sum 41
all-american bitch – Olivia Rodrigo
Friday I'm In Love – The Cure
Yes or No – Jungkook
Kings & Queens – Ava Max
Speed Drive – Charli XCX
Lose Yourself – Eminem

MANFREDI

FORMULA 1 TEAM

NOTE DE L'AUTRICE

Avant toute chose, sachez qu'il n'y a dans ce livre aucun pilote ni aucune écurie célèbre. Je n'avais pas envie d'en privilégier une plus qu'une autre même si avec mon papa on avait un faible pour Ferrari et McLaren. La *team* de Jesse est donc une invention et les pilotes qu'il affronte sur les pistes aussi. Je n'avais nullement prétention à hisser mon héros au rang d'un Max Verstappen, d'un Lewis Hamilton ou encore d'un Charles Leclerc (ou encore d'un Fernando Alonso, n'est-ce pas Gaëlle !)

Le reste en revanche est, je l'espère, fidèle à l'univers de la Formule 1.

Et par avance, pour toutes celles qui n'aiment pas les blonds, je suis désolée, mais je suis certaine que le petit côté norvégien de Jesse Størm vous fera craquer… (promis, ils sont blond foncé.)

Bonne lecture.

Love,

Alfreda.

« Si tout semble sous contrôle,
c'est juste que vous n'allez pas assez vite. »

MARIO ANDRETTI

Prologue

Jesse

Mes yeux tombent sur elle.

Vêtue d'un bleu de travail à l'effigie du club, les cheveux attachés en une queue-de-cheval et les mains pleines de cambouis, elle fait la maintenance des karts qui ont servi aujourd'hui.

J'évite de trop la regarder pendant la journée.

J'évite même de lui parler, parce qu'elle est... de plus en plus belle. J'essaye de l'ignorer car c'est mon amie, c'est la fille de l'homme que je considère comme un mentor. Et qu'il serait malvenu de la courtiser, ou même de vouloir l'embrasser.

— Je comprends que tu m'admires et que tu as tout à apprendre de moi mais, Jesse, les karts ne vont pas se nettoyer tout seuls.

Elle me tire de mes pensées. Ava a un franc-parler que les autres n'ont pas, et c'est une chose qui me plaît. Nos regards se croisent ; elle replace une mèche qui s'est échappée de sa queue-de-cheval, se maculant de cambouis au passage.

— Je vérifiais juste que tu faisais correctement les choses, Ava-*da Kedavra*.

Elle me balance un vieux linge couvert de graisse à la figure.

— Ne m'appelle pas comme ça. Et le jour où j'aurai besoin que tu supervises mon boulot, je te ferai signe.

Elle tire la langue.

Elle a quinze ans, mec. T'en as dix-sept.

Pourtant ça ne m'empêche pas de la trouver belle. Je m'avance vers elle pour l'aider à faire l'entretien des karts. Son père nous a tout appris en même temps. Pour ça, elle est aussi passionnée que lui. Que moi. C'est la seule fille que je connaisse qui n'a pas peur de se salir les mains, qui parle de bagnoles avec passion. Elle est douée en plus, elle m'a même déjà battu à plate couture sur les pistes. On regarde souvent les compétitions de Formule 1 ensemble.

Je rêve d'y participer.

Je rêve d'être pilote.

Depuis de nombreux mois maintenant je cours en Formule 3. Quand je me suis fait repérer, j'étais probablement le plus heureux au monde. Conduire une voiture autrement plus puissante qu'un kart, c'était euphorisant. Ça n'a fait que renforcer ma foi en mes capacités, mes convictions que j'étais fait pour aucun autre métier au monde. Ma vocation c'est de piloter coûte que coûte. Mais mon rêve ultime, c'est de fouler les circuits des Grands Prix de Formule 1 et de laisser mon empreinte dans l'histoire de ce sport.

— Jesse, c'est pas en lambinant que les karts vont se nettoyer.

Kirk me regarde avec un sourire.

— Désolé, Boss !

— Je ne sais pas à quelle jolie fille tu penses, mais concentre-toi, tu auras le temps plus tard.

Ava me lance un regard en biais.

Si seulement il savait.

Si seulement elle savait.

Je ne peux pas rêver de la fille de mon mentor. Je me force à me mettre au travail. Il faut contrôler le niveau d'eau du radiateur, inspecter tous les serrages, nettoyer tous les organes du kart et s'occuper du moteur.

J'ai déjà gagné plusieurs championnats de karting, j'ai remporté la médaille d'or aux championnats du monde grâce à Kirk qui m'a laissé ma chance. Quand je me suis pointé chez lui avec mon culot, il m'a regardé des pieds à la tête avant d'éclater de rire. Et de finalement me dire oui. Le *deal* c'était que je travaillais pour lui, en échange, j'avais le droit de venir m'entraîner. J'aime cet endroit plus que tout au monde. Plus encore que le lycée.

— Il n'en reste plus que deux.

On se regarde, et j'ignore pourquoi, mais dans une étrange symbiose, une lueur de défi naît dans nos yeux.

— Je te parie que je termine le nettoyage avant toi.

Je ricane.

— T'as aucune chance contre un futur pilote de Formule 1, je balance avec un sourire charmeur.

— Ni toi face à celle qui dirigera cet endroit un jour. J'étais là, avant toi, je suis plus douée, ajoute-t-elle en souriant à son tour.

— Paris tenu. Si je gagne… je t'embrasse.

Ses grands yeux bleu neige s'agrandissent, et ses joues se colorent. Je ne l'avais encore jamais vue comme ça.

— Tu as besoin d'un pari pour ça ?

Ses mots me font l'effet d'un *shoot* d'adrénaline, comme lorsque je pilote une Formule 3.

C'est la fille de mon boss, de mon mentor.

C'est un interdit, un fruit défendu.

La raison et la passion mènent une bataille féroce en moi, tandis que ses yeux me supplient de ne pas me débiner. Je tranche sans le moindre scrupule et je m'approche d'elle. Puis, au milieu des karts, je l'embrasse pour la toute première fois.

Chapitre 1

Ava

— Si j'étais un jour de semaine, je serais probablement un mardi. Tout le monde se fout du mardi.

— Ah bon ?

Tilda me lance un regard désespéré avant de gémir exagérément. Elle a un léger côté *drama queen* parfois.

— Mais oui… Ce n'est ni le lundi que tout le monde déteste, ni le mercredi qui coupe la semaine. Non, le mardi est inintéressant, personne ne parle de lui. Et quand on ne parle pas de quelqu'un ou de quelque chose, c'est que c'est nul.

Je me retiens de rire.

— J'ignorais qu'il y avait un paria dans les jours de la semaine.

— C'est normal tu es un vendredi ou un samedi, toi.

— Tilda, tu as conscience que ce tu dis n'a aucun sens ? C'est n'importe quoi.

Ma meilleure amie secoue la tête de façon tellement théâtrale qu'elle filerait des complexes à n'importe quelle actrice.

— Attends, je vais regarder quel jour je suis née. Si ça se trouve, je suis née…

Elle pianote sur son portable, alors que je sirote mon cocktail, heureuse d'être enfin en week-end.

— Ah bah voilà ! s'écrie-t-elle en attirant tous les regards. Je suis née un mardi, condamnée dès la naissance.

Je ne peux pas m'empêcher de glousser comme une idiote. Elle en dit des conneries parfois, mais pour rien au monde je ne voudrais qu'elle change. Cette nana est un rayon de soleil. Nous prenons un verre ensemble tous les vendredis soir, après le boulot. Enfin, elle me paye un verre... Quand j'étais gosse, j'avais un métier de rêve en tête, et c'est certain que ce n'était pas démarcher des gens au téléphone pour leur vendre des aspirateurs. Je déteste mon boulot, être enfermée dans une box avec autant de coups de fil à passer par jour, autant de chiffres à faire... mais, comme tous les jobs, ça paye. Et j'ai besoin d'argent.

— Donc tu deviens un mardi juste à cause d'un mec ?

Elle soupire exagérément et, telle la diva qu'elle est, elle s'affale au comptoir avant de boire une gorgée de son mojito.

— Il n'est même pas venu, ou alors il m'a vue et il est parti... Celui d'avant ne m'a même pas rappelée. Je crois que je vais faire une pause dans les rendez-vous.

Pas bête.

— Les mecs sont débiles, ça ne date pas d'aujourd'hui. Faire une pause, ce n'est pas plus mal. Après tout, il vaut mieux être seule que sortir avec un mufle.

Tilda tourne la tête vers moi, l'air dépité. Je sais qu'elle n'a pas eu de rendez-vous satisfaisants depuis longtemps et que ça la mine. Contrairement à moi, elle aime les relations, elle aime les gens et faire des rencontres. Pour ça, je suis son total opposé.

— J'ai un boulot de merde, je ne trouve pas de mecs parce qu'ils pensent que je suis contagieuse, je crois que quelqu'un utilise la magie vaudou contre moi.

— Heureusement tu as une amie formidable sur qui tu peux compter, je déclare pour la faire sourire.

Tilda est atteinte de vitiligo, cette maladie qui se caractérise par une dépigmentation totale de la peau et qui aboutit à la formation de plaques blanches. Elle en a une sur le front qui englobe un peu son sourcil, ce qui l'a rendu partiellement blanc ; une mèche de ses cheveux également est toute blanche et elle a une autre plaque qui s'étend de son menton à son cou. Et d'autres encore sur le corps qu'on ne voit pas forcément quand elle est habillée. Elle souffre de cette maladie depuis l'enfance et elle n'en guérira jamais, mais elle n'est en rien moche ou contagieuse comme le pensent les gens. Je sais que le poids des regards est lourd pour elle mais, moi, je la trouve magnifique. Son corps est une toile peinte différemment, unique.

— Ils ne voient jamais plus loin que le bout de leur bite.

— C'est pour ça qu'ils sont si cons, leur vision est très limitée.

Je ris.

Mon amie esquisse enfin un sourire.

Je n'aime pas qu'elle se rabaisse et se déprécie parce que les gens sont stupides. Je les déteste d'avoir cette possibilité de nous rendre aussi vulnérables parfois. Comment de parfaits inconnus acquièrent-ils un tel pouvoir ?

— Si on partait en voyage, on irait où ? demande Tilda.

— À Bali, aux Philippines ? je propose. Dans un endroit où il fait chaud, avec un paysage tellement magnifique qu'on dirait du Photoshop.

— Dans ces bungalows sur pilotis dans l'eau ?

— Exactement !

Les yeux de Tilda brillent.

— On se nourrirait de fruits, de poissons et de cocktails. On lirait toute la journée et on posterait sur Instagram pour rendre jalouse les copines qui bossent.

Si seulement.

Si seulement c'était possible.

— On devrait se promettre de faire ça un jour, ajoute Tilda. On le mérite.

Elle a raison.

— Ce soir, on devrait fermer les yeux et prier pour que le destin nous y envoie.

Nous continuons de rêver à cette vie un peu folle que nous ne pouvons pas nous offrir. Partir en vacances est impossible pour moi. Tilda ne roule pas sur l'or, mais elle n'est pas dans la dèche comme moi. Pourtant, on ne désespère pas un jour de pouvoir aller se dorer la pilule ailleurs qu'ici, loin de notre train-train quotidien.

Après deux cocktails, nous rentrons à la maison. Nous n'habitons pas ensemble, mais dans le même immeuble. Nous avons déjà songé à ne louer qu'un appartement, mais Tilda a trop d'objets, moi aussi, et surtout il n'y a qu'une chambre dans nos appartements… de ce fait, on se retrouve souvent chez l'une ou l'autre pour passer la soirée ensemble.

— Oh ! Attends ! s'exclame Tilda.

Nous nous arrêtons devant le kiosque à journaux. Le vendeur nous remarque à peine, il a les yeux rivés sur une tablette qui semble diffuser un match de baseball. Je laisse mon regard traîner sur la ribambelle de magazines qui trônent sur le portique. Politique, sport, beauté, *people*, faits divers… il y en a pour tous les goûts. Même de la pornographie. Je me demande qui achète encore ça avec tout ce que propose Internet ? Tout est accessible. Je ne peux m'empêcher de jeter un œil au GP Racing, un magazine spécialisé en F1, car mon père l'achetait tous les mois. La couverture est consacrée à un coureur italien du nom de Dario di Marano. Je poursuis mon exploration. Mon attention est attirée par plusieurs magazines *people* racoleurs dont les unes portent sur nul autre que Jesse Størm. La presse sportive et le monde de la Formule 1 le décrivent comme un prodige de la course. C'est surtout le chouchou des filles… ce qui explique sans doute pourquoi il apparaît presque chaque semaine dans ce genre de magazines qui évoquent ses frasques sexuelles ou les soirées mondaines dans lesquelles il semble toujours être fourré.

Cette fois-ci, il est en compagnie d'une femme sur tous les clichés, dont on aperçoit les fesses alors qu'elle est assise à califourchon sur ses cuisses. Ils semblent être dans une voiture en train de forniquer.

C'est à gerber.

Je n'ai jamais compris cette presse qui ruine la vie des stars avec leur photos racoleuses.

Jesse Størm n'a pas de limites.

Sortie de route pour Jesse Størm.

Jesse Størm est-il un sex addict ?

Qui est la nouvelle conquête de Størm ?

Jesse Størm arrêté en plein coït.

Et j'en passe encore.

Autant de titres racoleurs et de photos plus ou moins suggestives des fesses de cette nana et d'eux à travers les vitres de ce qui ressemble à un coupé sport. Mais qui ça intéresse, bon sang ? Qui ça peut bien passionner de savoir qui couche avec qui ? Personnellement, ça me passe au-dessus de la tête. Il n'y a vraiment rien de pire que la presse à scandale. C'est tellement toxique.

— Ah ! Je l'ai trouvé ! s'exclame Tilda.

Je la rejoins.

Tous les mois, elle s'achète *True Beauty*, un magazine pour les beautés plurielles, qui parle de diversités, d'inclusions et de toutes les femmes. Pas juste de celles qui font du 36. Et elle en prend toujours un autre sur le stylisme, car c'est une de ses passions. Elle voulait entrer dans une école, mais plusieurs banques lui ont refusé son prêt. Alors elle se fait seule, en regardant des tutoriels sur le Net, en lisant des magazines.

Tilda paye sa revue, et nous nous remettons en route à travers les rues de Denver. Le bar n'est pas très loin de notre immeuble. Je n'ai pas de voiture, je l'ai revendue il y a plus d'un an, je n'avais plus les moyens d'assumer les frais, l'essence et l'assurance. Le bus me revient moins cher et comme tous les magasins nécessaires pour la vie courante sont à proximité, ce n'est pas plus mal.

Nous marchons jusqu'à notre immeuble. Comme c'est le

week-end et qu'il fait bon, les gens sont dehors. Il n'est pas très tard, mais je suis déjà usée. Je dois avouer que j'ai de plus en plus de mal à me lever le matin pour aller au boulot. Ce n'est pas le job le plus terrible, mais j'y vais à reculons. Il y a tellement longtemps que je bosse juste pour payer mes dettes que j'ai oublié ce que je voulais vraiment faire. Enfin pas vraiment, je bosse pour rattraper mon rêve.

Je me gifle mentalement.

— Tu as prévu quelque chose ce week-end ? je demande à Tilda.

Elle hoche la tête en glissant son bras sous le mien.

— Je vais probablement, aller chiner de vieilles fringues pour mes patrons. J'ai dessiné un croquis, j'ai l'impression que ça pourrait être beau.

Pour une fois qu'elle ne se dénigre pas ! Je peux confirmer et assurer qu'elle est douée. Elle l'est ! Mais elle n'y croit pas vraiment, elle a ce syndrome de l'imposteur. Si elle pouvait voir son travail à travers mes yeux... D'ailleurs, elle a créé pour moi un cardigan dont je suis complètement amoureuse. Dès que je le mets, les gens m'en font des compliments.

— J'ai hâte de voir ça, je dis, excitée. Tu as besoin de compagnie pour dénicher des merveilles ?

— J'ai toujours besoin de compagnie.

— Vendu ! Tu n'auras qu'à toquer à ma porte.

On se sépare pour entrer dans nos propres appartements. Quand j'entre, Patmol me fait la fête. Je me débarrasse de mes chaussures et dépose mes affaires sur la petite console dans l'entrée alors qu'il est toujours dans mes jambes.

— C'est qui le garçon à sa maman ? C'est qui le plus beau chien du monde ?

Il saute sur mes jambes en aboyant. Je le caresse amoureusement.

— Je te propose d'aller nous promener et ensuite on mange.

— Woof !

J'installe son harnais, puis nous sortons. Je n'avais pas prévu d'avoir un chien, mais comment résister à cette bouille ? Un coup de foudre. Cette boule de poils frisés était à vendre sur un marché aux puces pour dix dollars. On a eu des couacs lui et moi la première semaine, car il vouait un amour très mordant à mes chaussures, mais on a trouvé un compromis. Et maintenant, il se contente des balles et des jouets qui couinent.

Au rez-de-chaussée, je regarde dans ma boîte aux lettres que j'avais oublié d'ouvrir en rentrant. J'aurais peut-être dû m'abstenir, car les mots « relance » ou « impayé » qui sont tamponnés en rouge sur les enveloppes me filent le bourdon. Je trime comme une bourrique pour payer mes dettes, je travaille chaque jour de la semaine, mais j'ai l'impression que je n'arriverai jamais à régler le retard accumulé… qui ne fait qu'augmenter encore et encore. Comme un cercle vicieux. Parfois, j'ai envie de baisser les bras, d'autant que je trouve extrêmement frustrant d'avoir des dettes pour des factures médicales – entre autres.

— Woof !

L'aboiement de Patmol me sort de mes pensées. Nous sortons et prenons la direction du parc. J'ai toujours été optimiste, alors, je ne désespère pas qu'un jour j'arrive à m'en sortir.

Chapitre 2

Jesse

— Qu'est-ce que c'est que ça ? hurle Zayn en jetant une pile de magazines sur le comptoir de la cuisine.

J'ignore sa question rhétorique en me faisant un café.

— Jesse !

Je continue de l'ignorer, et en attendant que le café passe, je bois cul sec mon aspirine diluée dans l'eau. Il s'impatiente dans mon dos. Mais je ne me presse pas pour autant, je n'ai pas envie de me prendre la tête même si, vu son humeur, c'est inévitable. Peu importe que la presse à scandale parle de moi, je pense qu'il n'a pas à être aussi stressé et stressant dès le matin. Ce qui est fait est fait, il aura beau gueuler et s'agiter dans tous les sens, ça ne changera rien du tout.

— Jesse !

Je me tourne vers lui, l'air nonchalant. Il va péter une durite.

— Quoi ? je balance.

— « Quoi ? » Tu es vraiment en train de me dire « quoi » comme si je t'exaspérais ?

— Tes réactions démesurées de si bon matin me semblent effectivement un peu exagérées.

— Exa… « Exagérées », tu dis ?

— Respire, Zayn, tu prends les choses trop à cœur, ce n'est pas bien d'être stressé si tôt.

Il est tellement écarlate que ça contraste avec son costard hors de prix. Costard qu'il se paye grâce à moi. Ce qui me donne le privilège d'être décontracté alors qu'il s'angoisse pour nous deux.

— C'est quoi cette merde encore, tu veux bien m'expliquer ?

Je regarde enfin les magazines qu'il a jetés sur le comptoir et qui lui font péter un plomb. Il n'y a pas grand-chose à dire à ce sujet. Des photos de moi qui baise avec une nana, des titres racoleurs... il en a vu d'autres alors je ne vois pas pourquoi il pète un câble. Quoique, sur ces clichés, on voit le cul de la nana qui m'accompagnait. Tout ce tapage médiatique alors que je ne me rappelle même plus son nom...

— T'as rien à dire ?

— Tout ce que j'ai à dire c'est qu'on ne peut plus baiser tranquillement sans se faire prendre en photo...

— Jesse !

Visiblement ma réponse ne lui plaît pas, je trouve pourtant que ma repartie est plutôt bonne.

— Ce sont de belles photos de moi... quoique pas celle-là, ni celle-ci, je dis en brandissant le magazine. C'est mon mauvais profil. Les mecs ne savent même pas faire leur job correctement.

— Tu te fous de ma gueule ?

Je ricane et attrape mon café pour en boire une gorgée.

— Tu en veux un ?

— Volontiers que je puisse te le balancer à la tronche, histoire que ça te remette les idées en place.

Son cou est de plus en plus rouge. Il desserre les premiers boutons de sa chemise alors que sa petite pique me fait ricaner davantage.

— Zayn, calme-toi. Tu vas finir par clamser ou me faire un ulcère. J'ai encore besoin de toi, tu sais.

— Tu as conscience que si je fais une crise cardiaque c'est à cause de toi ?

Je hausse les épaules.

— Je suis sérieux, Jesse.

Le voilà le Zayn que je préfère, celui qui ressemble plus à mon meilleur ami qu'à mon agent. Celui qui gueule moins quand il parle. Il surveille mes arrières coûte que coûte, il gère ma carrière d'une main de maître, je dois bien l'avouer.

— J'en ai marre de tes conneries, j'en ai marre de toi ! Je ne sais même pas pourquoi je m'époumone à t'expliquer des choses que tu fais exprès de ne pas comprendre. Ni pourquoi je me casse encore le cul avec ta carrière.

— Pour répondre à ta dernière question, je dirais bien : pour le fric que je te rapporte. Tous ces pourcentages que tu touches grâce à moi, ces fringues de luxe que tu peux te payer, les bagnoles, les montres et les filles aussi et puis il y a la notoriété. Je pense que c'est pour ça que tu te casses le cul.

Il grimace.

Touché.

— Qu'est-ce que tu veux que je te dise ? Que je m'excuse d'avoir couché avec une fille ?

— Rien, je ne m'attends à rien puisque tu es égoïste.

Je prends mon café et vais m'asseoir sur mon canapé. J'entends que Zayn me suit.

— Si tu le dis, mais à titre personnel je trouve plutôt que ce sont les paparazzis qui le sont, je n'ai même pas pu aller jusqu'au bout de ma petite affaire.

Pas un sourire.

Dommage, je me sens en forme niveau repartie ce matin.

— Tu ne pouvais pas te trouver une putain de chambre dans n'importe quel hôtel de la ville ou alors chez toi, chez elle... partout sauf là où on allait te surprendre ?

— Elle avait envie de baiser dans une bagnole avec un pilote. Elle voulait se faire piloter, j'ai cédé à ses exigences. Je ne suis pas si égoïste que ça finalement.

Je ricane de ma propre blague. Zayn reste stoïque, excepté

cette ride d'inquiétude entre ses sourcils qu'il a quand quelque chose l'agace ou le fait trop réfléchir. Je me redresse.

— Mec...

Quand il commence comme ça, ce n'est jamais bon.

— Ça ne passe pas cette fois, c'est ça que tu ne comprends pas.

— Qu'est-ce qui ne passe pas ?

— Tes frasques, tes excès, ton comportement de merde. Ça ne passe pas auprès de la *team*. Ils en ont ras-le-bol de devoir rattraper tes conneries et d'avoir un branleur dans leur équipe.

Ils ne m'ont pourtant jamais viré, parce que je suis doué, parce que je suis bon et parce que je suis le chouchou de la presse malgré les scandales.

Chaque pub que je fais rapporte un max de fric.

Chaque gala, chaque émission auxquels je participe est un succès. Chaque marque que je porte, chaque chose que je promeus, le devient aussi. Il y a quelques semaines de ça j'ai fait un *live* sur TikTok, les nouilles que je mangeais étaient en rupture de stock dans plusieurs magasins dès le lendemain.

Et plus que tout, j'excelle dans mon métier. Je suis un pilote doué, j'ai ça dans le sang et quand bien même mes frasques sexuelles apparaissent dans la presse, ça n'entache en rien mes performances sur les circuits.

— Et donc ?

— Pardon ?

Zayn se laisse tomber dans le fauteuil en face de moi.

— Puisque tu es là, puisque tu gueules et puisque visiblement, j'ai eu l'indécence de me faire photographier pendant que je baisais avec une nana par des journalistes, c'est que tu as des choses à me dire.

— Faut que tu arrêtes, Jesse. Bordel, tu peux cesser de t'afficher avec des meufs différentes tous les soirs ?

Je pourrais éventuellement essayer, mais on pourrait aussi me foutre la paix. Ça m'a toujours fait halluciner cette fascination pour ma vie privée et cet acharnement à la rendre publique.

— Quoi d'autre ?

— Ils veulent des excuses. Lors d'une conférence de presse, tu diras que tu es désolé que de telles photos soient apparues dans la presse et blablabla. T'as même pas à t'emmerder à faire un vrai discours, on va t'en écrire un. Tu n'auras qu'à l'apprendre par cœur et faire du Jesse Størm pour les charmer.

Je lève les yeux au ciel, déjà gonflé par cette idée à la con, mais s'il faut le faire pour leur faire plaisir alors je le ferai.

— Ils veulent aussi que tu...

Vu qu'il prend une pause, ça veut dire que je ne vais pas aimer ce qu'il va m'annoncer. Les secondes paraissent s'éterniser.

— Accouche ! je grogne.

— Ils veulent que tu fasses une cure de désintoxication sexuelle pendant un mois.

J'éclate de rire. Autant les excuses publiques, pourquoi pas, autant ça, ça relève de la connerie universelle.

— Tu rigoles ? Un mois ? Je te signale qu'il reste un mois avant le championnat, Zayn. Et je fais quoi si je ne m'entraîne plus, tout ça pour...

— Non. Je suis désolé, Jesse, je ne fais que te répéter ce qu'on m'a dit, répond Zayn. Tu fais tes séances de cure et tu sors quand tu dois t'entraîner...

Il est sérieux, cela dit, je le connais assez pour savoir qu'il ne me dit pas ça pour rien. Dans tous les cas, c'est *niet*.

— Il est hors de question que je fasse ça, c'est n'importe quoi. C'est une putain de perte de temps. Qui a pondu une idée aussi débile ?

— Visiblement, c'est Julian.

Julian Manfredi, fils de Silvio Manfredi dont il a repris les fonctions de directeur général à la mort de ce dernier il y a trois ans de ça. Et donc, techniquement mon boss, puisque c'est pour sa *team* que je pilote. Peu importe que ce soit mon boss et qu'il ait tous les pouvoirs, je refuse catégoriquement de faire ce qu'il veut.

— Je ne suis pas un malade sexuel.

— Mec, tu as une meuf différente dans ton pieu quasiment

tous les soirs, tu changes de nanas comme de costume... et ça ne donne pas une belle image de toi.

— Je m'éclate, bordel !

— Je le sais.

Et là c'est l'ami plus que l'agent qui me répond.

En plus, Zayn n'est pas mieux que moi, il enchaîne les nanas lui aussi, mais il n'est pas sur le devant de la scène. Son image, l'écurie s'en moque.

— En quoi le fait de baiser tous les soirs est intolérable ? En quoi c'est différent du mec qui rentre baiser sa femme tous les jours ?

— Il baise la même.

— C'est son problème.

— Il baise la même, il ne se montre pas, il n'est pas célèbre.

Je soupire en passant une main dans mes cheveux longs.

— Je peux avoir les nanas que je veux, et il faudrait que je me case juste pour faire plaisir ? C'est absurde. Il est hors de question que je fasse cette cure de merde, ils peuvent faire une croix dessus.

Zayn reste étonnamment silencieux et se redresse soudain pour faire les cent pas. Quand il fait ça généralement, c'est qu'il a une idée en tête. Je me vautre davantage sur le canapé. Je comprends que ces torchons salissent mon image et celle de mon écurie, mais de là à me traiter de *sex addict*...

— Tout ce qu'ils veulent, c'est que tu t'assagisses, que les magazines *people* cessent de te coller à la une tous les quatre matins pour parler de ta nouvelle conquête. Il te faut une meuf.

— Je dois arrêter les meufs ou continuer ? Tu divagues...

— Non, t'as pas compris, me coupe-t-il. Puisque te mettre en couple relève de l'impossible avec toi, il te faut une fausse copine. Une fille que tu présenterais comme ta compagne, qui jouerait le jeu.

— Je ne pige pas.

— Une nana payée pour faire semblant d'être la femme de ta vie. Elle serait présente pendant les courses, on vous verrait en amoureux dans un resto, elle serait avec toi à la soirée de gala organisée dans deux semaines. Il faudrait que votre relation dure au moins un mois, peut-être même deux, voire… le temps de la compétition… Histoire de montrer qu'elle est sérieuse… Comme ça la presse te fout la paix, la *team* aussi et ensuite vous vous séparez et, toi, tu baises discrètement après ça sans tout étaler aux yeux de la presse.

J'ai dû mal à voir où il veut en venir et à comprendre comment ça pourrait améliorer mon image étant donné qu'il va bien falloir mettre fin à cette mascarade à un moment ou un autre.

— Zayn…

— Ton image salit la marque, alors il faut la redorer.

— Avec une fausse petite amie ?

Il hoche la tête et s'arrête pour contempler la vue depuis la baie vitrée.

— Il faut qu'elle soit belle, mais pas vulgaire. Avec un charisme qui fera craquer la presse et donnera aux femmes l'envie de s'y attacher. Une fille qui n'est pas issue du showbiz de préférence, mais avec assez de force et de prestance pour passer devant les caméras. Qu'elle soit prof, infirmière… un métier qui attire la sympathie.

— Mais tu t'entends ? Tu es complétement sexiste là…

Zayn pianote sur son portable.

Je le laisse faire, en terminant mon café.

— Je n'ai pas envie de me taper la présence d'une meuf que je ne connais pas et dont je devrai faire semblant d'être amoureux. Ton idée est bancale.

— C'est ta dernière chance, Jesse.

— Choix à la con !

— Admets que les photos ne sont pas flatteuses. Pris en flag de baise dans ta caisse sur un parking. Tu es pilote de F1, tu as une écurie, une image à préserver. Si encore, c'était ta première frasque mais, toi et moi, on sait très bien que non.

Je soupire. Parce qu'il a raison et que cette conversation commence à me taper sur le système.

— Tes sponsors en ont marre et tu ne peux pas leur en vouloir. Ils auraient pu te virer malgré le contrat, ils auraient pu mettre un *rookie*[1] à ta place.

— Ils ne l'ont pas fait, parce que je suis exceptionnel quand je pilote.

— Exactement. Tu es exceptionnel, mais t'as pas trop le choix. Ou tu t'excuses et tu vas en cure pour prouver que tes excuses sont sincères. Ou tu t'excuses, tu fais profil bas quelques jours et tu dévoiles au monde entier ta fausse copine.

— Faut que je réfléchisse.

— T'as pas le temps de jouer les divas, Jesse.

Quitte à choisir entre une fausse meuf et une *rehab* de sexe, autant choisir la meuf, même si je n'ai nullement envie de me pavaner aux bras d'une nana que je ne connais pas et encore moins de faire semblant d'être en couple avec elle.

— Je vais prendre un peu de temps quand même.

1. Rookie désigne une personne qui fait ses premiers pas dans un sport, c'est une nouvelle recrue

Chapitre 3

Jesse

Zayn me tanne depuis trois jours. Je persiste à ne pas donner de réponse.

Cure de désintoxication sexuelle ou mascarade du faux couple ? Les deux options me prennent la tête. Je continue de penser que je n'ai rien fait de mal et que pour une simple paire de fesses, ça prend des proportions un peu trop extrêmes à mon goût.

— Tu es l'un des meilleurs pilotes de ta génération, tu es exceptionnel quand tu es sur les pistes, c'est bien pour ça que je refuse de te laisser t'en aller, mais ces torchons dans la presse, c'est non.

Le regard de Julian me transperce. Il est calme, mais je le sens à cran, un peu furieux. Zayn avait raison, ce scandale est peut-être celui de trop. Mais encore une fois je ne comprends pas ce qu'il y a de mal là-dedans tant que j'exerce mon métier avec excellence.

La voix de Zayn s'insinue dans mon esprit en me disant que c'est plus que ça... et qu'il y a tout un monde autour de moi et que je ne suis pas seul.

— C'est juste du cul, je soupire finalement.

Julian tape du poing sur son immense bureau en bois. Sur les murs derrière lui, des photos des monoplaces de la *team* d'années en années. Des photos de moi et d'autres coureurs aussi. Ainsi qu'un immense cliché de son père et lui.

— Ce n'est pas juste du cul, Jesse. Ce n'est pas la première fois que tu apparais dans les magazines avec des inconnues qui, sans vouloir être vulgaire, ressemblent à des *escort girls*. C'est presque devenu systématique. T'es jeune, tu profites. Au début c'était OK mais, maintenant, tu apparais au moins une voire deux fois par semaine dans ces torchons à trois balles qui te font une réputation de merde et qui desservent ma putain de marque.

— Je ne suis pas leur père, elles s'habillent comme des grandes. Et je n'y peux rien si la presse cherche toujours à débusquer mes conquêtes.

— Arrête de sortir tout simplement, tiens ta bite en laisse. Abstiens-toi de baiser dans ta bagnole, abstiens-toi de toujours tout faire pour apparaître dans la presse.

Je soupire.

Au rythme où vont les choses, j'ai l'impression que je ne vais pas y couper. Je vais devoir faire un choix.

— Je ne vois pas pourquoi on me reproche de vivre ma putain de vie, alors que je suis exceptionnel quand je pilote. J'ai terminé à la deuxième place du classement l'année dernière, j'ai fait plus de podium que l'année précédente. Je m'entraîne tous les jours...

— C'est vrai tu es excellent, mais quand ton comportement hors des pistes de course nuit à mon image ça me pose un sérieux problème. L'excellence ça ne suffit plus.

— Tu me vires, c'est ça ?

— Non, je te propose des options que ton agent a déjà dû te soumettre. Les excuses bidon que tu sers dans la presse pour faire bon genre, ça ne passe plus. Il faut plus. Puisque les gens pensent que tu es un *serial fucker* comme ils le disent, il faut corriger ça.

— Je ne ferai pas de cure.

— Alors fais semblant d'être fou amoureux, je m'en tape, du moment que pour le reste de la saison je ne vois plus un seul article dans la presse te desservant. Des gars qui en veulent et qui sont capables de contrôler leurs pulsions, ça se bouscule au portillon.

Des gars il y en a, ça je sais, mais je ne leur céderai pas ma place si facilement.

— Tes adversaires, sont presque tous en couple ou alors pères de famille et ceux qui sont célibataires ne se comportent pas comme toi.

Je reste silencieux. Je ne sais pas trop quoi dire.

— Ressaisis-toi, bordel. Pense à la *team* et à ton image. Pense aux sponsors qui peuvent nous lâcher s'ils estiment que tu es un danger pour leurs produits. Et pense à moi, tu crois que j'ai que ça à foutre de mes journées ? Tu crois que j'ai envie de gérer une merde pareille ? J'ai autre chose à faire Jesse. Donc, tu fais cette interview, tu fais cette cure à deux balles ou autre, je n'en ai rien à foutre, mais je ne veux plus voir ta tronche dans les magazines, excepté pour des choses positives.

Je déteste me faire congédier d'un bureau comme si j'étais une grosse merde, je déteste encore plus qu'on me prenne pour un moins que rien. Ils sont tous hypocrites. Zayn se tape autant de meufs que moi, Julian a toujours des petites secrétaires et assistantes personnelles de moins de vingt-cinq ans… et c'est moi qui m'en prends plein la tête, parce que c'est mon image qui est diffusée partout. La Formule 1 a toujours été un sport plus ou moins machiste voire sexiste. Les filles qui traînent dans les paddocks sont souvent jeunes et jolies. Mais on oublie souvent que des femmes se sont illustrées au même rang que les hommes dans la compétition automobile et parfois même en Formule 1. Et que depuis quelques années les *grid girls* n'existent plus... personnellement je trouve ça mieux. J'ai toujours trouvé que, quelque part, ce rôle de *grid girls* était un peu dégradant et plutôt destiné à satisfaire le seul plaisir des yeux des hommes.

— Tout va bien ? demande Zayn.

Il me regarde avec une pointe d'inquiétude alors qu'on s'installe l'un en face de l'autre dans le salon de son appartement.

— Tout va bien, je réponds.

— Ça s'est bien passé avec Julian ?

— Ouais.

Je n'ai pas envie de perdre mon job et ma place, même si je sais que mon niveau d'excellence joue pour moi. Je n'ignore pas que, en Formule 1, tu es facilement remplaçable. Dès que le niveau de performance baisse, les écuries remplacent leurs pilotes en un claquement de doigt. Personne n'est éternel dans ce milieu, il suffit d'un rien pour être éjecté. J'imagine que je n'ai pas vraiment le choix...

— C'est quand la conférence de presse ?

— Vendredi.

— OK, j'ai hâte d'en finir.

— Et pour le reste ? demande Zayn. Julian ne m'a pas appelé, alors j'imagine qu'il t'a laissé des options...

— Les même que les tiennes. Pour demain, il y a l'inauguration du centre, est-ce que tu peux faire en sorte de tenir les journalistes en laisse ? Je ne veux pas que ça desserve l'événement.

Zayn hoche la tête et se redresse.

— Je gère, comme toujours. Tu veux boire quelque chose ?

— Un café.

Je le rejoins à la cuisine et m'adosse contre le mur.

— Ça me gonfle, bon sang !

— Je sais.

Je ne sais toujours pas ce que je préfère. Faire une cure alors que je ne suis pas malade ou me taper la présence d'une fausse copine pour faire croire que je suis amoureux… Ni l'un ni l'autre, je veux juste profiter de ma vie sans qu'on me fasse chier. Mais puisque je n'ai pas le choix et que je ne me risquerais jamais à perdre mon job, je dirais que l'idée la moins rebutante, c'est quand même le coup du faux couple. Je n'assumerais jamais le coup de la cure.

— Explique-moi un peu comment tu vas trouver une nana pour jouer les fausses petites amies ? je raille. Tu vas faire passer un casting ? Prendre une actrice ?

Zayn se tourne vers moi, me donne une tasse de café, l'air très sérieux. Et visiblement soulagé que je lui soumette enfin un choix.

— Tu serais étonné du nombre de personnes qui accourraient pour jouer le jeu. Mais je ne peux pas faire un casting ouvert, la presse finirait forcément par tomber dessus. Je vais y réfléchir si c'est ton choix.

— Je n'irai pas en cure, mais puisqu'il faut jouer la comédie pour satisfaire tout le monde, je le ferai, histoire de soigner mon image. Il faudra m'expliquer ce qui se passera le jour de la rupture… et après.

— On en parlera le moment venu. J'espère que tu as bien profité de ta dernière conquête parce que tu es à la diète de sexe à partir de maintenant.

— Va te faire foutre.

— Je suis sérieux, Jesse, si tu as envie de baiser tu vas prendre une douche froide pour calmer tes ardeurs, ou tu vas te branler. Peu importe, je n'en ai rien à foutre, tout ce qui compte c'est que tu disparaisses des radars de la presse à scandale pour tes conneries. Les seules photos qui doivent sortir, c'est toi a-mou-reux.

Il détache les syllabes dans l'espoir que j'imprègne plus vite.

— Faussement amoureux, je réponds.

— Mais ça il n'y a que nous qui le savons.

Je détache mes cheveux longs et passe la main dedans.

— Je ne voulais pas en arriver là, Jesse.

— Ne te tracasse pas, Zayn. Je peux bien me priver de sexe pendant quelques mois. Au pire, je t'enverrai des sextos pour relâcher la pression.

Chapitre 4

Jesse

— Je vais te laminer.

— Je vais te rétamer. J'espère que tu aimes me voir de dos, parce que c'est ce qui va t'arriver sur la piste.

Dario, mon coéquipier éclate de rire tandis que je peine à rester sérieux.

— J'espère que ton cul est rembourré, parce que ça va faire mal quand tu vas tomber de ton piédestal, enchaîne-t-il.

Même si actuellement je lance un regard noir à Dario di Marano, c'est pour la bonne cause. Ce gars est le meilleur coéquipier avec qui j'ai pu bosser. Et j'ai déjà travaillé avec quelques-uns, la Manfredi Racing n'étant pas ma première écurie, mais Dario est de loin l'homme avec qui j'aime le plus m'entrîner. On forme une belle dynamique tous les deux et on s'entend très bien. Souvent, quand on est invité pour des interviews, sur des chaînes YouTube, vidéos TikTok ou même tournage de pub, on finit toujours par avoir des fous rires incontrôlables. Bien qu'il y ait de la compétition entre nous, j'aime quand il gagne un grand prix, tout autant que je m'inquiète pour lui quand il a un accident sur un circuit. On se voit souvent hors compétition pour passer du temps ensemble.

— Je t'attends.

Bien sûr, on joue un rôle pour affoler la presse, pour amuser les gens qui suivront cette actualité. Tout autour de la piste de karting il y a des centaines d'enfants aux visages souriants, certains avec des yeux grands ouverts. Ils sont pour la plupart impatients que commence la course. Il n'y a rien qui me fait plus sourire que la jeunesse qui nous regarde comme si on était des sortes de super-héros.

Je suis heureux d'être ici, d'autant que c'est pour l'ouverture d'un centre de karting. L'un des plus grands au monde avec une piste *indoor* d'un kilomètre et une autre *outdoor* tout aussi grande. C'est un centre que nous parrainons Dario et moi. Il sera consacré aux enfants défavorisés. Des gosses comme je l'étais, qui n'ont pas les moyens de payer les frais d'inscriptions d'un club. J'ai eu la chance, quand j'étais plus jeune, d'avoir de l'aide et je trouve normal d'aider à mon tour maintenant que j'en ai largement les moyens. J'aimerais juste que le scandale qui m'éclabousse encore une fois n'entache pas l'inauguration d'aujourd'hui. Mais tout semble bien se passer pour l'instant. Zayn, comme à son habitude, a habilement prévenu la presse que s'il y avait la moindre question sur les dernières photos parues les magazines, le ou la journaliste serait viré sans sommation. C'est un requin dans son genre, il est doué dans ce qu'il fait, c'est certain. Une conférence de presse est prévue d'ici quelques jours, et il était important pour moi aujourd'hui que ça ne vienne pas parasiter cet événement.

Nous nous installons chacun à bord d'un kart, la foule présente sur le circuit extérieur avec nous hurle de joie et le directeur du centre s'avance sur la piste, accompagné d'une petite fille qui tient un drapeau.

— Pour inaugurer ce circuit, mesdames, messieurs et enfants ici présents, faites du bruit pour Jesse Størm et Dario di Marano.

Les gens crient de plus belle. J'aime à me dire que parmi ces gosses se cache probablement la relève, qu'il y a forcément au milieu de ces enfants des talents ; qu'ils fouleront un jour un circuit automobile quelle qu'en soit la catégorie et qu'ils raviront les trophées aux vétérans.

La petite fille à côté du directeur agite le drapeau, et nous nous élançons Dario et moi. En à peine quelques secondes, j'ai la sensation de replonger dans mes vieux souvenirs, lorsque je bossais pour me payer des cours de karting. Quand je m'installais à bord de ces petits bolides, j'avais l'impression d'être libre, d'être là où je le devais. Comme s'il avait toujours était logique que je sois pilote. Dario me double dans un virage et malgré le brouhaha dans mes oreilles, j'ai la sensation d'entendre son ricanement. *Quel sale gosse ce mec !* Il faut que je le remette à sa place, c'est-à-dire, loin derrière moi. J'accélère d'un coup, je prends les virages très serrés pour gagner de la vitesse. Mais Dario est bon et il maintient son avance. La sensation de légèreté que je ressens me fait sourire, c'est vraiment grisant de faire ça pour la bonne cause, d'être entourés de gamins qui ont l'impression de voir le spectacle de leur vie. Je continue de remonter la piste de kart, nostalgique de celle que j'empruntais, gamin. J'accélère encore, laissant mes meilleurs réflexes rattraper mon retard. Dario remporte la course avec quelques secondes d'avance, mais je gagne les deux suivantes. C'est pour ce genre de chose, que je ne regrette pas ma vie. Après ça, nous signons de nombreux autographes et prenons des photos avant d'être interviewés par la presse.

— Pourquoi l'ouverture d'un tel centre ? demande l'un des journalistes.

Dario me laisse prendre la parole.

— Je viens d'un milicu plus que modeste, à l'époque, j'ai supplié le gérant du club de karting de ma ville de m'embaucher en échange de quoi il me laissait utiliser les karts pour que je puisse m'entraîner. Je suis heureux d'être tombé sur cet homme qui m'a épaulé alors que j'étais seul. C'est pourquoi lorsque M. Hampton nous a fait part de son projet d'ouvrir un centre pour les enfants défavorisés, je savais que je ne pourrais pas dire non.

— Chez moi quand on a de l'argent, on aide, balance Dario. C'est aussi simple que ça. J'ai vu mon père pendant toute mon enfance et adolescence soutenir les gens en faisant du bénévolat ou en contribuant financièrement. Il serait venu de Portofino pour me botter les fesses si je n'aidais pas aujourd'hui. Si je ne faisais rien alors que j'en ai les moyens, alors je perdrais foi en moi.

— C'est un très beau geste. Je suis content que tu aies de si belles valeurs.

— C'était important pour moi de parrainer un club comme ça.

— Ta mère est fière de toi. Un peu moins quand elle a vu la une de la presse en revanche.

Le hic avec Internet, c'est que les infos sont disponibles partout... Voilà une autre raison pour laquelle je déteste les journalistes. Ils me font passer pour un moins que rien auprès de ma famille et ils font mal au cœur de ma mère. Je ne supporte pas qu'elle voie ces torchons sur moi. D'accord, c'est à quatre-vingt-dix pour cent ma faute et ça ne m'empêche pas de recommencer à chaque fois, mais quand même... s'ils n'y avait pas ces connards de paparazzis pour venir me faire chier...

— Je suis désolé de cette image, c'est oppressant parfois de ne pas pouvoir être incognito.

— Je comprends que c'est frustrant et j'imagine que tu n'as pas besoin de mon sermon, n'est-ce pas ?

Il sous-entend par-là qu'il sait que je me suis sans doute fait engueuler par Julian étant donné les proportions qu'ont pris les photos dans la presse.

— Je pourrais m'en dispenser, mais le tien est le plus important à mes yeux, je réponds.

Je l'entends qui sourit à travers le téléphone. Mes parents vivent en Norvège, mon pays natal. J'y retourne souvent pour y passer du temps et pour les voir. Nous sommes arrivés aux États-Unis quand mon père a été muté, j'avais douze ans. Moi tout ce qui m'intéressait, c'était de continuer le karting. Malheureusement mon père n'avait pas autant d'argent que prévu et la barrière de la langue a empêché ma mère de trouver du boulot, ce qui a rendu les choses assez difficiles à la maison. Mais il m'était impossible d'abandonner ma passion. Alors je me suis pointé dans le club de karting du père d'Ava dans l'espoir qu'il accepte mon idée de me laisser m'entraîner en échange d'un boulot. Lorsque j'ai eu dix-sept ans, l'entreprise de mon père a fait faillite, et mes parents désiraient tout deux rentrer en Norvège. De mon côté, je faisais déjà de la F3, et il était hors question que j'abandonne cette voie. Mes parents l'ont compris et, heureusement, l'ont accepté. Je ne les remercierai jamais assez de m'avoir permis de rester aux États-Unis pour vivre mon rêve. Sans eux, et sans le père d'Ava, je ne serais pas l'homme que je suis aujourd'hui, j'en ai pleinement conscience.

— J'ai hâte que la saison commence. Ta mère un peu moins. Mais je serai au rendez-vous comme toujours.

Mon père a déjà filmé ma mère quand elle regarde mes courses, et c'est hilarant. Elle passe la moitié de la compétition les mains devant les yeux car elle a peur pour moi. Je la comprends. La F1 est un métier à risque. Et je l'aime encore plus de ne pas m'empêcher de vivre ma passion. Elle n'a jamais cherché à s'y opposer.

— Vous me manquez. Mon emploi du temps risque de se charger à mesure que ça approche, mais, je viendrai à la fin de la saison.

— Toi aussi, tu nous manque, fiston.

— Je vous enverrai des billets pour les courses de cet été.

Ils ont l'habitude de venir me voir en juin et en juillet, en guise de vacances. Je ne suis jamais plus fier que lorsqu'ils sont dans la loge VIP pour me voir concourir.

— Tu te sens comment à l'approche de la saison ?

— Impatient et excité. Ce n'est qu'qu'une question de semaines maintenant.

J'ai déjà envie d'y être et je peine à décrire ce sentiment c'est comme le fait de respirer, c'est juste vital pour moi.

— S'il y a bien une chose dont je ne doute pas c'est que je serai toujours fier de toi. Ce n'est pas quelques articles dans la presse qui changeront ça. Alors ne te tracasse pas.

Ne pas les décevoir est important pour moi, ses mots me font du bien.

— Merci, papa.

Chapitre 5

Ava

— Drake ! Drake ! Drake !

Les cris de mon propriétaire accompagnés de coups sur la porte me tapent sur le système. Il veut l'argent de son loyer, chose tout à fait compréhensible, sauf que je ne l'ai pas. Il reste dix jours avant la fin du mois, vingt dollars en monnaie dans mon portefeuille pour manger et un découvert de cinquante dollars sur mon compte en banque.

Il a beau tambouriner sur la porte, je ne peux que fermer les yeux et croiser les doigts en suppliant très fort… l'argent ne tombera pas comme ça.

Patmol est blotti contre moi. Il sait et sent mon stress qui monte d'un cran. Je ne vis pas ainsi par pur plaisir… n'avoir que vingt dollars pour terminer le mois n'était pas mon projet de vie.

Je n'aurais jamais dû avoir de dettes.

Je n'aurais jamais dû me retrouver dans une situation aussi insupportable, mais… je n'ai pas eu le choix.

Mon propriétaire m'a déjà dit qu'avec mon physique, je pourrais faire le tapin dans le quartier chaud de la ville… et me faire de l'argent. Je l'ai envoyé au diable ce jour-là. Si seulement j'avais les moyens de trouver un appartement moins cher... sauf que déménager engendre des frais et que j'habite dans le quartier le moins cher de Denver. Alors je reste ici, car je sais que je trouverais difficilement mieux au même prix ; excepté mon con de proprio.

Je finis par me redresser pour ouvrir la porte. Patmol se place entre mes jambes.

— Vous êtes sourde où quoi mademoiselle Drake ? crache-t-il.

Certain de ses postillons atterrissent sur ma joue, et je dois faire preuve d'un grand self-control pour ne pas courir me laver dans la salle de bains.

— Je n'ai pas votre argent, monsieur Tennet.

— Vous n'avez jamais d'argent, Drake. Comme ça, c'est pratique...

— J'ai mon salaire dans dix jours, je pourrai vous...

— Dans dix jours, vous me devrez deux loyers. Vous êtes la seule à pas payer ici...

— Je suis désolée... j'ai...

Je ne sais même pas pourquoi je cherche à me justifier auprès de lui alors qu'il se comporte comme un bel enfoiré avec moi.

— J'en ai rien à foutre que vous soyez désolée, ce que je veux, c'est mon argent. Je vous donne un endroit pour dormir, vous me payez, c'est simple.

— J'ai des dettes, je n'arrive pas à tout rembourser et...

Bon sang, pourquoi je m'inflige ça ? Pourquoi je me justifie ?

— Je m'en contrefiche. C'est simple, si je n'ai pas l'argent le premier du mois, j'appelle les flics pour qu'ils vous expulsent.

Et il tourne les talons.

Je referme la porte en soufflant.

— Il a moins gueulé que d'ordinaire, je dis à Patmol.

Il n'empêche que sa visite et les lettres qui s'accumulent sur mon buffet me rappelle sans cesse que ma vie est précaire. J'aimerais la reprendre de zéro, j'aimerais changer les choses qui m'ont amenée à vivre ainsi... revenir au moment où il était encore là...

Pour éviter de croiser mon propriétaire, je passe par l'escalier de secours, Patmol installé dans un sac à dos pour qu'il ne panique pas. Une fois dans la ruelle qui borde notre immeuble, je le laisse sortir et attache sa laisse à son harnais.

J'ai déjà pris un deuxième boulot de nuit dans une supérette, mais c'était trop compliqué de gérer les deux et mon sommeil. Et lorsque le magasin a été braqué par deux mecs en cagoule, je me suis dit que ça ne valait pas le coup que je me bousille la santé pour quelques dollars de plus.

Nous allons dans le parc, j'essaye de penser à autre chose. J'imagine des solutions miracles qui n'arriveront pas. Parce que c'est plus exaltant que de voir la réalité en face.

Gagner au loto me semble la solution idéale, hériter d'une soudaine fortune d'un parent éloigné est pas mal non plus. Braquer un transport de fond me paraît plus risqué mais pourquoi pas...

Arrivée devant l'immense fontaine du parc, je ralentis. Il y a du monde. Entre les touristes, les amoureux, les gens qui promènent leur chien... je m'approche des bords de la fontaine. Au fond de celle-ci des pièces scintillent. J'ai déjà vu des gens dedans pour ramasser les pièces que d'autres jettent en faisant un vœu.

Un vœu... ça pourrait être sympa aussi.

Je farfouille dans la poche de mon jean et en sors un penny ; je tourne le dos à la fontaine et réfléchis à ce que je veux avant de jeter la pièce dedans.

Jesse

Je cogite.

À cette heure-ci j'ai souvent ma bouche collée à celle d'une femme mais, ce soir, ce n'est pas d'actualité.

L'inauguration du centre de karting s'est bien passée et dans deux jours, je dois prendre la parole pour cette stupide conférence de presse. J'ai horreur de ça. Devoir me justifier pour… rien. Le pire, c'est qu'avec les mises en garde de Zayn et plus encore celles de Julian, je cogite encore sur cette histoire de fausse fiancée, ce faux couple pour assagir mon image. Je ne supporte pas l'idée de faire ça avec une femme que je ne connais pas. Je n'ai pas envie qu'une inconnue interfère dans ma vie, je n'ai pas envie de feindre avec une fille que je ne connais pas. Parce que même si tout est faux, il faudra quand même que je passe du temps avec elle pour lui parler de moi et inversement… je ne comprends toujours pas l'intérêt contrairement à tout le monde autour de moi…

Ce serait sans doute plus facile avec quelqu'un que je connais déjà. Mais des femmes de mon passé, il n'y en a pas mille… C'est à ce moment précis qu'un visage s'impose à moi. La seule femme de mon passé. La seule femme que j'ai vraiment connue et qui a dû me haïr à l'époque…

Mais est-ce une bonne idée ou pas ? Je suis parti pour une bonne raison, et il serait inconvenant de revenir juste pour ça. Mais je ne suis plus comme avant. J'avais dix-huit ans à l'époque, j'en ai vingt-six maintenant…

En plus, elle ne fait absolument pas partie du showbiz comme le voulais Zayn.

J'attrape mon téléphone.

— Allô ? Tu as une idée de l'heure qu'il est ? râle Zayn.

— C'est d'accord, mais je choisis la fille que je veux à mes côtés. Il n'est pas question de prendre quelqu'un qui risquerait de nous trahir dès que l'herbe sera plus verte ailleurs.

— Pardon ?

— La fille qui doit jouer ma fausse petite amie parfaite, je la choisis.

— Non, hors de question, grommèle Zayn. Si c'est pour prendre une nana que tu auras envie de sauter à tout bout de champ, c'est *niet*.

— Crois-moi, elle n'aura absolument pas envie que je la saute...

... Parce qu'elle va probablement m'envoyer balader en me voyant débarquer.

— C'est qui ? C'est quoi son nom ?

— J'irai la voir dans la semaine, je réponds en ignorant ses questions.

— Jesse, j'ai besoin de savoir qui est cette nana, si elle est digne de confiance.

— Elle le sera. Tu peux trouver son adresse afin que je me rende chez elle ?

— Je peux tout trouver avec un nom de famille. Mais tu es sûr de toi ? Elle sort d'où cette nana ?

— Ava Drake, elle sort de mon passé, je dis en souriant, et je crois que je n'arriverai à jouer la comédie qu'avec elle.

— Tu ne m'en as jamais parlé... tu es sûr de toi ?

Non.

Mais maintenant que son visage me revient en mémoire, je ne vois plus qu'elle. Cet ultimatum qu'on m'impose, c'est peut-être justement l'occasion de renouer.

— Oui, c'est elle que je veux pour ce *fake dating*.

Je la convaincrai de dire oui. Peu importe son prix, il sera le mien.

Chapitre 6

Ava

Je rentre épuisée et chargée comme un âne. Je suis allé faire des courses avant de rentrer. Je n'ai qu'une hâte : enfiler un T-shirt ample, un jogging, des chaussettes en pilou, et me vautrer sur mon canapé.

Je sors de l'ascenseur quand les portes s'ouvrent à mon étage. Mais lorsque j'arrive devant chez moi, je tombe nez à nez avec un mec hyper costaud, appuyé contre ma porte, les bras croisés. Ce n'est pas un flic j'en suis certaine, mais est-ce que c'est mon proprio qui me l'envoie pour me faire peur ?

— Vous êtes devant chez moi, je râle. Je peux vous aider ?

— Nom et prénom ?

Il me toise bizarrement.

— Si c'est Tennet qui vous envoie, c'est interdit, c'est de l'intimidation… et vous n'avez pas le droit.

— Vous êtes qui ? lance-t-il d'un ton bourru. Quels sont vos nom et prénom ?

Je ne sais pas qui est ce gros con, mais il me les brise un peu. Je n'ai jamais été embêtée jusqu'à aujourd'hui et, si c'est une mauvaise blague, je ne suis absolument pas d'humeur.

Je n'aurais jamais cru que mon proprio irait jusqu'à embaucher un géant pour me faire peur.

— Kass Toidechezmoi. C'est un prénom qui vient des pays de l'Est. Plus sérieusement, cassez-vous de chez moi où j'appelle les flics.

— Nom et prénom.

Le ton de voix est tellement sec qu'il me fait peur, mais je ne vais certainement pas me laisser faire. C'est quoi ce délire ? En plus il insiste, comme si j'avais des comptes à lui rendre.

— Je n'ai pas à me présenter à vous, alors que vous ne le faites pas !

Et tandis que je râle, je me fais la réflexion que je n'entends pas Patmol à travers la porte. Alors, je laisse tomber mes courses, et je m'élance vers le gorille pour le déloger de là, mais il a le physique de Thor et il ne bouge pas d'un poil quand je le bouscule.

— Je ne sais pas qui vous êtes, ni pour qui vous vous prenez ou si c'est une blague, mais dégagez de chez moi. D'ailleurs si mon chien a la moindre égratignure, je vous ferai la misère, peu importe que vous fassiez deux mètres.

— Laisse-la rentrer !

La voix semblant venir de l'intérieur le fait réagir, tout comme moi. Je ne comprends pas ce qui se passe, mais j'ai l'impression d'être sur le point de péter un plomb. Le mec pose la main sur la poignée de la porte et l'ouvre.

— Pourquoi c'est ouvert et...

— Entrez ! m'ordonne-t-il de sa grosse voix.

Je crois que je n'ai jamais été aussi perdue, perplexe et enragée de toute ma vie. Je ne comprends rien du tout, mais il y a quelqu'un chez moi, ça c'est sûr.

— Allez vous faire foutre, je bougonne en pénétrant dans mon appartement.

Pas la moindre trace de Patmol, mais lorsque j'arrive dans le salon, je tombe des nues. Ma mâchoire se décroche carrément. Je remarque à peine que le gorille referme la porte derrière lui. Non, mes yeux sont rivés sur l'homme assis sur mon canapé avec une de mes bières à la main. Il la pose sur la table basse et rive ses yeux bleus aux miens, un sourire en coin étirant ses lèvres.

— Qu'est-ce que...

— Salut Ava.

Des années que je ne l'avais pas vu. Sept ans, peut-être même huit. Ses cheveux blond foncé sont attachés en un demi-chignon, ses yeux céruléens sont toujours aussi clairs... Il est encore plus beau que dans les magazines dans lesquels il apparaît toutes les semaines et lorsqu'il se lève, je me dis qu'il est sans doute plus grand que dans mon souvenir aussi.

— Tu es entré chez moi par effraction ? je gueule d'une voix hystérique. Sors d'ici !

Il ricane comme s'il se fichait éperdument de mes mots.

— Excuse-moi de répondre par une autre question, mais tu ne me dis pas bonjour ? Tu me fiches à la porte après tout ce temps sans me dire un mot ?

Une pulsion de violence s'insinue dans mon esprit ; je vois ma main lui arriver sur le coin de la figure.

— Au revoir. Va te faire foutre ! Tu n'es qu'une chiure démoniaque. Tu veux que je parle encore ou c'est bon, je peux m'arrêter ?

— Chiure démoniaque, c'est dur à encaisser. Je te trouve d'une violence inouïe. J'ai mal au cœur.

— J'en ai d'autres en stock si tu veux, et elles sont toutes aussi imagées.

— Je n'en doute pas le moins du monde, mais avant de nous lancer dans des conversations qui s'annoncent fort réjouissantes, j'ai à te parler.

— Tu te crois tout permis à t'installer chez les gens comme ça ? Et à poster ton chien de garde devant la porte pour m'empêcher de rentrer chez moi ?

— Je ne voulais pas attendre dehors, ça aurait ameuté bien trop de journalistes, je suis...

— J'en ai rien à faire de ce que tu as à dire, Jesse. Je veux que tu sortes de chez moi. Tu peux jouer les starlettes où tu veux, mais pas ici...

— Ava, j'ai vraiment besoin de te parler.

J'ai envie de l'étrangler.

Il est entré chez moi par effraction et il est tranquillement en train de siroter une bière, assis sur mon canapé, les pieds sur la table et mon chien est... je fais volte-face.

— Où est mon chien ? j'éructe.

Je fais un pas vers Jesse et enfonce mon doigt dans son torse. Il a grandi visiblement. Et il s'est épaissi aussi.

— Si tu lui as fait mal, je te trucide.

— C'est lui qui m'a fait mal ! grogne-t-il en me montrant sa main sur laquelle il y a une marque de dents. Dimitri l'a mis dans une autre pièce, car cette sale bête m'a mordu.

— Tu...

Je ricane fièrement puis je pars vers ma chambre en grommelant des insultes à l'idée qu'on ait malmené mon bébé. Lorsqu'il me voit, Patmol saute de mon lit et se jette dans mes jambes pour venir me faire la fête. Il aboie comme un fou, et je suis persuadé qu'en langage de chien il est en train de m'expliquer ce qu'il a vécu.

— Oui je sais, il y a de méchants messieurs qui sont entrés à la maison.

— Woof ! Woof !

— C'est qui le plus merveilleux des chiens ? C'est qui l'amour de chien qui a défendu sa maison et qui a mordu le très vilain monsieur ? C'est qui ? C'est Patmol.

Il fanfaronne comme il se doit. Je le caresse et l'emmène avec moi au salon. Il grogne en voyant que Jesse est encore là. Moi, je lui lance un regard noir quand ses yeux rencontrent les miens.

— Tu es encore là ? je siffle. La porte est derrière, ce n'est pas aussi grand que tes palaces, tu devrais trouver facilement ta route. Tu as faim, mon bébé ?

Patmol aboie et se dirige vers la cuisine, je le suis.

— Tu as appelé ton chien Patmol ? lance Jesse.

Je me retourne vivement vers lui, alors qu'il s'est adossé au comptoir de la cuisine. Mais bon sang pourquoi il est encore là ? Il ne veut pas se tirer ? Je me sens tellement minable en plus. Alors qu'il est plein aux as, moi je trime pour payer mes dettes, même si ce n'est en rien de sa faute, je déteste cette suffisance dans son regard et son aisance. Comme si c'était normal d'entrer chez les gens par effraction sous prétexte qu'on est célèbre.

— Si c'est la porte que tu ne trouves pas, je peux t'aider. C'est derrière toi.

— Je veux juste te parler, râle-t-il.

— Ça fait huit ans qu'on ne se parle pas, je vote pour continuer. On n'a rien à se dire.

Il revient comme il est parti à l'époque, subitement... qu'est-ce qu'il peut me dire d'intéressant en plus ? Sa vie entière est sur les réseaux sociaux et dans la presse. Même sa page Wikipédia est plus fournie que mon compte en banque.

— Ava !

— Sors de chez moi.

Je me tourne vers Patmol qui attend que sa gamelle se remplisse. J'ouvre une boîte de pâté et en verse dans son bol.

— Je te demande dix minutes de ton temps.

Il ne va pas partir, il va me casser les noix jusqu'à ce que je cède. Je le connais assez pour savoir qu'il est persévérant. Et peut-être que j'aurais plus vite fait de l'écouter au final même si j'en ai aucune envie.

— Qu'est-ce que tu peux bien vouloir me dire au bout de tout ce temps ? je raille.

Il n'a pas donné signe de vie depuis si longtemps que je me demande bien ce qu'il a de si important à me dire pour insister autant.

— Tu as une minute, je grommelle.

Le sourire qu'il esquisse me donne envie de le lui arracher.

— Cinq minutes.

— Le temps que tu perds à négocier est du temps perdu Jesse.

— S'il te plaît, Ava-*da Kedavra*[1], écoute-moi !

Ce surnom me fait tiquer.

Des années que je ne l'ai pas entendu et je pensais que ça n'arriverait plus jamais.

— Appelle-moi encore comme ça, et ce n'est pas ta main que Patmol va mordre.

Il ricane.

Je le dévisage.

— Je préférerais éviter que les crocs de ta répugnante bestiole entachent ma somptueuse virilité.

— Tu perds du temps. Dans quatre minutes, je te fous à la porte.

Jesse se penche sur le comptoir.

— D'accord, alors… je ne sais pas si tu as vu la presse ces derniers temps, mais…

— Toi qui tringles une nana dans ta bagnole ? Si, j'ai vu. Tu as troqué ta Manfredi ? Ça a drôlement changé les courses de F1, maintenant tu pilotes des vagins ?

— Donc ce malencontreux incident qui est apparu dans la presse me porte préjudice, lance-t-il en m'ignorant.

— Et quel est le foutu rapport avec moi ? je soupire d'un ton las.

— Si tu me laisses deux secondes pour en placer une, peut-être que tu pourras comprendre.

Je lui balance un torchon qu'il rattrape aisément.

— Ils veulent m'envoyer en cure de désintoxication sexuelle ou que je construise une fausse relation avec une femme pour améliorer mon image.

Il laisse le silence s'installer, tandis que ces derniers mots imprégnent mon esprit. La seconde option est d'une débilité abyssale.

1. Référence à l'un des sortilèges impardonnables dans la saga *Harry Potter*.

— Et j'ai...

— Si la fin de ta phrase c'est : « et j'ai pensé à toi », je te préviens que je te pulvérise, je le coupe.

Il reste silencieux tandis que nos regards se jaugent avec curiosité. Il n'est pas sérieux quand même ? Je suis en pleine hallucination. Son culot est aussi impressionnant que son palmarès.

— Tu te fous de ma gueule ? On ne se voit pas pendant huit ans, et tu débarques comme une fleur pour me sortir une ineptie pareille ? Tu t'es cogné la tête à l'entraînement ?

— Je sais que ça paraît surréaliste, mais laisse-moi t'expliquer.

— Surréaliste, absurde, complètement débile. Cette histoire est tirée par les cheveux, c'est d'une débilité achevée.

— Ava...

— Il en est hors de question. N'y pense même pas. C'est *niet*. Comment tu as pu penser à moi pour... ça ?

Des années de silences... et puis cette proposition qui sort de nulle part. On croit rêver... et alors que je secoue la tête, je pense à hier. À cette pièce que j'ai jetée dans la fontaine et à ce vœu que j'ai fait... j'ai prononcé dans mon esprit : « je souhaite que tout s'arrange », et le destin m'envoie un boulet accompagné d'une belle idée de merde.

— J'ai pensé à toi parce qu'on se connaît et que ce sera plus facile. Je n'ai pas envie de faire ça avec une femme que je ne connais pas et qui pourrait me trahir à la première occasion pour gagner plus.

— Tu as raison, sauf que c'est non. En plus, il ne t'est même pas venu à l'esprit que je pouvais avoir quelqu'un dans ma vie ?

— Tu as quelqu'un ? Ça ne me dérange pas, tu sais, de te partager. En plus, c'est juste pour la galerie. Et si c'est lui qui doit donner son aval, je me ferai un plaisir de le rencontrer.

Je l'ignore pour éviter de le frapper.

— C'est non même si je n'ai personne. Maintenant, dis-moi comment tu es entré chez moi ?

— J'ai soudoyé ton propriétaire. Une photo, un autographe

qu'il va probablement revendre. Et j'ai payé tes deux prochains loyers en plus de celui qui était en retard. Il a ouvert tout de suite, sans rechigner…

— Tu as…

Je vais d'hallucination en hallucination.

— Tu as…

Voilà, je bugge carrément.

La honte me rend nerveuse et mal à l'aise. Je crois qu'à un moment dans la journée j'ai dû basculer dans le multiverse façon Jesse Størm, ce n'est pas possible autrement sinon comment expliquer qu'il soit entré chez moi après avoir soudoyé mon proprio à coup de loyer et me parle d'être sa fausse petite amie ? Il revient après tout ce temps, et c'est simplement pour ces intérêts. Sinon, huit autres années auraient pu s'écouler sans qu'on se parle.

— Il me faut une femme qui ne soit pas du showbiz. Il faudra que tu m'accompagnes à des galas, que tu sois là pour mes courses, que…

— Arrête, je lance. Tu es égoïste au point de ne pas penser que j'ai un job ? Je ne sais pas dans quel monde tu vis, mais les gens ne sont pas toujours disponibles quand tu les siffles.

— Ton boulot est franchement naze, je ne sais pas pourquoi tu bosses là-dedans, mais tu pourrais trouver mieux. Ça ne te ressemble pas.

— La ferme ! Tu ne sais rien de ce qui me ressemble. C'est peut-être naze, mais c'est un boulot. On n'a pas tous un compte en banque bien rempli.

Eh merde !

Je ne voulais surtout pas dire ça. Plutôt m'arracher une dent que lui avouer que je galère financièrement, même si cet appartement est probablement une preuve irréfutable que je ne roule pas sur l'orle fait qu'il sache que j'avais des loyers impayés… Je me sens tout à coup misérable, puis en colère quand je prends enfin conscience qu'il a critiqué mon boulot alors qu'il n'a aucun moyen de savoir où je travaille.

— Mais... tu t'es renseigné sur moi ?

— Mon agent m'a trouvé ton adresse et il a fait quelques recherches. Il aurait préféré que tu fasses un boulot plus humain, comme professeur des écoles ou infirmière, mais il pense que le fait qu'on se soit connu avant mon succès fera plus fondre les fans que ton métier.

Visiblement, ils ont monté tout un business plan sans se préoccuper de ma décision. Sans répondre, je vais vers le frigo et j'en sors une bouteille de vin blanc avant d'en verser dans un verre. Je le bois quasiment cul sec. Puis je m'en resserre un que je bois également en un temps record. Il faut encaisser toutes ces conneries.

— Ava ?

— Tu entends ce que tu dis ? C'est complètement loufoque. Tu as payé mon loyer auprès de mon connard de proprio afin d'entrer par effraction chez moi, tu as demandé à quelqu'un de se renseigner sur moi et tu crois que je vais jouer le rôle de la nana qui fait pitié à côté du magnifique Jesse Størm juste parce que ton écurie n'est pas contente ? C'est non. Tes méthodes sont répugnantes. Assume de baiser à tout va, ce n'est pas mon problème. Et si ça porte préjudice à ta carrière alors abstiens-toi.

— J'ai besoin de toi, Ava. Je ne peux pas me permettre de perdre mon écurie et je ne veux personne d'autre que toi.

— Il va falloir te faire une raison. Sors de chez moi.

Je fais le tour du comptoir et j'attrape son bras pour le conduire vers la porte, mais il ne bouge pas. Nos regards se croisent encore quand il se tourne pour me faire face.

— Je te propose un contrat. Comme un contrat de travail. Tu seras payée pendant la période que durera notre pseudo-couple. Peu importe le temps que cette mascarade prendra. Tu pourras y ajouter les clauses que tu désires. Tu ne manqueras de rien, mais tu viendras vivre chez moi. Tout ce dont tu auras besoin pour les déplacements à des avant-premières, des galas ou autre sera payé. Pour le salaire, je te propose le triple de ce que tu touches actuellement par an. Si tu as besoin de plus dis-moi combien, ton prix sera le mien. Quoi que tu veuilles, tu l'auras.

— Je ne suis pas à vendre. Au revoir.

— Tout à un prix, Ava. L'argent n'est pas un problème pour moi.

La façon dont il articule cette dernière phrase me donne envie de lui arracher les ongles.

— Alors tu n'auras aucun problème pour soudoyer quelqu'qu'un d'autre.

— Je ne veux pas quelqu'un d'autre. Je peux t'aider à régler tes dettes.

— Mes... comment tu sais ça ?

— Les enveloppes sur ton buffet. Le rouge attire toujours l'œil. T'as des problèmes d'argent visiblement, si tu acceptes, tu n'en auras plus. Peu importe le montant.

— Je n'ai pas besoin de toi.

— Je crois que si, dit-il en faisant un pas vers moi. Tu as besoin d'argent pour rembourser tes dettes et, moi, j'ai besoin de toi pour jouer ma fausse petite copine parfaite. Donnant-donnant. Je le répète, peu importe ton prix.

Ses mots sont forts, ses arguments... convaincants. La seule chose dont j'ai besoin pour me sortir de cette vie de misère, c'est d'argent. J'ai beau bosser, gagner honnêtement ma vie, je n'arrive pas à joindre les deux bouts. Les dettes s'accumullement chaque mois, et je n'arrive pas à en voir la fin... j'ai passé la dernière semaine du mois précédent à manger un repas par jour. Je me suis rendue à un pot de départ au boulot dans le seul but de voler un peu de nourriture pour mon dîner et pour le lendemain... C'est misérable. Je suis misérable.

Si je pouvais juste régler mes dettes, ça m'arrangerait. Je pourrais repartir de zéro. Je ne serais pas riche mais, au moins, je n'aurais pas l'impression de travailler pour rien. Cependant, ce qu'il demande est absolument irréel et grotesque. Je n'ai pas envie d'être sous les feux des projecteurs, je n'ai pas envie qu'on se renseigne sur ma vie...

Pourtant je lance :

— Il faut que je parle à mon avocat.

— Avocat ?

Je hausse les épaules.

— C'est ça ou rien, sinon tu peux te trouver une autre fille.

— Je reviens à Denver dans trois jours, ça te laisse le temps de réfléchir, Ava-*da Kedavra*, dit-il en tournant enfin les talons.

Puis il revient vers moi et me tend une carte qu'il sort de son portefeuille.

— Envoie-moi un message si tu as une question et pour me dire à quelle heure on se voit.

J'attends cinq minutes avant de monter à l'étage du dessus pour aller voir Tilda

Chapitre 7

Ava

— Tu connais Jesse Størm et tu ne m'en as jamais parlé ? s'écrie Tilda.

— C'est une longue histoire, je soupire.

— Mais je veux savoir. Tu connais l'un des sportifs les plus en vogue du moment, ce n'est pas rien.

— Je t'assure que c'est vraiment rien.

— Avaaaaa ! Dis-moi !

Je souffle avant de me laisser aller sur les coussins du fauteuil.

— Il était simplement un ami de la famille, j'avoue. Mon père possédait un circuit de karting, et il venait souvent. On s'est rencontré comme ça. Il n'avait pas d'argent pour se payer ses tours, il vivait en foyer, mon père le faisait travailler pour lui. L'entretien des karts, le nettoyage du circuit, tout ça... comme il était souvent seul, il passait tout son temps chez nous. Mon père était fan de F1 comme tu le sais, et on regardait toujours les courses ensemble. Il lui a même payé ses premiers cours en école de pilotage et très vite il est devenu bon. Il gagnait des courses en amateur, jusqu'à ce que les pros s'intéressent à lui, qu'il signe avec sa première écurie et qu'il s'en aille du jour au lendemain, sans rien dire. Comme si on n'avait jamais existé. Mon père le considérait sincèrement comme son fils.

— Et toi comme un frère ? demande Tilda.

Je lui lance un regard noir. Évidemment, elle n'allait pas m'épargner en oubliant de poser cette question.

— Pas vraiment non, je soupire. On était proches, assez fusionnels.

— Eh ben, siffle Tilda. Quand je pense que tu ne m'as jamais rien dit. C'est quand même fou...

— Ce n'est pas grand-chose, juste le passé. Le plus important, c'est le présent.

Et son retour fulgurant dans mon existence et sa proposition aussi folle que la vie qu'il semble mener.

— C'est vrai ! Bon maintenant, explique-moi tout en détail, lance Tilda.

Je lui relate alors la conversation complètement loufoque que nous avons eue, Jesse et moi, juste avant que je ne débarque en trombe chez elle et que je la tire du bain. D'ailleurs, elle est toujours affublée de son peignoir. Les réactions de Tilda sont composées de « OMG » « Putain » « Mmh, intéressant ». Quand je termine, elle se redresse et se dirige vers la cuisine. Je reste vautrée dans le fauteuil, l'esprit encore confus. Elle revient avec une bouteille de vin et deux verres à pied.

— Je suis venue te voir parce que je ne sais pas vraiment quoi faire. Cette espèce de connard m'a retourné le cerveau quand il a parlé d'argent.

— L'argent fait tourner le monde. Lui en a trop visiblement, et toi pas assez. Il est stratège ce con.

Tilda me sert un verre. On trinque avant de boire une gorgée, ou deux.

— La vie est naze. Quand je pense qu'il revient comme une fleur après tout ce temps et qu'il me sort une histoire aussi grosse que son ego. Être sa fausse petite amie... Sérieusement ?

— Tu veux mon avis ? Ça doit se faire souvent dans ce milieu.

— Tu crois ?

— Mmh oui, des sortes d'*escort* pour des galas, des soirées, des tapis rouges, tout ça. Je suis certaine que ça existe.

Elle a probablement raison, mais ça ne règle en rien mon problème.

— Il t'a vraiment dit que ton prix serait le sien ?

— Oui. Que je pourrai demander n'importe quoi, il a même précisé qu'il me paierait le triple d'une année de mon salaire.

— Ça vaut le coup, putain !

— Mais je devrai le suivre je ne sais où.

— Pendant combien de temps ? demande Tilda.

— Je ne sais pas… j'ai oublié de demander.

— Ce n'est pas grave, mais si c'est pour améliorer son image comme il t'a dit je pense que tu en as pour deux ou trois mois minimum, voire plus.

— Plus ? Tu crois vraiment ? Je ne peux pas manquer le boulot aussi longtemps, je vais me faire virer…

— Il t'a proposé le triple de ton salaire annuel, alors j'ai envie de te dire que ton boulot chez Dyver on s'en moque complètement. Ça pourrait t'aider à régler les dettes que t'as laissées ton père.

Les dettes de mon père, je déteste qu'on les appelle comme ça, comme si c'était sa faute. Ce n'est pas comme s'il avait voulu me léguer tout ça.

— Tu ne vas pas moisir dans ce job de merde de toute façon, c'est temporaire. Si on oublie le côté ahurissant de sa demande, la compensation ne se refuse pas.

Je soupire. Tilda a raison quand elle dit que mon job est temporaire. La vérité c'est que j'ai toujours voulu bosser avec mon père, le seconder dans son club de karting dans lequel j'ai grandi. Et j'espérais qu'à sa retraite je prendrais sa succession. J'ai toujours aimé cet endroit, nettoyer les karts m'apaise… Je continue de penser aux mots de Tilda. J'aurais préféré qu'il ne revienne jamais dans ma vie ou qu'il le fasse pour autre chose.

— Je ne suis pas faite pour les tapis rouges, les galas, je ne veux pas me pavaner devant des journalistes ou répondre à des questions devant lesquelles je vais me foirer… Je ne veux pas être la pauvre petite Cosette que le fabuleux Jesse Størm a sorti de la galère.

— Tu n'es pas une Cosette, tu le sais, je le sais, et c'est tout ce qui compte. Quant à l'assurance, ça se travaille, c'est une attitude, et tu n'as qu'à le leur dire que tu n'es pas à l'aise. Mais tu sais, s'ils veulent que tu ne viennes pas du milieu du showbiz, ils n'ont pas à espérer que tu sois à l'aise devant les journalistes.

— Pourquoi tu es si logique ? je demande en soupirant.

— Parce qu'on ne m'a pas fait une proposition incroyable, répond Tilda avec un sourire. J'ai l'esprit clair.

Je bois une nouvelle gorgée de vin.

— Je sais que ses méthodes sont foireuses, que le mec débarque d'on ne sait où pour servir ses propres intérêts, mais tu pourrais te débarrasser de tes dettes, repartir à zéro et même trouver un autre job. Et peut-être renouer avec un ami de ton passé.

— Tout était plutôt convaincant, jusqu'à la fin.

Tilda ricane.

— Imagine, tu vas sortir de ton quotidien, tu vas être payée à glander, tu vas vivre une expérience incroyable, voyager… C'est une occasion en or et en plus ce n'est pas comme si tu ne connaissais pas et n'aimais pas le milieu de la F1.

— Je ne sais pas.

— Si tu sais.

— J'ai besoin de réfléchir. Je n'ai pas envie qu'il pense qu'il peut me faire céder d'un claquement de doigt, juste parce qu'on s'est connu et qu'il est bourré de fric.

— Pose tes conditions, il a dit que tu pouvais, mais crois-moi, ça va le faire chier quand même. Tu pourrais lui imposer un voyage à Bali et tu m'emmènes dans tes bagages.

— Peut-être que je peux, je réponds bêtement.

Tilda rigole, mais je demeure sérieuse.

— Peut-être que tu as un peu trop espéré qu'on vienne te sortir de ton quotidien.

Cette fois, je souris.

Elle n'a pas tort. Mon esprit est encore bien embrouillé, j'ai toujours la sensation que c'est un canular, et je pense à mille et une choses, mais... Puis-je vraiment refuser une telle opportunité ?

Assise dans le noir, sur mon canapé, je n'en finis pas de cogiter. Je n'arrivais pas à dormir, alors je me suis installée dans le salon. Les rideaux ne sont pas tirés, la seule source de lumière provient de dehors. Patmol est allongé à mes pieds, veillant sur mon insomnie.

Je suis toujours perplexe quant à la demande de Jesse. Si je suis son raisonnement, je suis la seule femme qu'il a réellement connue dans sa jeunesse, alors ça peut paraître logique qu'il se soit tourné vers moi, mais... est-il tellement imbu de sa personne qu'il n'a pas pensé qu'après qu'il est parti comme il a fait, je n'ai aucune putain d'envie de le revoir ?

Je lui en veux, car quand mon père est tombé malade, quand il a fallu hypothéquer le circuit de karting pour payer les frais médicaux, il n'est pas venu. C'est vrai que je n'ai pas cherché à le contacter mais, après tout, il nous avait abandonnés et je me suis dit qu'il s'en moquait... pourtant, quand j'étais seule au chevet de mon père, j'espérais parfois qu'il arrive.

Je ferme les yeux, je me souviens de lui avant, ses yeux, ses sourires en coin, son assurance. Déjà à l'époque, il attirait les filles. La célébrité n'a fait que décupler son charisme.

Je suis toujours tiraillée entre mon envie de lui dire non et celle d'accepter, pour l'argent. Mais est-ce que j'ai vraiment le courage de dire merde à mon job ? De laisser Tilda seule, même si c'est juste pour quelques mois ? Et surtout de jouer cette mascarade ? La réponse m'apparaît comme une évidence ; je n'ai pas les épaules pour ça. Je ne vois pas comment on pourrait jouer les amoureux transis alors qu'il me sort par les yeux. Sans parler du fait que je refuse de faire ça sans ajouter des clauses. D'autres questions pèsent encore plus sur mes pensées. Qu'est-ce que je pourrais demander en plus ?

J'attrape mon téléphone et j'ouvre le mémo afin de noter les choses qui me passent par-dessus la tête :

Pas de sexe.

Si je ne trouve rien d'autre, je vais avoir l'air bien bête avec ma clause débile. Je réfléchis et recommence :

Prendre Patmol avec moi
Ne jamais dormir ensemble (même en cas de déplacement)
Pas de sexe
Sensibiliser à la cause du cancer du foie.

Et j'aimerais aussi qu'il paye dans l'immédiat la formation de stylisme de Tilda. Ce serait une première compensation pour que j'accepte de jouer sa fausse petite amie. Et le jour où toute cette mascarade prendra fin, j'aurai assez d'argent pour enfin me débarrasser des impayés qui me collent au cul. Mais si je peux en faire profiter Tilda en même temps, alors je n'hésite pas une seule seconde.

Jesse

Numéro inconnu : Demain, 10 h. Pour discuter de ta proposition de merde.

Je souris en fixant l'écran de mon portable. Pas de doute possible, c'est elle. J'entends même son ton sec et autoritaire prononcer ce message dans ma tête.

Il est tard, elle ne dort pas.

J'en conclus donc qu'elle cogite, ce qui est plutôt bon pour mes affaires. J'y ai pas mal pensé en sortant de chez elle, je pensais vraiment qu'elle allait me dire oui tout de suite, mais le fait qu'elle veuille en discuter signifie qu'il y a forcément moyen qu'elle cède à ma demande.

Allongé sur mon lit, je m'apprête à lui répondre :

Moi : Elle t'intéresse quand même ma proposition de merde si tu veux en discuter ?

Ava : Ne t'emballe pas, c'est juste une discussion.

J'esquisse un sourire. Elle est toujours au taquet.

Moi : Cependant, j'ai une conférence de presse à la même heure à Los Angeles et j'ai deux heures d'avion pour venir jusqu'à Denver. Demain soir plutôt ?

Ava : Je sors du boulot vers 18 h.

Moi : Alors disons 19 h comme ça, on mange ensemble. Il y a un restaurant gastronomique dans l'hôtel où je séjournerai.

Ava : La conversation n'est-elle pas censée être privée ?

Moi : Je privatiserai une partie de la salle pour qu'on puisse discuter.

Les trois petits points apparaissent et disparaissent plusieurs fois. Ou elle m'envoie un pavé, ou elle efface et réécrit son message. J'attends patiemment et je suis presque déçu quand son message arrive enfin :

Ava : Il est où ton hôtel ?

Moi : Je serai au Ritz-Carlton, à Denver, tu veux que je t'envoie une voiture ?

Elle ne prend même pas la peine de me répondre. Pas même un « *fuck* », ce qui me fait rire. Je repose mon téléphone sur la table de chevet et j'augmente le son de la télé qui diffuse un combat de boxe.

Elle a changé. En même temps, ça fait huit ans, mais je n'avais pas prévu qu'elle serait encore plus belle que dans mon souvenir. Surtout pas avec un caractère aussi épouvantable. Elle me déteste, c'est certain. Mais je ne vois personne d'autre pour jouer ce rôle. Elle est la seule femme de mon passé, la seule que j'ai connue et avec qui je peux espérer faire gober ce mensonge aussi gros que le monde. Je ne veux pas m'enticher d'une inconnue qui sera là uniquement pour le fric. Même si pour le coup, Ava aussi aura de l'argent si elle dit oui, j'espérais qu'elle dise oui pour les moments qu'on a passés ensemble quand on était gosse. J'ai un vrai passé avec elle, et c'est quand même plus authentique d'imaginer une histoire ensemble, même si notre couple n'est qu'une pure mascarade.

Chapitre 8

Ava

Quand je m'arrête devant la façade du Ritz-Carlton, j'ai l'impression d'être la chose la plus insignifiante du monde. La façade s'élève vers le ciel. Il doit bien avoir plus de vingt-cinq étages, peut-être trente.

— Trente-trois, madame, lance une voix.

Je me gifle mentalement pour sortir de mes pensées.

— Pardon ?

— Vous sembliez compter les étages, je vous épargne un torticolis, ajoute le portier élégamment vêtu.

Il porte un long manteau bleu marine par-dessus un costume, ainsi qu'un chapeau haut-de-forme.

— Merci.

Il me sourit.

— Vous souhaitez entrer ? me demande-t-il.

— Oui, s'il vous plaît.

Il m'ouvre la porte en s'inclinant légèrement.

— Passez une bonne soirée au Ritz-Carlton, madame.

— Merci.

Il referme derrière moi. Je me sens un peu mal à l'aise. Je n'ai absolument rien à faire ici. Je suis certaine que les fauteuils placés dans le lobby sont plus chers que mon loyer. Je m'avance en regardant tout autour de moi la beauté des lieux. Le lustre doré en cristal au plafond est magnifique, il se marie à merveille avec les piliers en marbre crème qui ornent les quatre coins de la pièce. J'essaye de ne pas trop faire pitié, mais j'ai déjà l'air d'une touriste qui s'est trompée d'hôtel.

— Bonjour, je lance à la personne à l'accueil.

L'homme remonte ses lunettes sur son nez et me sourit.

— Bienvenue au Ritz-Carlton, en quoi puis-je vous aider ?

— J'ai rendez-vous au restaurant de l'hôtel avec...

Je ne sais pas si j'ai le droit de citer son nom. Même si je m'en fiche complètement, je me dis qu'il est peut-être ici incognito. Dire son prénom tout haut pourrait attirer les gens. Enfin, je ne sais pas...

— ... Pourriez-vous me l'indiquer ?

— Au deuxième étage, madame. Peut-être avez-vous une réservation ? Que je puisse prévenir le restaurant de votre arrivée.

Je me rapproche de l'énorme comptoir en bois.

Alors que je donne mon nom il pianote sur le clavier de son ordinateur.

— J'ai rendez-vous avec...

— Je vous ai trouvée, me coupe-t-il avec un sourire. Votre rendez-vous vous attend déjà à votre table, je vais vous y conduire.

Il glisse un mot à la femme à côté de lui, qui le contourne pour prendre sa place, et il me rejoint.

— Si vous voulez bien me suivre.

Je lui emboîte le pas avec un léger sourire avant qu'il ne s'arrête devant les cages d'ascenseurs. J'aurais préféré prendre l'escalier surtout pour deux étages. La cabine finit par s'ouvrir sur un immense couloir qui se divise en d'autres, plus petits. Il me guide jusqu'au restaurant.

— Voilà, mademoiselle. Passez une excellente soirée.

L'homme de l'accueil glisse un mot discret au réceptionniste qui se tient face au pupitre devant moi. Il me sourit à son tour. C'est très gênant. Les ronds de jambe de ce genre, très peu pour moi. S'ils me voyaient dans la rue, ils ne m'adresseraient pas la parole. Heureusement l'homme de l'accueil n'attend pas que je lui donne un quelconque pourboire, sinon, il aurait eu mon ticket de caisse plié en quatre. Le temps qu'il s'en rende compte, j'aurais disparu. Mais j'imagine qu'il espère que Jesse l'a vu m'accompagner ou que je lui en touche un mot pour se faire bien voir.

Le réceptionniste me conduit à travers le restaurant. Les tons des décors oscillent entre le marron et un bois de rose, l'ambiance est tamisée et il y a une musique de fond. La plupart des tables sont occupées, sauf un coin où se situent des banquettes qui semblent vides. J'aperçois alors Jesse, occupé à pianoter sur son téléphone. Il a vraiment privatisé les tables autour de nous comme il l'avait dit. Je n'aurais jamais dû accepter de venir ici. J'aurais dû insister pour que ça se fasse chez moi. Jesse lâche son téléphone lorsqu'il me voit et se redresse pour me dire bonjour. Le réceptionniste m'annonce comme si j'étais un dessert. J'ai envie de me barrer d'ici tellement toutes ces manières sont grotesques.

— Bonsoir, lance Jesse.

Il m'invite à m'asseoir, mais j'ôte d'abord mon manteau. Je remarque alors dans un coin, le fameux garde du corps qui campait devant la porte de mon appartement. Je l'observe tandis que je m'installe. Il a attaché ses cheveux mi-longs comme la dernière fois et il porte une chemise bleu marine ainsi qu'un jean. Il se dégage de lui, une assurance écrasante. C'est involontaire, mais sa présence domine celle des autres. Je m'installe en face de lui. Putain de merde, huit ans que je ne l'ai pas vu. Comme l'autre jour, je suis complètement hallucinée de le voir en chair et en os plutôt que dans les pages d'un magazine ou à la télé. Vraiment ça me dépasse, huit ans d'absence et maintenant ça… Le pire c'est qu'il agit comme s'il ne m'avait pas brisé le cœur à l'époque. Il ne le sait sans doute pas.

— Tu vas bien ? me demande-t-il.

— Oui.

— Alors tu peux arrêter de me dévisager comme si tu avais envie de me tuer ?

— C'est mon regard naturel et, s'il ne te plaît pas, je t'invite à pratiquer un coït anal.

— Pas la peine de prendre un langage soutenu, on est entre amis.

— On n'est pas amis. D'anciennes connaissances au mieux.

— Tu me brises le cœur, ricane-t-il.

— Impossible il y a un écriteau avec marqué « néant » à la place.

Il lève la main pour attirer l'attention d'un serveur tout en continuant de ricaner. Je ne sais pas où il était caché, mais il arrive dans la seconde avec un grand sourire.

— Oui, monsieur Størm ? Que désirez-vous ?

Je manque vomir devant son ton mielleux. Je déteste ces manières. Parce qu'il est un sportif mondialement reconnu, parce qu'il a de l'argent, les gens prennent des pincettes et lui parlent comme s'il était une des personnes les plus importantes du monde.

— Peut-on avoir la carte des apéritifs ?

Le serveur la lui apporte. Je parcours la liste du regard. Le prix d'un verre de Coca-Cola est presque aussi élevé que deux pizzas chez Mario & Luigi, ma pizzeria préférée près de chez moi. Je n'ai pas envie de boire de l'alcool.

— Tu prends quoi ? me demande Jesse qui me sort de ma rêverie.

Je me rabats sur un mocktail aux fruits, ce qui visiblement le fait sourire.

— Pas d'alcool ce soir ?

— Je suis déjà assez soulée comme ça.

— Je vois que ça tire à bout portant.

— Je fais ce que je peux, je réponds en souriant.

Jesse commande nos boissons. Le prix est indécent, mais le goût du cocktail sur ma langue est un pur délice, je dois bien l'avouer. Les secondes passent, et le silence s'éternise entre nous. Je regrette qu'il n'y ait pas de chips ou de cacahuètes parce que j'ai faim. Je n'ai jamais été très douée pour faire la conversation aux gens. Encore moins avec les personnes que je ne m'attendais absolument pas à voir débarquer dans ma vie après tant de temps.

— Alors tu as réfléchi à ma proposition ? demande finalement Jesse.

— Oui.

— Le suspense est à son comble, grogne-t-il. Je n'ai pas le temps de tourner autour du pot. Il va me falloir une réponse rapidement. Histoire que je puisse recourir au plan B.

— Si tu as un plan B, pas besoin de moi.

— C'est toi que je veux, tu le sais. Je te l'ai déjà dit. Mais j'ai besoin d'une réponse très vite.

— Si tu me veux vraiment, tu devrais pouvoir patienter un peu, non ?

Jesse plonge son regard dans le mien, un sourire carnassier sur le visage. Je lui lance un regard dédaigneux.

— Ça va durer combien de temps ? je demande.

— Un mois minimum, puisque c'est le temps qu'il reste avant la reprise. Ensuite deux ou trois autres supplémentaires… ou jusqu'à la fin de la…

— La fin de la saison ? je siffle.

Il hoche la tête, très sérieux.

— Il faut que je restaure mon image. Disons que mes frasques sont trop nombreuses selon mon écurie. Et que je soigne ma réputation pendant la saison.

— Le mieux ne serait-il pas d'arrêter de sauter sur tout ce qui bouge ou de te mettre la tête à l'envers plutôt que d'inventer un plan foireux…

… Qui va t'exploser à la gueule le jour où ça va fuiter.

— Quand j'aurai besoin de ton avis sur mon style de vie, je te ferai signe, répond-il d'un air agacé.

— En attendant, c'est à moi que tu proposes de jouer les amoureuses transies pour redorer ton image. Alors je me permets de juger un peu.

— Je t'en prie, je ne suis plus à une critique méprisante près. Puisque tout le monde y va de son avis. Tu as autre chose à rajouter ?

Il sourit encore avant de boire une gorgée de son verre et de se laisser aller sur son siège, comme s'il s'en fichait royalement.

— Non. C'est inintéressant comme conversation.

Jesse ricane.

— Ça va être long...

— Il y a vingt-trois courses, étalées de mars à novembre.

— Ça va être un calvaire, je souffle.

— C'est sûr que si tu pars avec cette motivation ça va être long. Et puis on verra pour le temps. Si tu n'as plus de questions sur mes mœurs douteuses alors on peut passer au *deal* peut-être ?

— Qu'est-ce que je devrai faire ? je demande.

— Comme je te l'ai dit, m'accompagner en soirée, être là lors de mes courses, donner l'illusion qu'on est amoureux face à la presse. Comme je suis actif sur les réseaux sociaux, je pense que tu y apparaîtras également pour un minimum de crédibilité. Tout ce que tu as à faire ce sera d'avoir l'air amoureuse de moi.

— Je serai forcément exposée aux yeux des journalistes... je refuse d'être la pauvresse que tu as prise sous ton aile. Je n'ai rien demandé et je ne veux pas qu'ils...

— On protégera tes intérêts, et personne ne saura pour tes problèmes d'argent. Mes avocats seront là pour t'aider en cas de problème. Et mon agent veillera à ce qu'on n'entache pas ton image.

Je me sens à la fois soulagée qu'il dise cela, et aussi tellement agacée qu'il soit au courant. Mais si je n'avais pas de soucis d'argent, je n'aurais même pas à me poser la question d'accepter ou pas... il est là le problème. Tilda a raison, la somme exorbitante qu'il est prêt à mettre est folle et si elle pouvait m'aider un peu, alors... je n'ai pas le choix.

— Je veux avoir un droit de regard sur le scénario.

— Comment ça ?

Il semble perplexe. J'avoue que j'ai sorti ça sans y réfléchir une seconde.

— S'il y a fausse histoire, alors il y a un scénario.

— En quelque sorte...

Il a une moue presque adorable, il ne comprend pas trop où je veux en venir.

— Super, alors, je veux être co-autrice. Je refuse de laisser une bande de mecs écrire et saborder ma fausse histoire d'amour. Je ne joue pas un nanar, même pour de faux.

Je hausse un sourcil pour appuyer mes mots, il s'humidifie les lèvres avant de sourire.

— Ça devrait pouvoir se faire. Ça veut dire que tu acceptes ma proposition ?

Je bois une gorgée.

Non. Oui.

Putain oui.

Je ne sais pas, merde. Qu'est-ce qui me prend de jouer à ça ? Plus indécise que moi tu meurs ! C'est là que je me rends compte que je n'ai pas les nerfs assez solides quand je dois prendre une décision capitale.

— Quel est ton prix ? me questionne Jesse.

Sa question provoque une pointe de douleur dans ma poitrine. Je souffle discrètement. La question est facile, mais pas la réponse. Il n'a défini aucune limite, et je ne sais pas ce que j'ai le droit de répondre. L'idée même d'imposer un prix me stresse. Je ne sais absolument pas négocier. Sans parler de sa proposition si grotesque...

— Je veux que tu payes la formation de Tilda, je dis finalement.

— Qui est Tilda ? demande Jesse.

J'ai envie de lui répondre que ça ne le regarde pas, mais je n'ai pas vraiment d'autre choix que de jouer le jeu et de lui répondre.

— Tilda est mon avocate en situation d'urgence, et c'est une amie, je réponds.

— Et quelle est la formation que tu veux pour ton avocate ?

— Du stylisme. Elle est très douée.

— Une avocate styliste, évidemment. C'est tout ? Tu veux juste faire un truc pour ton amie, rien pour toi ?

— Si j'ai envie de partager avec quelqu'un, en quoi ça te regarde ? Tu ne me l'as pas interdit que je sache.

— Tu as raison. Donc une formation pour ton amie, il me faudra plus de détails pour que Zayn s'en occupe.

— Qui est Zayn ?

— Mon agent. Il se chargera des détails chiants comme les appels et la paperasse. Et il fera en sorte que ton avocate styliste obtienne la formation de son choix.

Je hoche la tête, heureuse. Si je peux l'aider, alors je le fais. On s'est si souvent soutenues l'une et l'autre, mais elle a toujours fait plus que moi. Elle m'a aidée alors que les huissiers étaient à la porte, par exemple. J'ai hâte qu'elle l'apprenne.

— Je peux t'aider pour tes problèmes Ava. Pas besoin que ce soit une option sur le contrat.

— Je ne fais pas l'aumône.

Si, un peu.

— Je refuse que tu m'aides à payer quelque chose qui est uniquement à ma charge. Je réglerai moi-même et si ta proposition tient toujours pour la… enfin le tri…

— Tu n'aimes pas parler d'argent ? me coupe-t-il en m'écoutant bafouiller.

Il n'y a pas de moquerie dans la voix, mais je me sens quand même misérable face à cette constatation.

— Les pauvres évitent de parler d'argent.

— Si tu ne veux pas le dire, alors écris-le.

— Comment ça ?

Il sourit.

— Sur une serviette, par message. Si tu ne veux pas me dire le chiffre, écris-le-moi. Je te dirai si c'est oui ou si c'est non. D'accord ?

— D'accord.

— Réfléchis, j'appelle le serveur pour commander. La suggestion du chef te convient-elle ?

Je hoche la tête sans vraiment lire la carte qu'il me montre. Je ne suis pas difficile. Alors que je pose mon téléphone sur mes genoux, je remarque que je tremble de nervosité. J'inspire doucement en espérant que Jesse et le serveur qui discutent ne font pas attention à moi. Bon sang, si je continue de stresser, je vais sentir la transpiration à dix kilomètres à la ronde.

Je tape le chiffre exorbitant que je dois.

Puis je l'efface.

Et je le réécris.

Ainsi de suite, jusqu'à ce que Jesse s'éclaircisse la voix et que je me rende compte que nous sommes seuls à nouveau.

— C'est juste un chiffre, Ava.

— Dit-il d'un air arrogant.

— C'est comme un salaire rémunérant un travail, si tu préfères. Je t'ai dit que ton prix serait le mien. Puisque je te condamne à quitter ton job au moins pour une période de quelques mois, je comprends que tu aies besoin de t'assurer des revenus stables.

Alors prenant mon courage à deux mains, j'envoie le montant de ma dette, un peu arrondi pour assurer mes besoins, le temps de trouver un job après ça. Lorsque le téléphone de Jesse sonne, mon cœur bat comme un gros débile. Je ne le quitte pas des yeux tandis qu'il fixe l'écran de son téléphone quelques secondes avant de le reposer sur la table.

— C'est d'accord.

J'ai le cœur qui bat la chamade.

Il n'a pas cillé. Il n'a même pas cligné les yeux. Son visage est impassible comme s'il se fichait de la somme, comme si elle n'était rien pour lui. Je voudrais lire ses pensées, savoir ce qu'il pense d'un tel chiffre, s'il se demande d'où il vient... mais il ne laisse rien paraître.

— Si tu es partante, je le suis aussi, annonce-t-il d'une voix solennelle.

Je ne sais pas quoi dire.

— J'ai... d'autres conditions, je bafouille. Des choses importantes.

— Évidemment, grommèle Jesse, c'était trop facile. Je t'écoute.

— Je veux prendre Patmol avec moi.

— Cette sale bête ?

— Attention, Jesse, je mords moi aussi. Si tu touches un seul de ses poils, je sors les crocs.

Il ricane.

— S'il pisse ou chie chez moi, je le fais empailler.

— Je t'en prie, c'est un chien distingué. S'il fait caca dans tes chaussures, c'est que tu l'auras mérité.

Il esquisse un nouveau sourire.

— Autre chose ?

— Je veux qu'on dorme dans des chambres séparées chaque fois qu'on aura prévu d'aller quelque part ou qu'il faudra que je reste auprès de toi.

— Dommage, moi qui avais déjà prévu des soirées pyjama où on se raconterait nos secrets et où on s'endormirait à pas d'heures.

— Et, bien évidemment, pas de sexe.

— Pourquoi préciser ce dernier point alors que c'est ce qui m'amène à avoir une fausse petite amie ? raille-t-il. À moins que ce soit une règle que tu t'imposes à toi-même pour éviter de me sauter dessus ?

— C'est justement parce que tu en es arrivé à de telles extrémités que je fixe des règles. Pas de sexe ni avec moi ni aucune autre.

Il sourit encore, l'air charmeur, sûr de lui. Il a toujours été comme ça, même à l'époque, il avait un charme naturel et une assurance que je lui enviais, et c'est toujours le cas.

— Je veux pouvoir piloter une de tes voitures de luxe.

— Comment tu...

Le serveur qui arrive avec un plateau l'interrompt.

— Filet de bœuf de race normande grillé, purée de pommes de terre, compotée d'échalotes au poivre de Phu Quoc, récite-t-il en posant l'assiette devant moi. Bon appétit.

Silencieusement, nous commençons à manger. D'accord le prix est faramineux, mais c'est vraiment délicieux. J'accepte quand Jesse me propose un verre de vin.

— Alors comment sais-tu que j'ai des voitures de luxe ? Tu me suis sur les réseaux sociaux.

— Absolument pas, tu es trop imbu de toi-même.

— Alors comment, Ava-*da Kedavra* ?

Je le fusille du regard. En fait, si je sais ça, c'est qu'après la mort de mon père, j'ai été surprise de recevoir un magazine à la maison auquel il était encore abonné. Étonnamment, c'est Jesse qui figurait sur la couverture et dans les nombreuses pages qui lui étaient consacrées, une des photos pour lesquelles il avait posé le montrait dans un garage avec des voitures de luxe. Il disait que c'étaient des bijoux qu'il adorait conduire. Je ne sais pas pourquoi, mais j'y ai repensé et je me suis dit que ça le dérangerait certainement énormément.

— J'ai lu une interview de toi il y a quelque temps, et j'ai vu que tu semblais chérir tes bagnoles, alors pourquoi pas en conduire une ?

— Tu fais ça juste pour me faire chier si je comprends bien ?

— Exactement. Une dernière chose...

— Eh bien, tu te fais plaisir dans les négociations.

— Je veux que tu te sensibilises à une cause importante comme...

— J'ai déjà une soirée pour un gala de charité. Je soutiens des œuvres. Je ne suis pas qu'un queutard.

— Ah, je ne savais pas. C'est quoi ?

— Une association en faveur des enfants défavorisés, répond-il. Mais quelle est ta cause ?

Il me prend au dépourvu, j'ignorais qu'il était déjà sensibilisé à une œuvre caritative. Que ce soit auprès des enfants défavorisés me semble tellement logique.

— La lutte contre le cancer du foie, je dis en secouant la tête. Mais ce n'est pas important.

Il hoche la tête, et je ne comprends pas bien la signification de ce geste.

— Autre chose ?

— Non.

Il sourit, alors je rajoute :

— Pas pour l'instant.

— Alors on a un *deal* toi et moi ? demande-t-il, sérieux.

Je souffle.

Je le déteste. Je lui en veux de nous avoir abandonnés. Et de refaire irruption comme ça dans ma vie, comme si de rien n'était. Je me demande comment réagirait mon père s'il savait que Jesse revient dans mon existence de cette façon. Mais je n'ai pas le choix, il est mon seul moyen de m'en sortir. La prochaine fois que je jetterai une pièce dans une fontaine je serai plus prudente dans le choix de mes vœux.

— Oui.

Chapitre 9

Jesse

J'ai toujours vibré pour les voitures, pour la vitesse. À l'époque de mes premières courses de karting, je n'imaginais pas du tout qu'un jour je serais pilote de F1. À cette époque je bossais pour le père d'Ava, et il me laissait ensuite piloter les karts sur son circuit. Sans lui, je n'aurais jamais su que j'étais né pour la course. Sans lui je n'en aurais jamais fait du tout. Quand j'y pense, il m'a beaucoup donné… Lorsqu'il m'entraînait, je vivais uniquement pour les sensations que j'éprouvais au volant. C'était violent, puissant, ravageur. Je n'avais pas peur, je me sentais libre et je savais que ma place était là. Je savais ce que j'avais à faire, quand il fallait le faire. C'était naturel pour moi de savoir tourner, ralentir, accélérer… Mon cerveau réagissait au quart de tour, comme s'il était naturellement fait pour ça.

Être pilote, c'est toute ma vie.

Ma voiture, c'est mon oxygène.

Pour rien au monde je n'échangerais ma place avec quelqu'un d'autre. Je ne pourrais pas être ailleurs que là où je suis. Même quand j'essaye, je n'y arrive pas. Quand je ferme les yeux et que je pense au mot « avenir », je ne me vois pas autrement que pilote.

En attendant de retrouver la course, les essais, les escales dans chaque pays du monde pour les grands prix, je m'entraîne comme un fou. Je baise peut-être à droite et à gauche, mais, en ce qui concerne la course et même les entraînements, je suis toujours sérieux. De toute façon, je n'ai pas le choix. C'est un minimum pour être au top. C'est en partie pour ça que mon écurie ne me vire pas. Parce que je suis bon, quoi qu'il arrive. Visiblement, c'est juste ma personnalité qui pose problème.

Je souffle alors que je termine ma dernière série de *burpees*[1].

— C'est bon, tu peux souffler, lance Max, mon entraîneur.

Les entraînements sont variés, intenses, usants. On travaille tout. La forme physique, le cardio, les réflexes... On ne lésine pas sur la santé quand on est un pilote automobile. Certains pensent qu'on ne fait que conduire des voitures qui vont vite, ils ignorent tous qu'on suit un rythme de vie et d'entraînement très intense. Aussi bien hors saison que durant les grands prix. Nous sommes des athlètes hors norme. Nous devons endurer des vitesses folles et subir des forces allant jusqu'à 5G dans les virages, les accélérations et les freinages. Si un homme en bonne santé avait la chance de piloter une F1, il devrait arrêter son bolide après quelques tours en raison d'étourdissements, de nausées et possiblement d'un risque d'évanouissement. Nous, on s'entraîne chaque jour pour subir cette pression intense à chaque course.

Pendant toute la durée d'une épreuve, la fréquence cardiaque d'un pilote se situe à une moyenne de quatre-vingts pour cent de sa fréquence maximale. Sans parler de la chaleur harassante qu'il fait dans la monoplace, qui avoisine souvent les cinquante ou soixante degrés après un GP. Parfois, je perds jusqu'à trois kilos lors d'une course.

J'adore être en apnée.

— Ton cardio est impeccable, lance Max mon entraîneur. Le poids est stable, c'est parfait.

1. Exercice de musculation

— On fait ce qu'on peut.

Max sourit tandis qu'il me donne une bouteille d'eau citronnée. Je me désaltère en marchant. On s'entend bien lui et moi, il me suit depuis un moment, et on forme un bon binôme. C'est important de bosser avec des gens en qui on a confiance. Mais je ne me plains pas, j'aime pousser mon corps dans ses retranchements, j'aime m'entraîner et me dire qu'aujourd'hui j'étais en forme. Tout ça, ce quotidien éreintant, c'est ma vie, ça fait partie de la course.

— Quand tu es chaud pour faire les réflexes, tu me fais signe.

Les réflexes sont tellement importants quand on est au volant, car on n'a pas le droit à l'erreur. Les exercices de musculations du cou et de la nuque très intenses qu'on nous impose - à juste titre - aussi, afin qu'on puisse supporter du mieux possible le G force lorsqu'on pilote. J'ai toujours trouvé les équipements barbares, mais les harnais de tête ou les *Iron Neck*[1] sont nécessaires. Je me souviens d'une fois où j'avais participé à une vidéo d'un TikTokeur connu, pour le *fun* et pour montrer la différence entre un homme lambda et un pilote. Il devait supporter une pression de quatorze kilos, moi de quarante-cinq. Alors qu'il avait laissé partir sa tête en à peine quelques secondes sous le poids de sa pression, je n'avais pas bougé d'un pouce. Chaque pilote se doit d'avoir une préparation impeccable. Une simple erreur, un manque de vigilance, il suffit d'un rien pour que tout bascule sur un circuit. C'est pourquoi les réflexes peuvent sauver des vies.

— Je suis prêt.

Je lis le contrat que m'a bricolé Zayn concernant Ava. Il n'y a pas grand-chose d'officiel si ce n'est la clause de confidentialité

1. Appareil d'entraînement pour la nuque, le cou.

pour qu'elle ne divulgue jamais cette histoire au risque de se retrouver sans rien.

Je parcours minutieusement tous les avenants qu'elle a souhaité ajouter rien que pour me faire chier. Comme prendre son foutu clébard avec elle... Je l'avoue, elle a son petit caractère de merde, on ne peut pas lui retirer ça. Et honnêtement, ça m'excite un peu car je l'avais oublié. Je dois avouer que les filles que je rencontre d'ordinaire sont fades et creuses. Elles veulent souvent baiser pour avoir dix minutes de célébrité, sinon elles désirent seulement s'éclater quelques heures avec l'alcool qui coule à flots, l'argent et j'en passe. Elles sont vénales, et je profite volontiers de leur envie de coucher avec moi. Donnant-donnant.

Ma dernière relation sérieuse date... d'Ava. À bien y réfléchir, il n'y a eu qu'elle. Je n'ai jamais ressenti de frissons pour aucune autre fille. À cette époque, elle était le fruit défendu, la fille de mon mentor que je considérais comme un père de substitution. La raison me disait de ne pas la toucher, la passion me hurlait de le faire. C'était l'amour fusionnel de deux adolescents, le genre que tu sens jusque dans tes os et qui te brise quand il se termine. Mais le tourbillon qu'a été ma vie quand j'ai quitté Ava et son père m'a complètement happé. Tout est allé à cent à l'heure. Tout s'est transformé en un claquement de doigts. D'un seul coup, il y a eu les victoires, l'argent, les filles... j'ai profité de chaque instant sans jamais regarder en arrière.

Ava est très différente des filles qui font la une des magazines avec moi. Elle est authentique, elle connaît la vie, la vraie. Et c'est justement pour ça qu'elle est là. Parce que ce sera plus facile de résister à une nana aussi chiante que je connais déjà qu'à une inconnue sexy qui ne sera pas contre coucher avec moi avec moi malgré un pseudo contrat. Elle semble avoir autant envie de moi que de se faire épiler le maillot.

J'ai hâte de la voir débarquer à Los Angeles. De lui faire perdre ses moyens face à une tout autre vie que la sienne et de la faire plonger dans mon univers, de lui montrer ces choses qu'elle a ratées toutes ces années.

Je réfléchis déjà à la première sortie qu'on fera ensemble et, si ça peut la rendre folle, alors je signe. Ce ne sont pas les possibilités qui manquent là-bas. Mais quand j'y repense, quelle galère ce plan foireux de fausse copine. Enfin, disons que ça me donne l'occasion de repasser du temps avec elle. Zayn a tout préparé pour son arrivée. Suite dans un hôtel de luxe, chauffeur pour tous ses déplacements, cartes de crédit pour satisfaire ses moindres besoins et j'en passe. Elle sera loin de son appartement miteux, loin de sa vie... misérable. J'ai un peu de mal à comprendre qu'elle en soit réduite à ça. Mais je compte bien savoir ce qu'il s'est passé pour qu'elle se retrouve à vivre ainsi. Il y a forcément un moment où ça a merdé. Je pourrais demander à Zayn d'enquêter pour moi, mais si elle l'apprenait, elle me laisserait en plan avec en prime, un coup de pied dans les couilles. Je le saurai tôt ou tard, parce qu'il est inconcevable qu'une femme comme elle en soit cantonnée à avoir un boulot de merde.

Je me laisse aller contre le dossier de mon lit, la télé ouverte sur une chaîne de sport qui diffuse un match de basket. Puisqu'on est maintenant engagé dans cette aventure loufoque, j'ai hâte de commencer officiellement.

Chapitre 10

Ava

— Putain, quoi ? Qu'est-ce que...

On dirait que j'ai gagné au loto et que je partage la somme avec elle. L'incrédulité et la joie sur son visage sont magnifiques. La voir heureuse aussi me fait plaisir.

— Tu as fait ça ?

Tilda fond en larmes. De chagrin et de joie, je crois que les deux se mélangent, et puis elle se met à danser comme chaque fois qu'elle est heureuse. On dirait une enfant. Je l'observe, amusée. La voir ainsi me confirme que j'ai fait le bon choix.

— Ava... tu n'aurais pas dû faire ça, lance-t-elle soudainement en s'arrêtant de danser. Il fallait penser à toi avant tout.

Je souris et je la serre contre moi.

— Bien sûr que si. Tu es mon amie, et c'était l'occasion de partager.

— Mais ça... j'en rêvais.

— Je sais.

Elle se blottit dans mes bras.

— Mais alors ça veut dire que tu as des choses à m'annoncer ?

Tilda s'écarte, essuie ses larmes, me prend par la main et m'emmène vers son salon. Son appartement, contrairement au mien est haut en couleur. Un mur rose, un autre jaune, des cadres partout, des peintures. Un tapis à carreaux multicolore et un fauteuil brun avec des coussins assortis au tapis. Son salon reflète sa personnalité enjouée et joviale.

— Alors, dis-moi tout. Je vais chercher à boire. Tu veux du vin ?

— Ça ne se refuse pas.

Elle part vers la cuisine en sautillant au moment où mon téléphone sonne. Avant que je ne quitte son hôtel, Jesse m'a prévenue qu'un certain Zayn Fraiser m'appellerait pour me parler des conditions de notre *deal* et du déroulement de la suite. Honnêtement, dans le taxi qu'il m'a payé quand je l'ai quitté, je me suis dit que c'était une bonne idée. Mais depuis deux jours, je n'arrête pas de me dire que c'est la pire idée qui soit.

Je décroche.

— Allô ?

— Bonjour, vous êtes bien mademoiselle Drake ? lance mon interlocuteur.

— Oui, je réponds.

— Je suis Zayn Fraiser. M. Størm, enfin Jesse, a dû vous prévenir que j'allais vous appeler. Je suis son agent et je m'occupe de tout ce qui concerne ses affaires.

— Oui, il m'avait prévenue.

— Bien, il est actuellement sur le tournage d'une publicité. Comme nous avons monté ce petit *deal* très rapidement, il a dû assurer ses obligations. Mais nous allons rapidement mettre un planning en place.

— Un planning ?

— Exactement. Pour votre départ à Los Angeles dans un premier temps, une fois que vous serez sur place, nous révélerons votre relation, ce *fake dating*, aux yeux du monde.

— D'accord.

— Il me faudra savoir vos mensurations.

J'ai l'impression d'être un robot. Tilda réapparaît et s'assied silencieusement sur le canapé en me regardant. Quand elle me fait signe qu'elle veut entendre, je mets le haut-parleur.

— Pourquoi ?

— Pour d'éventuelles sorties qui nécessiteraient que vous soyez habillée avec une tenue particulière. J'entends par là, robe de gala, de cocktail... Je pense au vu du temps que vous allez passer avec Jesse, qu'il faudra vous relooker...

— Pardon ?

— Laissez-moi terminer, vous comprendrez vite. Au vu de la durée du *deal* avec Jesse, vous aurez besoin de vêtements et pour éviter que vous déménagiez votre garde-robe, on vous la fournira sur place. Elle sera choisie par vos soins ne vous en faites pas. Vous ferez beaucoup de déplacements, j'ai besoin de savoir si les transports en communs ou aériens vous rendent malade et si vous avez des allergies ou intolérances alimentaires ?

Ce qu'il dit me semble tellement dingue.

— Nous parlerons aussi de la presse et de comment vous comporter face à eux. Histoire que vous ne paniquiez pas si dans la rue vous vous retrouvez face à quelques paparazzis.

Il parle, il parle, il parle... et je ne peux pas en placer une. De toute façon, je ne sais pas bien quoi dire.

— Vous êtes encore là, mademoiselle Drake ?

— Oui, oui, je ne sais pas par quoi répondre encore.

Il ricane.

— Nous en rediscuterons à votre arrivée à Los Angeles, ne vous en faites pas.

— Partir à Los Angeles est une obligation ?

— Le but principal, dans un premier temps, c'est de construire votre fausse histoire. Pour soigner sa réputation, il faut qu'il soit souvent vu avec vous. Il est logistiquement plus facile que vous soyez au plus près de Jesse pour être aperçue dans les lieux publics avec lui. Comme il n'est jamais accompagnée de la même femme, votre présence est un gros plus.

Tilda lève ses sourcils d'un air aguicheur.

Bon sang, il ne sort jamais deux fois avec la même nana ? Ce mec est un cas désespéré. Je ne sais pas ce qu'ils espèrent avec cette histoire de fausse petite amie, mais c'est débile. Quand ce sera fini, il retournera courir les filles sans le moindre scrupule.

— Mademoiselle Drake, vous êtes toujours là ?

— Oui. Désolée, je digère toutes les informations d'un seul coup.

— J'en ai bien conscience. Vous n'aurez absolument rien à débourser. Vos déplacements ainsi que le moindre de vos besoins seront à notre charge. Comme vos vêtements à chaque sortie officielle avec Jesse. Il en va de même pour le maquillage, la coiffure ainsi que les bijoux. Votre unique boulot sera de donner l'illusion que votre couple est réel, sincère et fusionnel, que vous êtes amoureux, et bien sûr de garder notre arrangement absolument confidentiel.

Tilda sautille sur le canapé.

— Oui, d'accord...

— Jesse sera de retour dans deux jours. Vous vous retrouverez à ce moment-là, à Los Angeles.

Los Angeles... quand j'y pense, je n'y ai jamais fichu les pieds, mais rien que de l'évoquer me donne la sensation d'être en vacances. Au vu de son train de vie, j'aurais plutôt pensé que Jesse avait élu domicile dans la ville des plaisirs et de la luxure, Las Vegas.

— Je...

— Oui ? N'hésitez surtout pas si vous avez des questions ou des demandes particulières.

— Je n'ai pas de passeport.

— Ah.

Il y a un blanc, puis il reprend :

— Attendez, ne quittez pas.

Je m'assieds à côté de Tilda.

— C'est un truc de fou, glisse-t-elle à mon oreille.

— Je sais.

Elle glousse comme une gosse. Je suis certaine qu'elle est

heureuse de partager ça avec moi. C'est confidentiel d'une part, et ça met du piment dans nos vies monotones. Même si ça ne la concerne pas directement.

— Nous allons vous en faire délivrer un en urgence. Considérez que c'est réglé et que ce n'est pas un problème.

— C'est possible que ce soit réglé si facilement ?

— Tout est possible.

Tilda frotte ses doigts, dans le geste traditionnel qui évoque l'argent.

— Je vous enverrai un mail dans lequel vous seront précisés les documents dont nous avons besoin pour ça. Il me faut également les coordonnées de...

Il fait une pause de quelques secondes.

— ... de votre avocate-styliste.

Je ne peux m'empêcher de glousser.

— Jesse semble avoir omis de me donner ses nom et prénom. J'aurai besoin de détails concernant sa formation, ajoute Zayn.

— Ce sera fait, je réponds.

— Bien. Je vais devoir vous laisser, j'ai une réunion, mais vous pouvez enregistrer le numéro affiché sur votre écran et m'appeler en cas de besoin. Et surveillez vos mails d'ici demain.

Lorsque je raccroche, Tilda couine et exulte. Je suis certaine qu'elle s'est retenue de crier tout le long de la conversation.

— Mon Dieu, c'est un vrai truc de malade quand on y pense. Tu vas voyager, assister à des courses, à des avant-premières de film. Si ça se trouve, tu vas taper la causette avec Scarlett Johansson et Chris Pratt ou Ryan Reynolds...

— Je ne préfère pas, ça va me stresser encore plus.

— Quand on y pense, quelle vie il a, soupire Tilda rêveuse. C'est vrai, nous, on galère comme des conasses pour des clopinettes et lui, il fait du sport, il est payé une fortune, il tourne dans des pubs et j'en passe encore... Il vit à deux cents à l'heure.

Plus encore quand il pilote.

Mais elle a raison, c'est un gouffre qui sépare nos deux vies.

À un moment donné, on était sur la même longueur d'onde sans doute et puis on s'est éloignés.

— C'est une histoire de dingue. À la *Pretty Woman*.

Tilda est encore en train de rêvasser.

— Tu insinues que je suis une pute ?

— Juste que tu n'as pas de fric, ricane Tilda. Et qu'un mec hyper sexy te fait une proposition que tu ne peux pas refuser. C'est un peu le même scénario.

— Sauf qu'on ne va pas baiser ensemble.

— L'un n'empêche pas l'autre. C'est qu'un détail ça.

— Tu te souviens pourquoi il m'a proposé ce *deal* à la con ? Parce qu'il baise à tout va et qu'il faut que ça cesse... alors on ne va certainement pas coucher ensemble. En plus, je préfère me péter une jambe.

— Tu sais que j'aime les retournements de situation.

— Bien sûr.

J'attrape l'un des verres de vin.

— Mais dis-moi, c'est quoi au fait cette histoire d'avocate-styliste ?

Je souris.

— Quand il m'a fait sa proposition, je lui ai dit que je devais parler à mon avocate, autrement dit toi. Et quand on a scellé notre accord au resto, j'ai expliqué que je voulais payer une formation pour mon avocate en situation désespérée. Il m'a demandé en quoi, j'ai dit stylisme et, du coup, il t'a appelée avocate-styliste.

Tilda éclate de rire.

— Le sexy Jesse Størm a parlé de moi... Merde alors.

— Il va même te payer.

Elle exulte une nouvelle fois.

— Tu as hâte ?

— J'ai un peu peur. Je sais que je ne suis pas taillée pour ça. Je suis déjà flippée à l'idée de faire le guignol devant les journalistes et puis je ne sais pas en quoi ça va aider sa réputation.

— Le dernier point, tu t'en fiche. Ce n'est pas ton problème, c'est eux qui ont monté ce char ce n'est pas toi.

— C'est vrai.

— Alors je ne sais pas si ce que je vais te dire va te vexer ou pas, mais quand ils décideront que ce petit jeu est fini, je pense que tu tomberas aux oubliettes pour les journalistes. Peut-être qu'ils voudront des interviews au début pour avoir ta version de la rupture mais, sinon, ce n'est pas toi la star. Ils vont vite t'oublier.

J'y réfléchis deux secondes et je constate que ça me soulage plus qu'autre chose.

— Ce n'est pas plus mal.

— Ça va aller, ils vont te protéger, et si tu te sens en insécurité tu le dis à Jesse. Vous étiez amis à un moment, ça compte un peu.

Tilda est calme comme toujours quand il s'agit de donner des conseils. Je bois une gorgée de vin en rêvant à ma vie dans les prochains jours. Et les images qui me viennent en tête sont floues. Comme si je ne m'imaginais pas du tout à son côté face aux journalistes. Mes pensées m'emmènent un peu plus loin, vers mon père. Je me demande encore ce qu'il penserait de son retour fracassant... dire qu'il n'a pas demandé de ses nouvelles, qu'il ne sait même pas qu'il est mort.

— Bon... il faut que tu prépares ta valise. Tu as besoin d'aide ?

— Pourquoi pas ?

— Je propose qu'on prenne le vin et qu'on aille voir ce que tu as dans ton armoire.

— Vendu.

En moins de cinq minutes, nous sommes dans ma chambre. Je suis assise sur mon lit, Patmol roulé en boule sur la couverture à côté de moi alors que Tilda fouille mon armoire à la recherche de belles fringues. J'ai quelques jolies choses, mais quand je vois les nanas de la F1 sur les *aesthetic* de Pinterest, je me dis que je n'ai pas le même charisme.

— Je ne ressemble pas à ça, je soupire en agitant mon écran.

Tilda se penche pour regarder.

— C'est sûr qu'elle est brune et toi tu es blonde, alors forcément la ressemblance n'est pas flagrante.

— Ahaha. Je parle des vêtements, ça se voit que c'est cher même si la tenue est simple.

— J'ai envie de te dire que si les fringues que tu prends ne leur plaisent pas, alors ils n'ont qu'à te relooker et basta.

— Je n'ai pas envie de me faire relooker. J'aime bien ma façon de m'habiller.

— Je suis absolument d'accord avec ça. Mais s'ils veulent acheter une version de ton look plus cher, car c'est mieux selon eux, ma foi, pourquoi pas... Moi, si on me propose une séance de shopping à la *Pretty Woman*, tout en pouvant garder mon style, je prends direct.

L'univers de la Formule 1 a toujours baigné dans le luxe. Alors je comprends ce qu'elle veut dire.

— Mais attends, hurle-t-elle soudain. Attends... il habite à Los Angeles. Vivian quand elle fait du shopping dans *Pretty Woman*, c'est sur Rodeo Drive. À Los Angeles... oh putain de merde, c'est merveilleux.

— Tu t'emballes, je ne vais certainement pas faire du shopping là-bas. C'est clairement utopique.

— Ne te désespère pas, ça peut se faire.

Je ris. Au moins, Tilda est là pour me détendre quand le stress me rattrape.

— Bon cette robe rouge, on dirait une Alaïa des années 1990, tu prends. Celle-ci aussi, les robes noires, c'est passe-partout. Peut-être que tu pourras voir des stylistes réputés pour tes soirées. Ce que j'aimerais être à ta place rien que pour ça.

— Si j'ai le droit de garder quelque chose, je te le donnerai.

Un sourire rêveur se dessine sur son visage. Tout ce à quoi je pense moi, c'est à ne pas être mal à l'aise face aux journalistes et au fric que je vais toucher à la fin de cette histoire.

— Bon, prends ce jean *mom* taille haute aussi, parce qu'il te fait un cul d'enfer et, quitte à être sous les feux des projecteurs, autant leur faire tourner la tête. Comme Poppy Middleton.

— C'est Pippa, je crois.

— Ouais, bah la Pippa, au mariage de sa sœur, les médias étaient braqués sur sa robe et le cul que ça lui faisait. Tu vas forcément attirer la curiosité médiatique, car tu es avec « le » Jesse Størm. Tu es la seule fille à aller dans les paddocks[1], à le soutenir. Donc, avec ce *bomber* et un T-shirt graphique, tu seras parfaite. Pas trop habillée pour être à l'aise tout en étant hyper stylée.

— Vendu. C'est toi la pro.

Tilda continue de fouiller dans mon armoire à la recherche de fringues, je la laisse faire, amusée par ses idées de look et par sa passion pour le stylisme. Alors que moi je n'en ai pas. Du moins, je n'en ai plus. Devoir trimer comme une dingue m'a vidée de toute envie. Celui qui a dit que l'argent ne faisait pas le bonheur ne devait pas avoir des dettes longues comme mon bras, c'est certain.

— Va falloir qu'on s'embrasse devant la presse ? Oh merde…

Je pensais surtout qu'on devrait prendre la pose pour faire comme ces couples de stars si complémentaires sur les *red carpet*. Un peu comme Ryan Reynolds et Blake Lively ou encore David et Victoria Beckham. Mais, je viens de prendre conscience que l'embrasser sera peut-être une obligation et non une option…

— Tu n'y penses que maintenant ? se moque mon amie. Les acteurs s'embrassent tout le temps pour de faux, tu devrais y arriver.

— Mais ils s'embrassent quand même.

— CQFD, se moque Tilda.

— Je ne veux pas l'embrasser.

— Tu vas être obligée de le toucher, de le laisser te toucher

1. Enceinte située derrière les stands, réservée aux équipes, aux pilotes et aux journalistes.

pour donner l'illusion de votre histoire d'amour et peut-être aussi lui accorder des baisers. Déteste-moi, mais j'ai tellement hâte de voir ta bouille dans les médias avec lui. Tu vas assurer, j'en suis certaine.

— C'est petit ça. Tu vas faire collection des articles qui parle de moi.

— Mais grave, je dirai que je te connais et tout... J'ai tellement hâte. S'il t'embrasse, je saurai, et tu sauras que je sais...

— Va chier, je grommèle. Sur Internet il doit bien y avoir des conseils pour les faux baisers...

Elle éclate de rire.

— Même s'il ne met pas la langue, ses lèvres seront quand même sur les tiennes.

Je me laisse tomber sur mon lit en râlant. Je sens mon cœur se serrer à l'idée qu'on puisse s'embrasser ou même se rapprocher physiquement. J'ai joué à ça avec lui lorsqu'on était ado, de nombreuses fois... je l'ai aimé sans condition et son départ m'a fait mal. C'est mon premier amour, le premier en tout. J'ai eu du mal à l'oublier à l'époque. Je ne suis pas certaine d'être tout à fait prête à jouer ce jeu, mais j'ai signé un contrat, je me suis engagée dans cette voie... et je n'ai plus vraiment le choix.

Vivement la fin de cette mascarade.

Chapitre 11

Ava

Los Angeles.

Je n'en reviens pas d'être là.

J'ai l'impression que je vais me réveiller d'un moment à l'autre et me rendre compte que je suis au boulot avec un filet de bave au coin des lèvres parce que je suis en train de roupiller sur mon bureau…

Mais la chaleur des rayons du soleil sur ma peau me semble bien réelle. Je continue d'admirer le ciel bleu et les palmiers tandis que la voiture avance vers je ne sais où.

Zayn devait m'accueillir à l'aéroport, mais il a eu un contretemps, il doit donc me rejoindre sur place. Enfermé dans une cage à côté de moi, Patmol semble pressé de sortir de là. J'ai hésité jusqu'au dernier moment, je ne savais pas si je devais le prendre ou pas et puis, je me suis dit que, quitte à avoir une vie de luxe pendant quelques semaines, autant en faire profiter mon meilleur ami.

J'ai demandé un congé sabbatique à mon boulot qui m'a été accordé. Je ne sais pas si j'y retournerai après ou si j'en profiterai pour trouver un boulot qui me passionne plus mais, au moins, cela me laisse un filet de sécurité.

Je voudrais récupérer le centre de karting de mon père et le rouvrir. Si je survis au *deal* de Jesse et s'il me donne réellement la somme que je lui ai demandé alors... ce sera possible. La seule chose qui m'a poussée à accepter, c'est ça. Le karting est à l'abandon depuis sa maladie. J'ai le cœur qui se brise chaque fois que je passe devant. La banque me l'a saisie quand payer les frais de l'hypothèque sont devenus trop galère. Malheureusement les frais que nous avions engendré était trop importants et je paye encore... tout en ayant perdu le karting. Cet endroit, c'est tout mon monde. J'y ai grandi, j'y ai vécu. Il est à l'image de mon père, c'est sans doute pour ça que le voir à l'abandon me fait si mal. C'est aussi ici que j'ai connu Jesse... Ce circuit est imprégné de mille et un souvenirs que je chéris malgré tout. C'est aussi la cause de toutes mes dettes...

La sonnerie de mon téléphone me sort de mes pensées.

— Allô ?

— Ava-*da Kedavra*, comment tu vas ?

Je raccroche sans un mot.

Je l'imagine rager ce qui me fait jubiler.

Mon téléphone sonne à nouveau.

— Ava-*lon*[1] ne soit pas bougonne.

Je lève les yeux au ciel.

Et je recommence. Le téléphone sonne encore une fois.

— Fais gaffe à ce que tu vas dire, Jesse.

Il ricane dans le combiné.

Il m'appelait Ava-*da Kedavra* quand on était plus jeune, car j'avais toujours le nez fourré dans un bouquin et que lorsque j'ai lu les Harry Potter, j'en parlais à tout bout de champ. Je l'ai même forcé à les lire.

— Qu'est-ce que tu veux ? je demande.

— Je sens que ma charmante petite amie ne m'apprécie pas des masses. Va falloir augmenter le niveau d'amour pour tromper tout le monde.

1. Référence à l'île d'Avalon dans la légende arthurienne.

— Fausse petite amie, je rectifie.

— Ce soir on sort, on se montre en public. Rien de guindé ne t'en fais pas. Je passerai te prendre à l'hôtel.

— On fait quoi ?

— Je t'emmène quelque part, répond-il vaguement. Mets une tenue décontractée. Si tu as besoin d'acheter quoi que ce soit, tu le signales à Zayn, il te donnera tout ce dont tu as besoin et mettra une voiture à ta disposition.

Je me sens soulagée de voir qu'on ne va pas dans un endroit trop guindé pour notre première sortie et un peu aussi de constater que je ne vais pas directement chez lui.

— Madame, nous sommes arrivés à destination.

Je n'ai pas le temps de dire quoi que ce soit que la portière s'ouvre. Un homme d'une trentaine d'années, vêtu d'un costume bleu marine m'accueille avec un sourire. Il me tend la main pour m'aider à descendre.

— Bienvenue à Los Angeles, mademoiselle Drake. Je suis Zayn Fraiser.

— Merci, mais vous pouvez m'appeler Ava.

Je ne manque pas son sourire, ni le regard discret et observateur qu'il pose sur moi.

— Votre vol s'est bien passé ?

Tandis qu'il parle, le chauffeur sort mes valises du coffre ainsi que la cage de transport de Patmol.

— Très bien oui.

— Vous serez logé dans l'une des plus belles suites du Berverly Wilshire.

— Le... pardon ?

Ce n'est pas vrai. Tilda avait raison.

Je suis bien une Vivian.

Je suis ébahie devant la beauté de l'immeuble qui s'élève au-dessus de moi. J'admire la façade faite de pierres de Toscane et de marbre de Carrare, c'est Tilda qui m'en a parlé. Elle est fan de comédie romantique, notamment celles des années 90.

— Vous me suivez ?

— Oui, je…

— Laissez les bagages, le personnel s'en chargera.

Je prends tout de même Patmol.

— J'ai le droit de prendre mon chien ?

— Bien évidemment.

Je me lance à sa suite en expliquant à Patmol qu'on est bientôt arrivé. Nous passons par l'accueil quelques minutes, puis nous prenons l'ascenseur. Zayn reste calme et silencieux. J'imagine que tout ce qu'il a à dire est confidentiel. Nous sortons enfin de là après une ascension de plusieurs étages. Je ne suis pas trop fan des ascenseurs. Je les trouve assez flippants.

— C'est par ici, lance-t-il en s'élançant dans le couloir.

Il s'arrête enfin, me montre une carte qu'il passe sur un terminal collé à la porte et nous entrons. Tout en m'extasiant comme une enfant, je libère Patmol de sa prison. Il s'étire en bâillant.

— C'est la plus petite suite, mais…

— La plus petite ?

Zayn sourit. J'ai probablement l'air bien idiote, mais je ne sais pas où regarder tellement c'est magnifique.

— Oui, elle fait 137 m^2.

Soit le double de mon appartement.

Tilda va être folle.

Il faut que je l'appelle et que je la lui montre.

— C'est magnifique.

— Je suis content qu'elle vous convienne. Il y a le salon comme vous le voyez, également deux toilettes, une salle de bains avec baignoire, une chambre avec un lit *king size* et bien sûr les fenêtres s'ouvrent sur une terrasse privée qui donne sur Century City et Beverly Hills. La terrasse est équipée de chaises pour que vous puissiez vous relaxer dehors si l'envie vous en prend.

— D'accord.

— Vous avez rendez-vous avec Jesse ce soir. Il devrait vous prendre vers 19 heures.

— Il m'a prévenue, merci. Est-ce que c'est… une sortie où il faudra afficher notre relation ?

— Non, c'est juste une apparition ensemble. Vous pouvez manger à votre guise, toutes vos dépenses à l'hôtel seront sur votre note, pas besoin de vous en inquiéter, on ne vous demandera rien. Et si vous avez besoin de quoi que ce soit comme vêtements, chaussures ou tout autre accessoire sur Rodeo Drive, dites que vous mettez ça sur la note de M. Potter. Les magasins ont normalement été avertis. Au moindre problème, vous m'appelez, et tout sera réglé dans la seconde.

M. Potter, voilà tout ce que j'ai retenu de ce long monologue. *Jesse…*

— Je suis malheureusement pressé par le temps aujourd'hui. Vous avez l'après-midi pour vous installer et vous préparer pour ce soir.

— D'accord, mais… il faut que je vous parle.

Je ne suis pas dupe. Si Jesse a probablement pris la décision de me choisir, moi plutôt qu'une autre, j'imagine que son entourage, cet homme qui me fait face notamment, a dû se renseigner sur moi. Si Jesse avait été au courant de la nature de mes dettes lors de notre dîner, il me l'aurait dit, de même s'il avait su que mon père était mort… mais lui, ce Zayn, il sait peut-être.

— C'est-à-dire ?

— Que savez-vous sur moi ?

— Pardon ?

Je soupire. Il a décidé de jouer au con.

— J'imagine que vous vous êtes renseigné sur moi. Jesse ne l'a pas fait, mais vous êtes son agent, vous surveillez ses arrières, alors je suppose que vous vous êtes renseigné sur moi.

Il esquisse un sourire avant de hocher la tête. Pas si con finalement.

— Effectivement, c'est mon boulot de veiller sur lui et en tant qu'ami aussi.

— Que savez-vous ?

— Que le club de karting de votre père a coulé après sa maladie et que vous êtes noyée sous les dettes depuis sa mort, notamment à cause d'une hypothèque.

Je souffle. Alors il est si facile quand on a de l'argent de se renseigner sur les autres. Ça me fait froid dans le dos et ça me répugne, pourtant je m'en doutais.

— Je sais également que vous refusez d'abandonner et de vendre, ce qui pourtant pourrait vous sortir de la merde.

Sa tirade est criante de vérité, c'est sans doute pour ça qu'elle me fait mal, mais je refuse d'abandonner la seule chose qu'il me reste de mon père. Même si ça me procure des conditions de vie déplorable, même si je sais qu'il aurait refusé que je vive comme ça… c'est juste que nettoyer des kartings, entendre le bruit des moteurs, graisser les rouages… tout me manque. J'ai toujours été persuadée que je prendrais la suite de mon père et une part de moi l'espère encore. Incroyable de me dire que si j'y arrive, ce sera sans doute grâce à Jesse.

— Ne dites rien à Jesse, je dis de but en blanc.

— Comment ça ? demande-t-il perplexe.

— Sur la nature de mes dettes, ça ne le regarde pas et sur la mort de mon père également. S'il doit l'apprendre un jour, alors ce sera de ma bouche, je ne veux pas que ça vienne de vous. S'il est averti ou si la presse l'est, alors je mettrai fin à ce *deal*. J'irai gueuler sur tous les toits que cette histoire d'amour est fausse…

— Je n'ai pas parlé à Jesse de tout cela, car je ne jugeais pas utile de le faire. J'ai effectivement pensé que je ne devais pas être celui qui devait lui apprendre la mort de votre père du moins. Je me suis renseigné avant tout pour voir si vous ne lui nuiriez pas. Je devais vérifier que vous n'étiez pas simplement cupide, mais au vu de vos arrangements dans le contrat et de la somme que vous aurez à la fin, je ne pense pas que vous irez le vendre à la presse. Vos dettes ainsi que la mort de votre père restent entre vous et moi, vous avez ma parole.

Il est honnête, je le sens. Je sais qu'il ne serait pas dans son intérêt de me faire un coup pareil de toute façon.

— Vous souhaitez éclaircir un autre point ? demande-t-il.

— Pas pour le moment, non...

— Alors je vous laisse vous installer et profiter de vos appartements.

Il me sourit avant de quitter la pièce. Quelques instants plus tard, un *groom* m'apporte mes bagages et enfin, je reste seule avec Patmol qui me fixe d'un air dubitatif.

— Ouais, c'est la grande vie, mon pote...

Le salon est composé d'une cheminée, d'un grand canapé beige et de deux fauteuils mauves, ainsi que d'une table à manger autour de laquelle sont posées pas moins de six chaises, il y a également un écran plat encastré dans le mur. Tout est lumineux, épuré... Je crois que je n'avais jamais rien vu d'aussi beau. Je m'avance vers les autres pièces, la chambre est deux fois plus grande que la mienne. Les murs gris se marient bien avec le mobilier beige et la moquette avec une teinte marbrée. Mais quand j'entre dans la salle de bains, j'ai l'impression de rêver. Un énorme miroir au-dessus d'un meuble à double vasque, mais le plus impressionnant c'est la baignoire en marbre marron.

— Tu as vu ça...

Patmol aboie une fois.

Je n'ai jamais rien vu d'aussi luxueux de toute ma vie. Je me sens à la fois mal à l'aise et en même temps euphorique de vivre une telle aventure. Je sais que je connaîtrai ça qu'une seule fois dans mon existence.

Je retourne dans le séjour de ma suite. Seigneur, il n'y a rien qui va dans cette phrase. Un salon ? Dans ma suite ? Puis, je sors sur le balcon pour admirer la vue. Elle est vertigineuse, le panorama est incroyable... j'ai déjà hâte d'être à ce soir, pour voir les lumières de la ville.

J'appelle enfin Tilda. J'avais promis de le faire une fois que je serais sur place. À cette heure-ci, elle est en pause déjeuner. À peine a-t-elle décroché qu'elle est survoltée :

— Alors ? Alors ? Alors ?

— Bonjour, déjà ! je raille.

— Oui, bonjour. Alors ?

— Alors quoi ?

— Tu es où ? Tu fais quoi ? Raconte…

— Je viens d'arriver à mon hôtel, j'explique. Quand j'ai débarqué à l'aéroport, il y avait un mec qui m'attendait avec une pancarte, ensuite il m'a conduite jusqu'à son SUV pour me déposer devant mon hôtel. Là se trouvait le gars que tu as entendu au téléphone.

— Il est sympa ?

— J'en sais rien. Il était pressé. Toujours est-il qu'il m'a accompagné jusqu'à ma suite.

— Ta suite ?

— Oui, ma suite. Tilda il y a un salon dans ma putain de chambre d'hôtel. Elle fait 137 m², c'est le double de nos appartements, c'est un truc de malade.

— Mon Dieu, le rêve. Je suis trop jalouse et en même temps heureuse. Aaah, je vais te détester quelques minutes… j'ai le droit ?

J'éclate de rire.

— Je te le donne.

— Tu m'enverras des photos et des vidéos ?

— Oui.

— Je savais que j'aurais dû me glisser dans la cage avec Patmol.

— Je regrette que tu ne sois pas là pour vivre ça avec moi. Mais je ne t'ai pas tout dit…

— Vas-y, balance !

Je sens l'excitation dans sa voix.

— Je suis au Berverly Wilshire…

— Ah ! Putain de bordel de merde ! C'est vrai ?

Elle hurle carrément dans le téléphone.

— Tu es genre dans une des suites de l'hôtel de *Pretty Woman* ? C'est absolument incroyable. Il faut que tu m'envoies des photos. Je vis par procuration, là.

— Je n'avais jamais vu autant de luxe, la chambre est incroyable, c'est à la limite du scandaleux. Quand je vais revenir dans mon appartement, le choc sera rude.

— Si tu y retournes…

— Qu'est-ce que tu insinues ?

— Rien du tout, les aléas de la vie tu sais… D'ailleurs en parlant d'aléas, tu le vois quand ?

J'imagine qu'elle parle de Jesse.

— Ce soir, on sort je ne sais où pour faire une première apparition.

— Tu as hâte de le revoir ? Tu te sens comment ?

— Non je n'ai pas hâte, en plus je me sens bizarre. On ne s'est même pas rencontrés pour parler de nous, de cette sortie, du comportement qu'on doit adopter, c'est tellement bizarre… Je ne sais pas de quoi on va parler. On n'a plus rien à se dire depuis des années.

— C'est ce que je craignais, mais ça va bien se passer. En plus vous vous connaissez déjà, alors c'est plus facile pour l'alchimie.

— Avec une actrice, ça aurait été plus naturel j'ai l'impression. Après tout, son boulot c'est de jouer un personnage à chaque fois.

— Je ne crois pas. En plus, ça fait pas mal d'années que vous ne vous vous êtes pas vus, alors vous aurez forcément des choses à vous dire.

— Il nous a laissés tomber, je lâche bêtement.

Les mots m'échappent, sans doute qu'ils reflètent mes pensées.

— Ou des abcès à crever, ajoute Tilda. Et, qui sait, peut-être tu vas te découvrir une vocation de comédienne ?

Je grimace.

— Qui sait !

— Bon je suis désolée, c'est déjà la fin de la pause, on se rappelle ce soir si tu veux ou n'importe quand. D'ailleurs, tu peux me bombarder de photos, je les attends.

— D'accord, je fais ça.

Tilda raccroche, je me laisse tomber sur le canapé et remarque que Patmol s'est allongé au soleil sur la terrasse. J'en connais un qui se fait très bien à la vie de riche.

Le soir venu, je sors de mon bain dans lequel je me suis prélassée pendant plus d'une heure. Je m'enroule dans une serviette qui coûte sans doute plus cher que toutes mes fringues réunies. Puis, j'enfile une des tenues que Tilda avait sélectionnées. Le jean *mom* avec un T-shirt et le *bomber*. Je me sèche les cheveux et je me maquille légèrement avec un peu de blush, du mascara et un rouge à lèvres *nude*.

Je n'ai pas bougé de la journée. Je n'ai pas osé manger non plus. J'ai pris une bonne dizaine de vidéos et deux fois plus de photos pour les envoyer à Tilda. Elle continue de s'extasier en me disant de profiter à mort. Quand mon téléphone affiche 19 heures, je descends dans le hall de l'hôtel. Je suis presque déçue de ne pas voir Hector Elizondo[1] derrière le comptoir d'accueil. Tandis que je regarde partout, je sens un regard perçant sur moi. Je le découvre alors, assis sur l'un des grands fauteuils de l'accueil en train de me fixer intensément, un petit sourire au coin des lèvres. Il se redresse quand nos regards se croisent et il s'avance vers moi sans rompre notre contact visuel. Il est en jean lui aussi et il porte un T-shirt noir sous son blouson en cuir. En tout cas, il semble vêtu d'une tenue tout aussi décontractée que la mienne, et ça me soulage. Je l'aurais frappé s'il m'avait menti.

1. Acteur qui joue le rôle du directeur du Berverly Wilshire dans le film Pretty Woman

— Salut, dit-il.

— Bonsoir.

J'essaye de ne pas prêter attention aux gens qui le regardent ou le reconnaissent, mais ce n'est pas évident. Lui en tout cas ne semble absolument pas perturbé. J'imagine qu'il a l'habitude de susciter l'engouement des gens.

— On dirait que tu m'as écouté. Tu seras peut-être une petite amie docile.

Je soupire en esquissant un sourire.

— Fausse petite amie, et tu rêves. Tu vas regretter de m'avoir choisie.

Il ricane.

— Allez viens, Ava-*da Kedavra*.

Il sourit de plus belle et m'entraîne hors de l'hôtel.

Chapitre 12

Jesse

— On va où ? me demande Ava une fois installée sur le siège passager.

Je démarre.

— Au Crypto.com Arena[1], voir un match de basket. Les Lakers jouent ce soir.

Un bref éclair illumine son regard. Je crois me souvenir que c'est un sport qu'elle aime beaucoup.

— Il y aura des journalistes ? On va devoir parler de nous ? On n'a rien établi sur nous, alors, on doit dire quoi ?

— Il y aura probablement des journalistes et des paparazzis, mais aucune interview. On sort simplement assister à un match de basket. Les gens vont nous voir ensemble, la presse aussi et c'est tout. Tout le monde va se demander qui tu es et remarquer que tu m'as accompagné dans un endroit public.

— Tu ne sors jamais avec quelqu'un dans les lieux publics ?

— Jamais avec une femme. On me voit avec mes amis aux matchs de basket par exemple. Quand je fais la une des tabloïds avec une femme, c'est généralement à la sortie d'un club.

1. Anciennement appelé Staples Center

— Charmant, râle-t-elle.

Je glousse ce qui semble la faire rager un peu plus encore.

— Je fais ce que je peux.

— Comme quand tu m'emmènes à notre fameux premier rencard dans la voiture dans laquelle tu as baisé ta dernière conquête en date.

Je la regarde du coin de l'œil, elle me foudroie du regard. Puis j'éclate de rire, amusé qu'elle soit tombée sur ces magazines *people*.

— Ce n'est pas la même. Elle était orange, mais ce n'est pas le même modèle. Tu vois, je suis plus galant que tu ne le penses.

— Un vrai gentleman à marier, raille-t-elle.

Elle est piquante, voire mordante.

Elle me déteste carrément et ne s'en cache pas. Elle m'en veut d'être parti comme je l'ai fait et de ne pas avoir donné de nouvelles. J'imaginais que sa colère allait s'estomper, surtout après qu'elle avait accepté le *deal*, mais elle est tenace. Je me demande si finalement c'était une bonne idée de la choisir. Honnêtement, je crois que je me réjouis d'avance de connaître cette nouvelle version d'Ava et de me frotter à elle.

— Ta suite te plaît ?

— C'est indécent, elle est plus grande que mon appartement.

Elle ne me facilite pas la tâche pour entamer la discussion.

— Ça ne répond pas à ma question.

— Elle est très belle. Mais je me serais contenté d'une chambre normale, je n'avais pas besoin de tout ce luxe.

— Autant être bien, surtout si tu y séjournes quelques semaines.

Comme je m'arrête à un feu rouge, je jette un coup d'œil dans sa direction. Elle fixe la route comme si elle refusait de me regarder ou qu'elle essayait de me fuir.

— Je pensais qu'on devait vivre ensemble, lance-t-elle après quelques instants de silence, un soupçon de perplexité dans la voix.

— Tu es pressée de vivre avec moi, Ava ? Il fallait le préciser, j'aurais pu accéder à ta requête.

— Oh ! je t'en prie, t'es pas aussi naïf que ça, Jesse. Je veux juste connaître le planning. Je n'aime pas être dans le flou.

— Quand on aura officialisé notre relation, tu pourras séjourner avec moi.

— Fausse relation, s'empresse-t-elle de rectifier.

— Va falloir que tu sois plus gentille si tu veux convaincre la presse que tu es folle amoureuse de moi… Beaucoup plus gentille avec le merveilleux Jesse Størm.

J'appuie sur les derniers mots, persuadé que ça va la rendre folle, et le regard que je croise me le confirme.

— Je serai parfaite, ne t'en fais pas. En attendant ce n'est pas pour autant que je dois aussi faire semblant quand il n'y a que nous.

Ses crocs sont acérés. Encore un peu et elle me mordrait vraiment. Mais sa jambe qui tremble nerveusement me dit qu'elle n'est pas tout à fait sereine non plus. Je pose ma main sur son genou pour la calmer et le masse une brève seconde avant qu'elle amorce un mouvement de recul.

— Ne me touche pas ! Je ne t'en ai pas donné le droit.

— Tu avais l'air stressée, je grommèle. Je voulais juste t'aider.

— Je peux gérer mon stress toute seule. Pas besoin d'en passer par les caresses.

Sa jambe tremble à nouveau, ce qui me fait sourire. Je peux aisément comprendre que l'exercice qu'on s'apprête à faire n'est pas facile pour elle. C'est un plongeon dans le grand bain.

— Je te préviens, je risque de te tenir la main ou la taille dans les jours à venir. Peut-être même ce soir. Alors, évite de me donner un coup si tu ne veux pas que ça foire.

— Promis, j'essayerai d'être discrète. Mais qu'est-ce qui te dit que je ne suis pas là pour tout faire foirer justement ?

— Je ne sais pas, peut-être l'argent que tu vas toucher à la fin du contrat et dont tu as visiblement besoin, puisque tu as accepté de venir ici avec moi.

— Tu es un connard, Jesse.

— Attention à ton langage Ava-*da Kedavra*. Ça fait vraiment mauvais genre de jurer devant la presse. Ne m'oblige pas à t'embrasser pour te faire taire.

— Je t'arrache la langue, si tu fais ça.

— Il serait cruel d'infliger au monde une telle perte.

Un silence prudent s'installe entre nous jusqu'à ce qu'on arrive à destination.

— Prête, ou il te faut du temps pour entrer dans ton personnage ?

Elle me regarde avec un petit sourire et une pointe de défi dans le regard.

— Je suis prête, don Juan.

— Je trouve ça vachement péjoratif, moi.

— Tu préfères Jesse le *Serial Fucker*[1] ?

— Tu es cruelle. Tu aurais pu juste m'appeler fossette.

— En quel honneur ?

— Parce qu'elles te font craquer depuis toujours.

Un soupçon de rouge sur ses joues me confirme que c'est vrai, mais ça ne l'empêche pas de me lancer un regard noir. Ça va être un plaisir de la rendre folle. Surtout si elle me rend la pareille. J'adore jouer et… je me souviens qu'on jouait beaucoup quand on était jeunes, elle et moi. Je suis curieux de voir si elle a encore cet esprit de compétition.

— De si beaux yeux gâchés par tant de haine, quel dommage.

— Je ne te déteste pas vraiment, mais si tu étais en feu dans ta monoplace et que j'avais un extincteur, je l'utiliserais pour faire une soirée mousse.

— Tu serais triste sans moi.

— Je me portais extrêmement bien avant que tu viennes me rappeler ton existence.

— Je peux toujours mettre à exécution ma menace de t'embrasser à chaque insulte.

1. Baiseur en série

— Je peux également te démontrer que mon genou ne me sert pas qu'à plier la jambe.

— Je suis intouchable, Ava. Tu le sais.

— T'as pas besoin de ta bite pour conduire ta monoplace.

— Allez Ava-*lanche*, sur ce sarcasme bien imagé, allons-y.

Je l'entends qui m'insulte tandis que nous nous dirigeons vers l'escalier qui mène vers l'accès VIP du stade.

Les gradins du terrain de basket sont pleins.

Il y a du monde.

Du monde susceptible de me voir. Nous voir, mais c'était le but recherché. Montrer aux gens que je suis accompagné d'une femme pour un événement auquel j'assiste souvent. Je suis même certain que des gens nous ont déjà vus et que ça circule sur Internet en mode : « Qui est la nouvelle conquête de Jesse *Serial Fucker* Størm ? ».

Je me penche vers Ava. Elle rougit en me rendant mon regard. Le fait qu'elle n'ait pas le choix d'être adorable me fait sourire. Je sens dans son regard qu'elle bout et rêve probablement de m'éclater les couilles. Je dois bien avouer qu'elle est belle - *sexy*. J'avais oublié qu'elle avait des yeux aussi surprenants. Un bleu clair magnifique qui donne l'impression qu'ils sont parsemés de flocon de neige.

— Tu aimes le basket ?

— Oui, j'adore ça. Le terrain est immense.

— La salle a une capacité de 20 000 spectateurs.

— Autant de monde..., souffle Ava.

Je hoche la tête.

— Autant de monde susceptible de nous voir ensemble ce soir.

— Être vus est le but de notre sortie ici.

Elle regarde autour d'elle, un peu inquiète. Personne ne semble s'intéresser à elle pour l'instant, elle est juste une nana parmi des centaines qui assistent à une rencontre de basket, mais bientôt elle sera sous le feu des projecteurs, juste parce qu'elle est avec moi.

— Tu aurais préféré être jetée dans le grand bain avec une ribambelle de journalistes ?

— J'imagine que non.

Elle souffle, et sa jambe recommence à trembler nerveusement.

— Ava, ton genou. Calme-toi. Tout va bien.

Elle baisse les yeux et lâche un petit « ah ». On dirait qu'elle semble seulement le remarquer. Elle pose ses mains sur sa jambe mais ne parvient pas à se calmer pour autant.

— Je n'y arrive pas, souffle-t-elle.

J'ignore si elle se parle à elle ou à moi.

— Tu as besoin d'aide ?

Elle hoche la tête et, cette fois, elle attrape ma main et la pose sur son genou. Je le presse délicatement pour qu'elle se calme

— Tout va bien, je dis.

— Parle pour toi.

— *Iktsuarpok* ! je lance.

Elle me regarde du coin de l'œil alors que je frictionne encore sa jambe, son regard se perd dans le mien.

— Pardon ?

— *Iktsuarpok* ne veut rien dire dans aucune autre langue, ça vient du Groënland. Il permet d'exprimer le mélange d'impatience et d'excitation que l'on peut avoir quand on attend la venue de quelqu'un, au point de sortir pour vérifier s'il n'est pas en train d'arriver.

— Tu...

Elle lâche un petit rire, signe qu'elle se détend un peu.

— Tu en as d'autres des mots uniques comme ça ?

— En Norvège... Le mot *forelsket* caractérise l'euphorie de ce que l'on ressent au plus profond de soi quand on commence à tomber amoureux... *Forelsket* est intraduisible car il décrit les émotions qui naissent dans son cœur et qui accompagnent les premiers émois amoureux. Ces premiers instants dans une histoire d'amour qui te promettent que l'histoire sera belle, c'est *forelsket*.

Ses yeux brillent d'une étincelle vibrante, et je remarque qu'elle ne tremble plus.

— C'est beau, dit-elle.

Je retire ma main tout en hochant la tête, mon but était avant tout de lui faire oublier son stress et j'ai l'impression que c'est bon.

— Merci, Jesse.

Le match commence enfin.

Les Lakers jouent contre les Celtics ce soir.

Le match est serré. L'écart, minime.

Mais les deux équipes nous offrent de beaux paniers, de beaux engagements. Je ne suis pour aucune équipe en particulier, bien que j'aie un petit faible pour les Lakers, je viens souvent juste pour la beauté du sport. Ava semble fascinée par ce qu'elle voit. Sa joie est adorable. Elle se démarque des filles plutôt blasées que j'ai l'habitude de côtoyer. À la pause, elle semble déçue de devoir à nouveau se concentrer sur moi.

— Tu veux boire ou manger quelque chose ?

— Non, ça ira.

Je m'approche d'elle, me penche vers son oreille.

— Ava-*da Kedavra*, ne recommence pas avec ton regard.

— Quel regard ? dit-elle en papillonnant des cils.

— Celui qui semble signifier que tu veux séparer ma tête de mon corps.

— On ne se renie pas, chuchote-t-elle en retour.

— Ne me force pas à t'embrasser pour t'empêcher d'être vulgaire.

— Si tu veux que je te vomisse dans la bouche, tu peux essayer.

Je souris. Elle aussi.

Soudain, le public se déchaîne. Je lève la tête et remarque que les écrans géants ont décidé aujourd'hui de jouer à la *kiss cam*.

— Ce n'est pas vrai, siffle Ava.

Les applaudissements du public pour le couple qui vient de s'embrasser couvrent son désarroi. Sa jambe s'agite de nouveau. J'y pose la main tandis que le caméraman cadre un autre couple. Comme à chaque fois, le public devient euphorique devant la joie ou le malaise des gens choisis.

Mais soudain les hurlements du public redoublent d'intensité. Un coup d'œil à l'écran me renvoie mon propre reflet et celui d'Ava. Je me tourne vers elle, je plonge mon regard dans le sien, je la dévore littéralement des yeux. J'aime river mon regard à celui des gens, toutes leurs émotions y passent. C'est sans doute une habitude prise à force de se concentrer sur la route. Elle est écarlate, je souris, et ses iris d'un bleu irréel s'agrandissent. L'occasion de la rendre folle et de nous mettre sur le devant de la scène est vraiment trop tentante.

Un simple baiser à la *kiss cam*.

Je ne l'ai jamais fait.

La presse et les réseaux sociaux vont s'enflammer.

Les secondes défilent, le public est comme fou et sous ma main la jambe d'Ava est prise de convulsion. J'attrape sa jambe plus fermement pour la calmer. Dans son regard, j'y vois l'étincelle vibrante d'autrefois, celle des défis qu'on se lançait elle et moi.

— Je vais t'embrasser. Ava ? je dis.

Je me penche vers elle. Elle souffle. Je ne peux cependant amorcer ce petit jeu que si elle en a envie.

— C'est l'occasion d'officialiser notre couple. Un plongeon direct dans le grand bain.

— Faux couple, souffle-t-elle si bas que j'ai l'impression de le rêver.

Je glisse une main dans ses cheveux, je donnerais n'importe quoi pour connaître les pensées qui la traversent à l'instant. Tendrement, je pose mes lèvres sur les siennes. Elle y répond avec une ardeur et une véhémence qui me surprend et... m'excite, je l'avoue. Elle est en colère, mais je suis le seul à le savoir. Les cris des gens fusent autour de nous. Quand je m'éloigne d'elle, je salue la caméra d'un sourire.

Puis je me penche vers Ava.

— Bizarre, tu n'as pas vomi.

— Enfoiré. Je te hais.

— Jolie rime.

— Tu...

— Ne sois pas en colère contre toi, c'est tout à fait normal de craquer pour moi.

Étonnamment, elle me répond avec un large sourire, le genre à te foutre en KO technique en moins de deux. Le seul sourire qui m'a toujours réduit en cendres et qui visiblement n'a rien perdu de son pouvoir.

— C'est adorable de voir qu'avec ton melon et ta célébrité, tu es encore capable de tant de naïveté. Tu vas devenir fou en premier, Jesse

Si c'est un défi, je l'accepte volontiers.

Chapitre 13

Jesse

J'ai hâte de l'emmener avec moi aujourd'hui. Quelque chose me dit que ça va beaucoup lui plaire. Il est 10 heures du matin et je l'attends dans le hall de son hôtel, une casquette sur la tête en plus de mon sweat à capuche. Je n'ai pas forcément envie qu'on me reconnaisse ce matin.

Elle rejoint le hall d'entrée pile à l'heure, et tant qu'elle ne me voit pas, je l'observe évoluer dans un monde qui semble l'effrayer. Nous n'avons pas encore eu le temps de parler de la *kiss cam* et des nombreux tabloïds qui l'ont évoquée d'ailleurs. Zayn était plutôt content, quant à Julian, je ne sais pas… j'imagine qu'il dira quelque chose quand j'aurai eu plus de rendez-vous officiels avec Ava et que la presse nous considérera comme un vrai couple. Pour l'instant, ce n'était qu'une unique apparition.

Elle finit par me repérer, elle porte un jean avec une paire de baskets et un hoodie violet.

— Bonjour ! je lance.

— Je ne sais pas encore, redemande-moi après notre sortie.

Je souris.

— Je vois que tu attaques sans échauffement.

Elle hoche la tête, le regard malicieux.

— Où va-t-on ?

— Ça va te plaire, crois-moi !

Je pause une main au creux de ses reins pour la diriger vers la sortie de l'hôtel.

— Tu ne vas pas me faire le coup à chaque fois ? demande-t-elle.

— Quel coup ?

— De ne pas me dire où on va.

Je lui ouvre la portière galamment et je hausse un sourcil quand nos regards se croisent. Elle monte dans la voiture en levant les yeux au ciel.

— La journée va se dérouler en deux parties, je dis une fois installé derrière le volant.

— Mais encore ?

— Tu es trop curieuse, Ava.

— Et toi, trop pénible.

Je démarre en riant. Nous sommes à environ une trentaine de minutes de notre destination.

— Si je te le dis, ça ne sera plus une surprise n'est-ce pas ? Ou alors faisons un *deal*.

— Encore ! s'exclame-t-elle. Attention Jesse Størm, tu abuses un peu.

— Je te dis où on va, et toi tu n'as pas le droit d'être méchante ou sarcastique.

— C'est impossible, c'est comme si tu me demandais de me renier. Je vis, je mange, je respire, je prie, même, sarcasmes.

— Comme tu voudras.

Je donne un petit coup d'accélérateur, et elle soupire.

— Je peux éventuellement baisser d'une cinquantaine de pour cent mon flot de sarcasmes. C'est le mieux que je puisse faire.

Je lui lance un regard en coin. Elle arque un sourcil. Elle s'amuse et se détend, je la préfère ainsi plutôt que crispée, même si je comprends que le monde fait de journalistes dans lequel je l'ai plongée n'est pas facile, comme ça ne l'est pas de faire semblant...

— Je m'en contenterai. Je ne te dis rien pour maintenant, mais après le déjeuner, je t'emmène dans un club de karting dont je suis le parrain. Un club ouvert pour les enfants défavorisés.

Elle sourit.

— Est-ce que tu peux me dire s'il y aura des journalistes, ce matin ?

— On ne peut jamais savoir où ils sont mais, non. Je pense qu'on sera plutôt tranquilles.

— Alors juste toi et moi ?

— Presque, oui.

Elle fait semblant de vomir alors que je ricane.

— Le baiser... à la *kiss cam* a pas mal fait parler de lui. Est-ce que ton agent était content ?

— Content je ne sais pas, mais pour officialiser une relation il faut une première démonstration en public, n'est-ce pas ?

— Sans doute oui.

— Plus les gens nous verront ensemble, plus ils se persuaderont d'eux-mêmes que nous sommes en couple.

Hocher la tête semble lui être pénible, comme si elle soupesait mes mots. Je ne sais pas ce qui s'est passé pour qu'elle se retrouve dans une telle galère d'argent, mais je sais que si ça n'avait pas été le cas, elle ne serait pas avec moi. Ava aurait préféré perdre la vue plutôt que d'accepter ce *deal*. J'aimerais un jour qu'elle me parle de ses problèmes, qu'on évoque notre passé en commun... mais je ne suis pas pressé. Peut-être que ce temps qu'elle sera obligé de partager avec moi finira par s'adoucir.

— T'as pas peur de te faire choper ? dit-elle en brisant le silence.

— Pas vraiment... je ne dirai rien, j'ai une confiance aveugle en Zayn et je sais que ce n'est pas ton genre.

— Oui mais les paparazzis... J'ai l'impression qu'ils seraient capables de tout.

— Ce n'est pas une impression. Ils vivent en espérant dénicher l'info ou la photo la plus extraordinaire pour la vendre au plus offrant… c'est juste du business, ils n'en ont rien à foutre du reste. Admettons qu'ils surprennent un acteur censé être hétéro avec un mec, ils vont prendre un cliché et le vendre sans vergogne quitte à lui gâcher la vie. Sans le moindre scrupule.

Elle me regarde intensément soudain.

— Et tu n'as pas peur ? Si ça se savait, ils pourraient complètement ruiner ta carrière, non ?

Si tout le monde me laissait tomber j'imagine, mais je n'ai vraiment aucune raison de douter maintenant. Et au pire Zayn et Julian seront avisés sur le moment et sauront quoi faire.

— Tout va bien se passer, Ava, et puis, je suis beaucoup trop bon pour qu'on ne veuille plus de moi.

Nous arrivons enfin à destination. Ava se redresse légèrement sur son siège et elle jette des coups d'œil partout. La grille s'ouvre et nous pénétrons sur l'immense domaine d'un de mes amis. On se gare près des hangars. Nous sortons de la voiture.

— On va regarder un entraînement ? demande Ava.

Je secoue la tête en souriant, mais je ne dis rien. Je m'avance vers Hercule qui vient me saluer. Il était pilote de NASCAR, mais il a pris sa retraite il y a quelques années. Il a racheté cette immense propriété et il l'a transformée en ovale[1] pour entraîner des petits nouveaux qui veulent se lancer dans la course automobile.

— Merci d'avoir dégagé du temps pour moi ce matin, je lui dis.

— J'ai toujours du temps pour toi !

— Hercule, je te présente Ava. Ava, Hercule le propriétaire de cet endroit.

Il s'incline légèrement.

1. En automobile, un « ovale » ou « anneau de vitesse » est une piste destinée à la compétition, essentiellement aux États-Unis.

— Alors c'est vous qu'il veut impressionner ?

Elle ne répond pas, elle sourit, les joues un peu rouges.

— Combien de filles a-t-il amené pour les impressionner ? demande-t-elle.

— Venant de lui, c'est étonnant... tu es la première.

J'ignore pourquoi elle me fusille du regard. Sans doute cherche-t-elle à me sonder pour savoir si Hercule dit vrai. Je lui fais un clin d'œil.

— Tu vas faire quoi ? me dit-elle.

— On va, je rectifie.

Elle écarquille les yeux.

— Pardon ?

— Je t'ai choisi une Chevrolet équipée d'un moteur V8 de 5,7 l et de 400 chevaux. C'est un vrai petit bijou. Différent de ceux que tu pilotes habituellement, mais... vous allez vous éclater.

— C'est parfait, je réponds.

— Mon équipe est prête et les combinaisons sont ici.

— Viens, je dis en prenant Ava par la main.

Elle se laisse faire, encore probablement sous le choc. Nous enfilons une combinaison de course par-dessus nos vêtements, et je donne un casque à Ava.

— Tu es prête ?

— Non, souffle-t-elle. Mais oui.

Elle me regarde avec une lueur de défi dans le regard. J'attache son casque avant qu'elle le fasse et la domine de ma taille pour l'observer calmement. Elle n'a pas l'air effrayée, au contraire. Nous nous installons dans la Chevrolet de Hercule.

— Tu peux encore descendre si tu as peur.

— Vas-y. Montre-moi.

Je fais vrombir le moteur et j'enfonce la pédale d'accélérateur. Ava pousse un petit cri qui me fait sourire. La sensation de vitesse est radicalement différente de celle ressentie dans une monoplace, mais c'est assez grisant. Je profite de la ligne droite pour pousser l'accélération au max, avant de freiner pour prendre le virage le plus serré possible. Puis je fonce de nouveau, les doigts d'Ava se plantent dans ma cuisse.

— C'est violent ! crie-t-elle.

— Je ralentis ?

— Non…

Elle pousse un petit gémissement de surprise quand je presse mon pied sur la pédale. Je savais qu'elle allait apprécier cette balade sportive.

Je mentirais si je disais que je n'aime pas la voir évoluer dans mon univers, dans mon quotidien, même si elle semble détester ça.

— La semaine prochaine je serai pas mal occupé.

— Je serai débarrassée de toi alors ?

— On a dit quoi à propos du sarcasme ? je raille.

Elle hausse une épaule.

— La *team* présente la nouvelle monoplace, nos casques et combinaisons aussi… et avec Dario on va avoir pas mal de conférences de presse.

Plus sérieuse cette fois, elle hoche la tête. La reprise de la compétition approche à grands pas maintenant. Il me reste à peine quelques semaines avant de replonger dans cet univers que j'aime tant.

— Alors c'est le club que tu parraines ?

Je souris en hochant la tête :

— Ouais, c'est ici. Dario le parraine avec moi. C'est un projet qu'on avait à cœur de faire ensemble.

Ava fixe la devanture en souriant, mais il semble y avoir dans son regard, une tristesse que je ne comprends pas.

— Tu es prête ?

— Oui.

Nous sortons de la voiture et nous entrons dans le karting.

Il est différent de celui du père d'Ava pourtant, il me rappelle je ne sais combien de souvenirs. Emma, l'une des employées nous accueille.

— Bonjour, Jesse !

Je lui adresse un sourire, puis elle regarde Ava.

— Je me suis permis d'amener une invitée avec moi.

— Il n'y a pas de soucis. Je m'appelle Emma.

— Ava, répond celle-ci.

— Les enfants seront contents de te voir. Ils vont vouloir faire une course contre toi.

— Je relève tous les défis qu'on me lance quand il s'agit de la course.

Nous nous dirigeons vers le circuit *indoor*. Ava regarde partout, les yeux aussi brillants que ceux des enfants qui me sautent dessus quand ils me voient.

— Tout va bien ?

Alors que j'ai cinq gosses dans les jambes et un dans les bras, elle se tourne vers moi et sourit.

— C'est qui, Jesse ?

— Qui ça ?

— Elle...

Ils la regardent tous.

— C'est Ava.

— C'est ton amoureuse ? demande un petit gars dont je ne connais pas le prénom.

— Oui, je réponds sans la quitter des yeux.

J'imagine qu'elle prend sur elle pour ne pas lever les yeux au ciel. Je suppose que je pourrais leur dire la vérité ici, mais les journalistes sont tellement perfides qu'ils oseraient poser des questions aux gosses, alors il vaut mieux assurer.

— Tu vas faire la course contre nous ? demande un plus grand.

Sa question crée l'euphorie, et ils se mettent tous à sautiller en me suppliant de faire du karting avec eux.

— Moi, je parie que je peux te battre, lance alors Ava.

— Allez vous préparer, on arrive.

Ils partent tous le sourire aux lèvres, en se taquinant sur qui sera le champion de la course. Je m'avance vers Ava.

— Ils ont l'air aux anges, dit-elle.

— Ouais.

— C'est chouette d'avoir créé un centre comme ça.

— Je me suis associé à l'idée car je l'ai trouvée géniale. Je me suis dit que tu apprécierais une journée comme ça.

Bonheur et tristesse passent sur son visage à la vitesse de l'éclair, si bien que j'ai l'impression d'avoir rêvé.

— Je vais te battre à plate couture, Ava.

Elle rit, aux éclats cette fois.

— Dans tes rêves.

Bien que personne n'ait été au courant que je devais ramener Ava à son hôtel, une petite troupe de journalistes s'agglutine à l'entrée. L'idée de les approcher est pénible mais en même temps, elle peut nous permettre de rester sous les lumières des projecteurs. Les gens vont me voir encore avec cette inconnue. Je prends Ava par la main pour attirer son attention. Son regard paniqué se rive au mien. Elle semble tellement préoccupée qu'elle ne se rend pas compte qu'elle serre ma paume comme si elle ne voulait pas que je la lâche.

— Ne leur parle pas, ne leur prête aucune attention.

— Comment je suis censée faire ça ?

— Tu les ignores tout simplement, tu me suis, tu continues de marcher. L'avantage c'est que la presse va de nouveau nous voir ensemble. Mais nous ne sommes pas là pour eux, alors on va vers notre objectif, et c'est tout. Ils vont parler, ils vont essayer d'être tactile pour déclencher une réaction et ils vont nous prendre en photo.

Elle hoche la tête.

— Je suis là, je ne te laisse pas seule.
— D'accord.
— Je lâche ta main ?
— Non, répond-elle.
— Très bien, on reste ensemble. On y va ?
— Autant en finir…

Je pense que si le verbe « oppresser » se compose presque des mêmes lettres que le mot « presse », ce n'est pas pour rien. S'ils me semblent étouffants, je n'ose pas imaginer ce qu'Ava ressent. Nous avançons vers le parking de son hôtel, ils nous posent des questions tout en nous mitraillant de flashs. J'attire Ava contre mon torse quand la foule se fait plus dense et oppressante autour de nous. Mais quand un des journalistes l'attrape par le bras pour la faire réagir, c'est moi qui pars au quart de tour. Je retire son bras en grognant :

— Tu as des problèmes ?
— Répondez-nous, comment s'appelle votre conquête ?

Le gars me questionne comme si j'étais son pote, comme si son geste n'avait pas existé, comme si ma colère n'était pas réelle.

— Tu te prends pour qui ? Elle t'a donné l'autorisation de la toucher ? Je ne crois pas… alors ne recommence pas.

Blottie contre moi, Ava reste silencieuse. Je sais pertinemment que tout ce que viens de dire est filmé, pris en photo et que dans même pas quinze minutes, ça fera le buzz. Je m'en fiche que ça paraisse dans la presse. Je n'aime pas le genre qu'ils se donnent. Il n'avait pas à la toucher.

— Jesse !
— Jesse est-ce que vous êtes en couple ?
— Qui êtes-vous ?
— Jesse est-ce que c'est officiel ?
— Quel est votre nom, dites-nous comment vous vous appelez ?

Nous parvenons finalement à entrer, je lâche Ava et

remarque que mes paumes sont marquées par ses ongles. Elle était stressée, mais elle n'a rien dit.

Une fois dans l'hôtel, la presse ne nous embête plus. Ils nous ont suivis depuis le club de karting. Ils sont féroces quand ils veulent un *scoop* et ils viennent de me mettre en rogne.

— On est en sécurité, je dis. Je vais appeler Zayn, si tu me permets.

Elle hoche la tête tandis que je m'éloigne de quelques pas. Il décroche immédiatement.

— Est-ce que tout va bien ? me demande-t-il directement.

— Les journalistes étaient à l'entrée de l'hôtel. Un d'eux a attrapé Ava, j'ai peut-être surréagi...

— Comment ?

Il a sa voix inquiète. Ce que je comprends. On pourrait croire que si je l'appelle, c'est parce que j'en suis venu aux mains.

— Je lui ai dit qu'elle ne lui avait pas donné l'autorisation de la toucher et qu'il ne devait pas recommencer et j'ai viré son bras qui la retenait.

— C'est tout ? Pas de provocation ? Pas de bagarre ? Pas d'insultes ?

— Voyons, Zayn, je ne suis pas un gosse. C'est juste qu'il n'avait pas le droit de la toucher.

Il éclate d'un rire jaune, puis il se reprend.

— Merci de m'avoir appelé. Je ne pense pas qu'on doive s'en inquiéter. Tu as défendu Ava qui était avec toi, ce qui renforce l'idée que vous êtes en couple. On se rappelle demain, je vais surveiller tout ça et modérer les choses si elles dérapent. En fonction de ta réaction, je pense même que les gens apprécieront que tu l'aies défendue. Essaye d'attendre un peu que ça se tasse et ne les provoque pas en partant. Profil bas.

— OK.

— Je te rappelle demain.

Je raccroche. Je remarque qu'Ava est toujours à côté de moi. Elle fixe les portes à l'entrée.

— Merci de ne pas m'avoir lâchée au milieu de tout ça... et de m'avoir défendue.

— Désolé pour cette expérience. Tu peux aller te reposer, je vais rester au bar, le temps que ça se calme.

— Je pourrais éventuellement prendre un verre, dit-elle. Je crois que j'en ai besoin. Si tu acceptes ma compagnie bien sûr...

Elle sourit, et je dois bien avouer que son air taquin est particulièrement adorable. Nous nous installons à une table loin des autres et nous passons commande auprès du serveur qui s'avance vers nous. J'aime que ce soit plus calme entre nous.

— Tu avais raison, c'était un bon jour, dit-elle en s'étirant. Excepté les journalistes, c'était vraiment sympa comme journée.

Je lui lance un regard du coin de l'œil.

— Tous les jours passés avec moi sont excellents, voyons.

— Ne gâche pas ce moment, Jesse.

Elle éclate de rire, fière de sa repartie. La voir heureuse me fout un truc au cœur. Elle est beaucoup plus jolie quand elle est joyeuse.

Chapitre 14

Ava

Une semaine s'est écoulée depuis notre dernière sortie. Me retrouver dans un club de karting m'a fichu un coup au moral et, pourtant, ça m'a rendue heureuse. C'était étrange. Je crois que ça m'a rappelé que celui de mon père me manque atrocement. Et une part très enfouie en moi et dont j'ai honte en a voulu à Jesse de s'occuper de ce club et de laisser celui de mon père à l'abandon. J'ai passé un excellent moment avec lui et les enfants, même si je n'ai malheureusement pas réussi à le battre.

Comme il l'avait dit, Jesse a été occupé par son écurie. Nous nous sommes souvent parlé par messages. Les premiers jours, flippée que la presse me harcèle, je me suis confinée dans ma suite. J'ai regardé plus de films en une semaine que durant toute cette année, j'ai aussi faits des dizaines de bracelets de perles...

— On ne va pas prendre ça ? grommèle Jesse dans le couloir du Beverly Wilshire.

Vêtu d'un jean, d'un sweat à capuche et d'une casquette noire, il est séduisant. Peu importe la façon dont il s'habille, il est toujours canon, c'est franchement frustrant. Il ressemble à ces mecs dans les séries toujours sexy, quelles que soient les circonstances. Personnellement, rien que le fait de dormir me rend moche, mes cheveux ressemblent toujours à un nid d'oiseau au réveil.

— Bien sûr que si, je réponds en arquant un sourcil.

— C'est *niet*.

— Il vient. D'ailleurs, ça, comme tu l'appelles, il porte un nom, je dis en me penchant pour le caresser. N'est-ce pas mon Patmol d'amour ?

Mon chien ouvre la gueule et monte sur mes jambes pour avoir plus de caresses. Et si en plus ça fait rager Jesse, c'est un petit bonus très appréciable.

— C'est pour ça que tu es désagréable avec le commun des mortels ? Parce que tu donnes toute ton affection à ton chien ?

Je me redresse, un sourire immense aux lèvres.

— Je suis très sélective quant au choix des personnes à qui je donne mon affection, effectivement. Tout le monde ne la mérite pas.

Jesse sourit à son tour comme si aucune de mes remarques n'arrivait jamais à le déstabiliser.

— Il ne monte pas dans ma voiture, insiste-t-il.

— S'il ne vient pas, moi non plus. Tu n'auras qu'à te trouver une autre fille. Bon sang, comment peux-tu être si méchant avec une bête aussi gentille ?

— Il m'a mordu, je te rappelle.

— Tu es entré chez lui par effraction, je te rappelle.

Patmol bâille en s'asseyant alors que Jesse et moi nous lançons des regards noirs.

— Il a besoin de sortir, c'est l'heure de la promenade. Tu as envie d'attirer les journalistes ? Fais-moi confiance. Tu as dit que je pouvais m'impliquer dans le scénario de notre fausse histoire, non ? Ils vont nous voir ensemble avec Patmol, et je suis certaine que ça va les faire fondre.

— Les faire fondre ? Ton chien est moche.

Je frappe le torse de Jesse.

— C'est toi qui es moche, je grogne.

— Je ne crois pas, dit-il. Et tu le sais en plus. L'année dernière j'étais dans le top 10 des mecs les plus sexy du monde, Ava-*da Kedavra*.

Quelles sont les chances pour que Patmol lui choppe l'entrejambe si je lui dis « Attaque » ?

— Il a été de combien le pot-de-vin pour que tu réussisses cet exploit ?

— Absolument rien, juste ma belle gueule qui fait le job.

Je lève les yeux au ciel.

— Donc pour en revenir à la conversation, ils parleront de toi, de moi et de cette boule de poil en mode « c'est obligé, ils sont en couple ».

Il baisse les yeux vers Patmol puis s'accroupit. Mon chien le renifle et l'autorise à le caresser. Dommage qu'il ne le morde pas un peu. Jesse le caresse.

— Très bien, mais il monte dans le coffre.

— Oh ! je t'en prie ! je m'écrie. Les trucs que tu fais avec tes nanas dans tes voitures sont beaucoup plus crades que les pattes de mon chien.

Il se redresse, me dominant de toute sa taille, l'air purement animal.

— Ne comparons ce qui n'est pas comparable, lance-t-il d'un air irrésistible.

J'ai envie d'arracher ce sourire avec mes ongles.

— Il ne vaut mieux pas, je raille.

Nous nous mettons enfin en route pour rejoindre l'ascenseur. Même les ascenseurs des hôtels de luxe me rendent nerveuse. Je respire plus sereinement quand on traverse le hall de l'hôtel. Patmol tire sur sa laisse, visiblement heureux à l'idée d'aller se promener.

— Je fais amener votre voiture, monsieur Størm.

— Merci, répond-il en souriant.

Le portier s'éclipse rapidement.

— Une virée à Santa Monica, ça te tente ? ajoute Jesse en se tournant vers moi. Le cadre est assez idyllique pour que ton chien puisse déféquer ?

— Ne le tente pas, parce que le cuir de ta bagnole pourrait parfaitement lui convenir.

Il rit encore.

J'ai envie de le frapper, encore.

La voiture arrive. Le portier donne les clés à Jesse qui m'ouvre la portière galamment sans doute pour les éventuels journalistes qui nous observeraient. Patmol se glisse à mes pieds. La voiture n'est pas la même que la fois précédente, mais l'intérieur est tout aussi confortable et spacieux. Tout en chrome et cuir noir, je n'ose même pas en imaginer le prix. Mon père aurait adoré conduire une voiture de ce genre, même s'il aurait dit : « À quoi bon avoir une telle voiture quand on nous colle des limitations de vitesse partout ? » Jesse connecte son téléphone à la stéréo. J'observe ses mains en silence. Lorsqu'il démarre, une chanson de Taylor Swift résonne dans l'habitacle.

— Tu écoutes Taylor Swift ? je demande.

— Ouais, son dernier album est canon.

Là, Tilda dirait probablement : « Ce mec est un *six*, mais il écoute Taylor Swift. »

— Je peux mettre *Antihéros* ? C'est ma préférée.

— Vas-y, dit-il en hochant la tête. La playlist est aléatoire, alors prends mon téléphone, ça ira plus vite.

Il déverrouille son écran, et je surfe deux secondes sur *Spotify* avant de trouver mon bonheur.

— Tu es déjà allée la voir en concert ? lance Jesse.

— Non, malheureusement.

— Moi non plus, les dates se goupillent souvent mal avec mon emploi du temps.

Je me rends compte que je ne sais même pas le genre de musique qu'il aime. Enfin, je sais que, à l'époque, il n'écoutait pas spécialement ça.

— Tu aimes toujours autant Sum 41 et Linkin Park ? demande Jesse.

— Toujours, ces deux groupes sont inscrits dans mon ADN. J'ai besoin d'une dose d'écoute tous les jours.

— Tu disais quoi à l'époque ?

Je souris à ce souvenir.

— Que si ma vie était un *teen movie*, il commencerait sur une route, avec Sum 41 en fond sonore.

— C'est ça, dit Jesse en souriant, comme nostalgique à ce souvenir.

La route à travers la ville de Los Angeles est magnifique. Le ciel bleu, les palmiers, les gens qui défilent à toute allure dans la rue. S'il y a quelque chose dont j'ai hâte, c'est de l'accompagner en voyage. Les sorties officielles, les galas tout ça, je m'en fiche. Mais voyager me rend déjà rêveuse. Je n'ai jamais pu aller bien loin, surtout ces dernières années.

— Pourquoi tu t'es installé ici ? je demande.

— Pour le soleil, et parce que c'est l'une des villes les plus populaires. Tout changeait dans ma vie, alors je me suis dit que le décor devait changer aussi.

Je hoche la tête même s'il ne me regardait pas. À l'époque, j'aurais tellement voulu qu'il m'emmène avec lui. J'aurais peut-être détesté cette vie, mais j'aurais voulu avoir le choix plutôt qu'être confrontée à son absence.

Le trafic est assez dense, mais en parfaite touriste que je suis, je regarde tout autour de moi, j'ouvre même ma fenêtre pour prendre des photos et une vidéo pour Tilda.

— Plus cliché tu meurs, s'esclaffe Jesse. Il ne te manque plus que le fanion et la casquette estampillée « **I ♥ L.A.** » et c'est bon.

— Mais je t'emmerde, mon petit pote.

— Mon petit pote ?

Cette fois il est hilare.

— Bien sûr, vous les mecs dès qu'on parle de vous avec le mot « petit » dans une phrase, vous vous sentez insultés.

— Rien n'est petit chez moi, Ava.

Qu'est-ce que je disais ?

Nous arrivons aux abords de Santa Monica, alors j'oublie de lui répondre, déjà attirée par la plage. Jesse se gare sur un parking privé. Il retient mon bras alors que je m'apprête à descendre.

— Prête pour la balade ?

— Oui.

— Il y aura probablement des journalistes. Ils ne viendront pas nous importuner comme l'autre fois, mais tu sentiras leur présence.

— D'accord... tu n'as pas eu de problèmes pour avoir repoussé le bras du gars ?

Pour le coup, j'étais heureuse qu'il soit là, je me suis sentie en sécurité quand il m'a défendue.

— Non, Zayn a trouvé que j'avais plutôt bien géré. De toute façon, ce serait à refaire, je recommencerais sans hésitation. Il n'avait pas à te toucher.

Sur les réseaux sociaux, dans les magazines, son geste a été interprété comme hyper protecteur et romantique. Les gens ont eu l'air de trouver ça normal, je pense que c'est aussi pour ça que son agent n'a pas râlé. En plus Jesse ne s'est pas montré grossier ni vraiment agressif.

— On reste toujours ensemble.

Je hoche la tête, alors il lâche mon poignet, et nous sortons de la voiture. Puis nous traversons le parking côte à côte, Patmol trottinant joyeusement devant nous. On marche en silence pendant quelques instants avant que la plage de Santa Monica ne se dessine devant nous.

— Quand le soleil se couche, c'est magnifique.

— Je n'en doute pas.

— On le verra dans quelques instants.

Patmol s'interrompt pour faire la grosse commission. Je sors un plastique de mon sac et ramasse son affaire pour la mettre dans une poubelle. Nous nous arrêtons sur l'esplanade. Ce n'est peut-être rien pour lui qui voyage souvent, mais pour moi ça ressemble au bout du monde. Il y a foule sur la plage.

— Tu veux descendre ? demande Jesse.

— Grave.

Il sourit.

Nous retirons nos chaussures en bas. La sensation du sable entre mes orteils est si agréable mais, soudain, je sens quelque chose sur mes cheveux. Comme si un truc venait de me tomber dessus. Sauf qu'il ne pleut pas.

Et puis mon cerveau comprend enfin ce qui peut venir du ciel également. J'ai un haut-le-cœur en découvrant le liquide visqueux sur mes doigts.

— C'est pas vrai !

Jesse se tourne vers moi sans comprendre alors que je lâche Patmol pour courir comme une folle vers la mer. J'entends mon chien qui aboie. Je mouille mes cheveux et frotte tant bien que mal pour faire partir cette cochonnerie.

— Ava ?

— Je...

J'ai envie de chialer.

— Je me suis fait chier dessus par une mouette, je sanglote.

Il esquisse un sourire, mais pas vraiment moqueur. Plutôt compatissant.

— Paraît que ça porte bonheur.

— C'est quand tu marches dedans, tu...

— Tu as un mouchoir ? me coupe-t-il.

— Dans mon sac, je crois, je bafouille.

Il fouille dedans et en sort un paquet. Il se penche vers la mer, le mouille et essuie mes cheveux. Puis il recommence. Alors que mon chien, la laisse pendante, découvre la mer avec une joie sans pareille. Il sautille quand les vagues reviennent.

— Voilà, ça me semble correct. Mais, je pense vraiment que la signification à chercher derrière ce malheureux événement pourrait bien être celle d'une contrepartie, plus heureuse, qui arrivera bientôt dans ta vie...

— Il ne pouvait pas se poser sur mon épaule et chanter comme il le fait avec Cendrillon plutôt que me chier dessus ?

Cette fois il rit, et je l'imite, consciente de l'absurdité de mes mots.

— Il n'y a plus rien, tu es sûr ?

— Sûr.

— Je ne peux pas me promener comme ça, je te rappelle qu'un oiseau a déféqué sur ma tête.

Il retire alors sa casquette et la pose sur mon crâne en souriant, libérant ses cheveux mi-longs. Difficile d'ignorer combien il est sexy, ce con.

— Voilà, comme ça personne ne voit rien même s'il n'y a plus rien à voir. Et avant que tu dises quoi que ce soit, tu as une tête à chapeau, alors tu es belle avec. Elle est assortie à la couleur de ta robe.

Je rougis.

— Merci.

Sans un mot, il m'attrape le menton puis resserre la casquette avant de la remettre correctement sur ma tête. J'oublie un peu comment on respire.

— Et si les journalistes ont vu ça ?

— Ça quoi ?

— Le piaf et sa fiente.

— Ah ça... dis-toi alors qu'ils nous voient aussi maintenant, dans ce cas.

D'accord, on dirait qu'il se moque de l'image qu'il renvoie, et ça me touche un peu sachant qu'un foutu volatile vient de me foutre la honte. Mais dans un recoin de mon esprit, je ne peux pas m'empêcher d'imaginer que la casquette est un coup de buzz pour d'éventuels journalistes.

— Ça va mieux ?

Je réponds en hochant la tête.

— Tu veux qu'on se promène jusqu'à Pacific Park ? ajoute Jesse.

— Oui.

— Après on ira manger quelque chose.

Je retire la laisse de Patmol pour qu'il puisse courir

tranquillement, et nous avançons comme deux amis qui ne se seraient jamais séparés pendant longtemps.

— Ton chien semble profiter.

— C'est vrai, on dirait qu'il aime les environs. Je sens qu'il va me faire une déprime post contrat, lui.

— Et pas toi ?

Je lance un regard en coin à Jesse.

— Ne t'en fais pas, il te reste quelques semaines encore pour y arriver, lance-t-il goguenard.

— Tu rêves.

Je n'avais pas envie de sortir avec lui ce soir, bien que je sois spécifiquement là pour ça. Mais, je dois bien avouer que c'est agréable comme promenade finalement. Et tandis que nous marchons, il refait son chignon. Bon sang pourquoi faut-il qu'il soit si canon ?

— Tu viens souvent ici ? je demande.

— Non, répond-il. Ce ne sont pas vraiment mes sorties de prédilection.

— Ah oui, c'est vrai. Les clubs, les soirées, la baise dans la bagnole. On est sur un autre délire.

— Pour la faire courte, oui.

— Ça n'est pas loin d'où tu habites, mais j'imagine que tu vois des endroits plus féeriques que ça.

— C'est vrai, je vois de belles choses quand je voyage.

— Tu dis ça d'un air lassé.

— C'est faux pourtant, je ne suis pas un blasé de la vie plein aux as qui se fiche de tout ce qui l'entoure. J'en profite !

Son métier est dangereux, son train de vie affolant, sans parler de ses entraînements, mais les à-côtés, quand il peut en profiter, ça doit être génial. Aller où on veut, acheter ce qu'on veut, voyager partout, profiter de tout et même de rien sans se soucier de l'argent, jamais. Si la maladie n'avait pas injustement pris mon père, j'aurais probablement d'autres fantasmes que l'argent. Je serais avec lui dans son karting à l'heure actuelle et je serais sans doute loin de Jesse.

— Tu en gardes des souvenirs ou alors tu penses trop aux culs de tes nanas ?

— Pardon ?

À ses sourcils froncés, je vois qu'il n'a pas compris le sens de ma phrase.

— Ah, soupire finalement Jesse. Non, les femmes que je baise ne m'ont pas à ce point fait perdre la tête.

— Alors c'est quoi tes plus beaux voyages ?

— Les temples d'Angkor au Cambodge sont réellement incroyables, leur beauté est irréelle. Les rizières de Bali m'ont fait me sentir très insignifiant tant elles étaient majestueuses. Le monde recèle des endroits incroyables.

— J'imagine... ça laisse rêveur en tout cas.

— Tu auras l'occasion de voir de belles choses toi aussi d'ici la fin de tout ça.

J'aimerais beaucoup. Peu importe, les pays que je pourrai voir, je compte profiter de tout ce que j'aurai le privilège de découvrir.

Nous continuons de marcher, Jesse relatant ses voyages les plus marquants jusqu'à...

— Monsieur Størm ?

Il se tourne alors que je rappelle mon chien. Une femme est accompagnée d'un garçon d'environ sept ou huit ans.

— Je suis désolée de vous importuner... Mon fils Axel est un grand fan, est-ce possible d'avoir une photo ?

Il sourit à la maman, puis au gamin.

— Salut, mon pote, lance-t-il. Tu veux aussi un autographe ?

Le gosse ouvre des yeux ronds comme des soucoupes et il hoche la tête. J'observe les deux tandis qu'ils prennent la pose pour la maman.

— Tu t'appelles Axel, c'est ça ?

— Oui.

— Tu aimes les voitures de course ?

— Oui, je regarde avec papa. C'est toi mon pilote préféré, j'ai un poster dans ma chambre.

— Un poster, carrément ? s'émerveille Jesse.

Il joue admirablement bien le jeu alors, alors que je me dandine toujours à côté de la maman qui farfouille désespérément dans son sac pour trouver un papier.

— Je n'ai...

Jesse se redresse alors sous nos regards, il s'avance vers un stand qui vend de la nourriture et discute avec le marchand avant de donner quelque chose en retour. Il revient avec une serviette et un crayon.

— Voilà, dit-il. Ce n'est pas conventionnel de signer sur une serviette, mais au moins, c'est original, non ?

Le gosse hoche la tête. Il aurait bien pu dédicacer sur une feuille de PQ que l'enfant serait tout aussi heureux.

— Tu t'entraînes pour la prochaine saison ? demande Axel.

— Oui, tous les jours.

— Je fais du karting comme toi quand tu étais jeune.

— Alors peut-être que tu vas piloter quand tu seras grand.

Axel hoche la tête, visiblement convaincu qu'il en fera son métier, il est trop touchant.

— Tu vas regarder la prochaine saison ? lui demande Jesse.

— Oui, j'ai hâte.

— La première course que je gagnerai, elle sera pour toi, d'accord ?

Le gosse se fond dans ses bras pour lui faire un câlin, puis il s'en va avec sa mère. Jesse me sourit :

— On va déjeuner ? Je crève la dalle perso.

Nous trouvons un restaurant où certaines personnes le regardent comme s'il était une super star, ce qu'il est probablement. D'autres ne nous remarquent pas. En tout cas, le serveur qui nous trouve une table semble être fan de Jesse, vu la manière dont il le reluque. D'ailleurs personne ne dit rien de la présence de Patmol. Il s'allonge à côté de moi, essoufflé par sa balade sur la plage.

— Ils ont du homard, je m'écrie, un peu stupidement. Je peux en manger ou ce n'est pas glamour ?

— Glamour ?
— Pour les paparazzis ?
— On s'en moque, répond-il.

Je dois le regarder avec des yeux de folle quand je vois son sourire.

— Un chardonnay avec ça te convient ?
— On peut demander de l'eau pour Patmol ?
— Ça devrait pouvoir se faire...
— Merci, Jesse.

Le serveur revient vers nous. Il est mielleux au possible. Jesse commande un vin blanc, ainsi qu'un bol d'eau pour mon chien et bien évidemment deux homards, il demande même une mayonnaise faite maison. J'ai hâte qu'on nous serve.

Je suis sur le point d'ouvrir la bouche, quand plusieurs flashs crépitent, les gens râlent et quand on se tourne vers la fenêtre, j'aperçois deux ou trois journalistes en train de prendre des photos. Je tourne la tête pour éviter qu'ils ne me prennent de face.

— Comment tu fais pour supporter ça ?
— Je supporte, répond-il calmement. Je n'ai pas vraiment le choix, ils sont là, je fais avec... en l'occurrence aujourd'hui par exemple je suis typiquement là pour les attirer.
— Mais, continuellement, ce n'est pas épuisant ?
— Si, mais je ne regrette pas la vie que j'ai, ni le sport que je pratique.

Je hoche la tête en sortant un crayon de mon sac et je me penche sur ma serviette.

— Qu'est-ce que tu fais ? m'interroge Jesse visiblement perplexe.
— Attends.

« Bonjour ! Plutôt que nous photographier et déranger tout le monde dans le resto, tout ça pour une photo d'un acte aussi basique que manger, ne pourriez-vous pas vous intéresser

à quelque chose de plus important ? Comme la lutte contre le cancer du foie par exemple ou alors… »

— Donne-moi le nom de l'association pour laquelle tu fais un gala.

— Street Child.

« … les enfants défavorisés.
Voilà, vous avez de quoi faire.
Bonne journée ! »

— Et voilà.

Il me prend la feuille des mains et la scrute. À mesure que ses yeux glissent sur le papier, son sourire s'élargit.

— Puisqu'ils seront certainement dehors quand on sortira, je brandirai ma serviette.

— Sacrée Ava.

— En fait, c'est Andrew Garfield et Emma Stone qui faisaient ça lorsqu'ils étaient encore en couple. Ils écrivaient ce genre des petites choses pour les journalistes. C'est plus classe de répondre à leur harcèlement de cette façon qu'avec un coup de poing.

— C'est certain, j'aime beaucoup cette initiative.

Chapitre 15

Ava

Les jours s'enchaînent.

Nos récentes sorties ont définitivement conquis la presse. Je suis officiellement la petite amie de Jesse Størm, décrite comme la seule nana qui a réussi à conquérir son cœur et à le garder. S'ils savaient, tous... Une part de moi espère sincèrement que cette mascarade prendra fin bientôt. Je pense toujours que ce *deal* est ridicule, même si je l'ai accepté. Si je n'avais pas eu de problème d'argent, je ne serais pas ici.

Je secoue la tête, refusant de m'aventurer dans ce genre de pensées. Le fait est que j'ai des putains de problèmes d'argent et que je suis ici. Heureusement, il ne parle jamais de cet aspect de notre contrat, il ne me demande jamais rien concernant l'argent dont j'ai besoin. Je ne me sens absolument pas capable de lui avouer comment j'en suis arrivée là. J'ai toujours la sensation amère, au creux de mes entrailles, qu'il a perdu le privilège de savoir en nous laissant mon père et moi.

Jesse est pas mal occupé en ce moment, avec la reprise de la course dans à peine quelques semaines, il s'entraîne beaucoup. Dario et lui ont présenté à la presse et au monde les nouveaux bolides qui les accompagneront lors de cette nouvelle saison lors de la cérémonie de présentation. L'association du violet nocturne et du blanc la rend incroyable, j'ai toujours adoré les couleurs de la Manfredi. Jesse m'en a parlé quand il est rentré, je dois avouer que j'ai hâte de la voir en vrai.

Patmol aboie quand on tape à la porte. Je lui fais signe de se taire et je m'empresse d'aller ouvrir. J'ai une faim de loup, et c'est mon cheeseburger et mes frites au cheddar qui arrivent. Lorsque j'ouvre la porte, je perds mon sourire d'ogresse affamée.

— Ah, c'est toi...

Le *toi* en question me claque un sourire charmeur.

— Tu verrais ta tête Ava-*da Kedavra*. Un vrai *meme* à toi toute seule.

Je lui lance un regard mauvais ce qui le fait sourire davantage. Et le rend encore plus séduisant. Il m'agace !

— Qu'est-ce que tu fous là ?

— Moi qui pensais avoir un accueil chaleureux...

— Désolée, c'est plus fort que moi, tu ne ressembles pas du tout au cheeseburger que je viens de commander.

— Ah, je vais pouvoir manger avec toi. Génial. Tu me fais entrer ?

Je reste interdite, mais je m'écarte quand même. Il pénètre dans ma – *sa* – suite d'hôtel. Je jette un coup d'œil dans le couloir au cas où ma nourriture viendrait à moi, mais aucun signe d'elle. Je le rejoins en traînant des pieds et le détaille. Il porte un jean et un pull ainsi qu'une casquette similaire à celle qu'il avait lorsque l'oiseau m'a chié dessus.

— Jesse, qu'est-ce que tu fais ici ? je demande.

Je ne m'attendais pas à le voir aujourd'hui, surtout pas à une heure pareille.

— Je m'ennuie, alors je suis venu pour que tu me distraies.

— Pardon ?

Il retire sa casquette et se penche vers moi, un sourire particulièrement sulfureux aux coins des lèvres.

— Distrais-moi, Ava, chantonne-t-il. C'est pour ça que tu es là, non ? Pour me divertir quand j'ai envie de faire des conneries.

Je ne sais pas bien ce qui me prend, la faim sans doute qui me tiraille plus que de raison, mais je lui colle un coup de boule dans le torse. Façon bélier. Tout en finesse et en élégance.

— Tu me prends pour une pute ou bien ?

Il est hilare et ébouriffe même mes cheveux. Je me recule d'un pas pour qu'il arrête et je replace mes cheveux correctement.

— Ta petite tête n'a pas trop de bobos ?

— Va chier.

— Tu vois, tu commences déjà à m'amuser, continue, t'es sur la bonne voie !

Je ne sais pas ce qui me retiens de lui sauter dessus pour l'étrangler.

— D'habitude, je suis en charmante compagnie, depuis que c'est interdit, j'ai du temps à tuer… et tu…

— Laisse-moi deviner, je suis la chanceuse que t'as choisi pour te divertir, parce que tu n'as le droit qu'à moi ? je le coupe.

— Bingo !

Il parle fort ce qui fait sursauter Patmol qui le regarde de travers avant de reposer sa tête sur ses pattes.

— Plutôt me crever les deux yeux que de baiser avec toi, je siffle.

Il sourit, le regard qu'il pose sur moi est intense et amusé. J'arque un sourcil.

— Je ne parlais pas de sexe, voyons. Tu me prends pour un pervers.

— Cette situation entre nous existe parce que tout le monde pense que tu es un pervers.

— Qu'est-ce que tu veux que je te dise, on ne peut plus baiser en paix de nos jours. En plus, c'est une bien cruelle et inévitable sentence, je dirais même qu'elle est un peu exagérée alors que l'acte serait des plus agréable.

— T'es trop sûr de toi.

— Réaliste.

À ces mots, il attrape la carte qui est posée à côté du

téléphone de service. Il la consulte quelques secondes avant d'attraper le combiné.

— Bonsoir, pouvez-vous rajouter à la commande de cette suite des pilons de poulets caramélisés, du riz blanc, de la salade et une bouteille d'eau pétillante ? Le burger allait partir ? Vous pouvez bien sûr le mettre au chaud le temps de préparer la nouvelle commande. Merci. Et des fraises aussi, j'ai envie de fraise. Possible d'avoir du chocolat fondu ? Oui ? Génial, merci.

Il raccroche et me fait un clin d'œil quand il se rend compte que je le regarde fixement.

— Tu voulais quelque chose d'autre ?

— Ce n'est malheureusement pas au menu... comment t'as pu retarder mon burger, espèce de monstre.

— Tu n'allais pas manger seule voyons.

Oh bon sang. Donnez-moi la force de ne pas le tuer.

Jesse tourne alors sur lui-même. C'est vrai qu'il n'était pas encore rentré dans la chambre.

— C'est franchement pas mal ici.

Sûr que lorsqu'on compare le taudis dans lequel je vis et cette suite, on est à des années-lumière. Quand il va falloir retourner à la maison, le choc va être rude.

— Je peux visiter ?

— Vas-y.

Après tout, c'est lui qui paye. Et quelque part, ça m'arrange bien de dormir ici, plutôt que chez lui...

— Il n'y a rien que je ne dois pas voir qui traîne quelque part ?

— Jesse, même si tu vois un gode ou un string, qu'est-ce que ça peut te faire ? Je suis une grande fille, je peux bien avoir ce que je veux.

Tout en ricanant, il se dirige vers la salle de bains. Je le laisse visiter la chambre et revenir dans le petit salon après la fin de son inspection.

— Profite, parce que tu viendras bientôt chez moi.

— C'est obligé ?

— Si la presse nous voit trop souvent ici, elle va se demander pourquoi tu vis dans un hôtel de luxe. Elle pourrait en venir à la conclusion que je te paye. Les journalistes sont très persuasifs. Un employé qui ne sait pas tenir sa langue, et tout le monde sera au courant. Pour l'instant, le doute plane probablement sur le fait que tu vis ailleurs et que tu loges ici pour quelques jours.

Je n'avais pas vu les choses sous cet angle, et je l'avoue, ça m'agace un peu.

— Ma maison est tout aussi bien. Il y a même un jardin dans lequel ton chien pourra déféquer à sa guise et pour couronner le tout, je serai là, aussi génial que je le suis d'habitude. Mesure la chance que tu as.

— Chouette, j'ai hâte d'y être. Désolée, pour l'entrain, les ronds de jambes, les figures de *cheerleaders*, je n'ai pas eu le temps de répéter.

Je m'assieds sur le canapé. Jesse ouvre la porte du balcon et s'y engouffre. Il se penche sur la balustrade pendant quelques secondes. Je crois que je ne me ferai jamais à être ici, avec lui.

— Tu peux avancer vers moi ? demande-t-il.

Sa voix est suave, et son regard est celui qu'il a en permanence quand il est en interview.

— Pour que je puisse te donner de l'élan pour le grand saut ?

Je le tacle, mais mes jambes me guident vers lui.

— T'es pas assez proche.

— Proche pour quoi ? je grommèle.

— Faire un selfie avec ton mec.

— Faux mec.

Il sourit.

Quel sale gosse.

Je me rapproche encore et je sens son bras au-dessus de mon épaule. Nous nous retrouvons l'un contre l'autre tandis qu'il brandit son téléphone devant nous. Je me sens mal à l'aise. Les selfies sont tellement plus intimistes…

— On dirait que tu vas vomir.

— La faute à qui ?

Il ricane, sans se laisser démonter par ma pique.

— Je ne me prends jamais ou alors très rarement en photo.

— Si je te dis c'est soit on fait un selfie, soit je dois t'embrasser devant la presse ?

— Je te réponds que je peux ajouter l'option où mon genou atterrit dans tes couilles ?

Au lieu de sourire cette fois il se rembrunit.

— Si tu ne te sens pas à l'aise on oublie. Ce n'est pas si important de toute façon.

Ah ! Oh ?

— Un selfie, c'est obligé ? Une photo où je ne regarde pas, ça n'irait pas ?

Il semble réfléchir et hoche la tête.

— Appuie-toi contre la balustrade, regarde la ville sans faire attention à moi.

Je m'exécute, le rouge aux joues. Je n'arrive pas à croire que je sois encore plus gênée de poser pour lui que devant une ribambelle de journalistes. Dans mon esprit c'est plus intimiste puisqu'on est deux... je serais moins gênée avec Tilda je pense.

— Tourne juste la tête pour que je puisse voir tes yeux.

Je m'exécute, et il prend sa photo.

— Parfait, je posterai ça.

Il me montre les photos sur son téléphone portable. Elles sont jolies, mais je ne me trouve rien d'extraordinaire. Mais si ça peut satisfaire les gens, ça me va. Il s'appuie à son tour sur la balustrade.

— La vue est pas mal.

— J'avoue.

C'est toujours mieux que la vue de ma chambre qui donne sur une ruelle dans laquelle les mecs viennent pisser et où s'entassent nos poubelles. Merde, dire qu'il va falloir que j'y retourne.

— Dis-moi, ta crise de « Distrais-moi », c'est un cas isolé ou alors ça va recommencer ?

— Qui peut le prévoir ?

— Je vois...

Sans un mot de plus, je me dirige vers l'intérieur de la suite. Je caresse Patmol en passant à côté de lui et je trouve un bloc note ainsi qu'un crayon. Je coupe la feuille sous le regard de Jesse.

— Qu'est-ce que tu fais ?

— J'arrache du papier.

— Toujours aussi agréable, Ava-*da Kedavra*.

Quand j'ai plusieurs petits papiers je les dispose devant moi. Jesse s'approche.

— Alors tu m'expliques un peu ?

— On va noter ici des idées d'activités pour les fois où tu seras tellement en manque que tu auras besoin que je te distraie.

— Du genre ?

— Genre Netflix *and chill*, je dis en le notant.

Je replie le petit papier.

— Tu comprends le principe ? Tu notes une activité qui sera agréable pour nous deux et tu la mets avec les autres papiers. Il faudrait trouver un bocal pour pouvoir piocher à chaque fois.

— Ce n'est pas bête comme idée.

Il attrape le stylo et note quelque chose avant de replier son papier. Mon instinct me dit de ne pas lui faire confiance du tout alors j'attrape le message. Il est inscrit : « SEXE »

— Tu te fous de ma gueule ?

Il me fixe, tout à fait sérieux.

— T'as dit une activité agréable pour nous deux, dit-il en haussant les épaules. Faut savoir ce que tu veux.

— Déjà qui t'a dit que c'était agréable de baiser avec toi ?

— Toutes les filles que j'ai fréquentées.

— Et qui te dit que ça le serait pour moi ?

— Mes souvenirs.

Je mime une envie de vomir. Cette époque est révolue et, ces souvenirs, je les ai profondément enterrés quand il s'est tiré du jour au lendemain.

— T'as pas établi de limites aux activités qu'on pouvait proposer.

— Parce que ça me semblait logique... mais visiblement non. Donc rien de sexuel. Il n'y aura jamais rien de sexuel entre nous.

— Tu es si catégorique. C'est bête parce que quand ça arrivera, tu auras l'air ridicule, et je serai là pour te le rappeler. Ce sera trop tentant.

Je ne sais pas à quoi il joue, mais je déteste ça.

— Je propose que l'activité de ce soir, ce soit que tu te casses et que tu rentres chez toi, je lance avec mon plus beau sourire.

— Je ne peux pas, il y a ma nourriture qui arrive.

Ça aurait été trop beau qu'il se casse.

— Si tu marques encore un truc salace, je demande à mon chien de te mordre. Et pas la main cette fois.

Il hoche la tête, mais je sais très bien que ma menace est ridicule. Je note d'autres activités et lui également et puis je vais chercher une de mes chaussettes dans laquelle je glisse les petits mots.

— Et ce soir alors ? On ne pioche pas ?

— Tu manges et tu te casses...

— Mais il est tôt, me répond-il. Tu sais jusqu'à quelle heure je fais des folies ?

J'inspire calmement.

J'expire.

— Je ne suis justement pas le genre de filles que tu te tapes d'habitude, alors on est bon niveau horaire.

— Mais...

Il pousse un soupir exagéré, que mon coude dans ses côtes abrège.

— Ava ! Distrais-moi !

J'abdique sans savoir pourquoi et je lui tends la chaussette. Il fourre sa main dedans et en sort un papier sur lequel est noté : « Soirée Mario Kart ».

— Pourquoi t'as écrit ça ? Il n'y a pas de console ici.

— Je pensais qu'on emporterait la chaussette quand tu serais chez moi.

Cette conversation devient bizarre…

— Mais ça va le faire, je vais en trouver une.

— Tu crois que tu vas trouver une console Switch avec le jeu Mario Kart à 22 heures ?

— Oui, je le crois.

— T'es barge.

— Tu n'imagines pas tout ce que l'argent peut faire.

Effectivement, je n'imagine pas. Je m'apprête à lancer une réplique cinglante, mais je sais qu'il ne voulait pas dire ça méchamment. Et puis on frappe à la porte.

La bouffe, enfin.

C'est Jesse qui est le plus rapide et qui part ouvrir. Un garçon d'étage entre dans le salon en poussant une desserte. Il me salue en me voyant.

— Où souhaitez-vous que je dépose les plats ? demande-t-il.

— Sur la table, répond Jesse avec un sourire.

Il le laisse faire tout en l'observant.

— Vous faut-il autre chose ?

Jesse hoche la tête.

— J'ai un service à vous demander.

— Je vous écoute, monsieur Størm.

— Si vous me trouvez une Nintendo Switch avec le jeu Mario Kart et que vous me l'apportez dans les vingt minutes, je vous donne cinq cents dollars de pourboire. Vous pensez y parvenir ?

Je n'en reviens pas.

Le garçon d'étage semble aussi perplexe que moi mais l'appât du gain paraît également le motiver à tout déchirer.

— Vous êtes sérieux, monsieur ?

— On ne peut plus.

— Très bien. Si vous me permettez de disposer, je vais m'atteler à la tâche.

— Vous pouvez.

Il s'incline devant moi, récupère sa desserte à roulette et quitte la chambre.

— Cinq cents dollars ? T'es sérieux ?
— Il fallait bien le motiver.
Je me demande s'il a conscience qu'avec cette somme, je pourrais faire beaucoup de choses, plutôt que de les dépenser inutilement.
— Je te parie qu'il revient avant que tu finisses ton repas.
— Tu m'étonnes.
Je m'installe à table. La vue et l'odeur qui se dégage de mes frites et de mon cheeseburger ravive ma faim et me fait oublier cette histoire ridicule de Nintendo. Je dois avouer que les fraises rouges qui sont dans le saladier à côté de moi me font très envie également, tout comme le chocolat.
— Bon appétit, lance Jesse en français.
Je répète après lui avec un accent à couper au couteau, puis nous commençons à manger. Inconsciemment, je lâche un soupir de bien-être. C'est tellement bon. À la maison, en fin de mois, parfois je n'ai plus grand-chose à me mettre sous la dent, alors je ne mange qu'une fois par jour, préférant garder quelques dollars pour la nourriture de Patmol. Depuis que je suis ici, je mange à ma guise sans me priver, je crois même avoir pris un peu de poids ce qui me ravit, j'ai parfois la sensation d'être un peu trop mince.
— C'est bon ? me demande Jesse.
— Oui, et toi ?
Il hoche la tête en mordant dans un de ces pilons de poulet et lorsqu'on entend des coups contre la porte, son sourire est aussi grand que celui du chat du Cheshire.
— Ce n'est pas vrai, je siffle.
— Et si !
Je reste à table, continuant à dévorer comme une affamée. Quand Jesse revient, il brandit la console d'une main et le jeu de l'autre.
— Et t'es fier de toi ? je râle.
— Oh que oui.
C'est surréaliste. Je ne sais pas comment le mec s'est

débrouillé, mais j'imagine que, dans son cas, j'aurais fait tout mon possible aussi pour empocher les cinq cents dollars.

— Tout ça pour que je te foute une râclée en plus, je grommèle. Vraiment, on aura tout vu ici...

Son rire joyeux me rappelle des souvenirs bien malgré moi.

— Que ce soit sur un vrai circuit ou un faux, je suis imbattable.

— On verra ça.

Se penchant sur la table, il me vole deux de mes frites.

— Mais t'es un dingue, toi.

— Avec mon boulot, j'ai appris à vivre dangereusement.

— Touche encore à mes frites, et ça va chier.

Il éclate de rire et les mange avec délectation. Je le fusille du regard, mais ça ne lui fait ni chaud ni froid.

— Puisqu'on parle de boulot, il faudra qu'on aille faire les boutiques demain, parce que en fin de semaine tu pars avec moi en Italie. On y restera une semaine.

— L'Italie ?

— Oui, je vais dans le centre de mon écurie. Pour les entraînements sur simulateur.

L'Italie...

Première fois de ma vie que je quitterai le sol américain. Je ne devrais pas apprécier passer du temps en sa compagnie, mais l'idée de ce voyage me rend vraiment heureuse.

— Et pourquoi je dois te suivre ?

— Pour mon plaisir, Ava. Mes distractions. Et puis tu vas t'ennuyer ici toute seule.

— Je pourrai venir au centre d'entraînement avec toi ?

Il plante ses yeux dans les miens, un sourire particulièrement taquin aux coins des lèvres.

— Si tu es sage.

Chapitre 16

Ava

— Mille deux cent quatre-vingt-dix dollars, pour une paire de bottes ?

— T'as oublié les quatre-vingt-dix centimes, s'esclaffe Jesse.

— Il y a quoi dedans pour justifier le prix ?

Jesse lève alors la main, alertant en une nanoseconde le radar de la vendeuse qui s'empresse de nous rejoindre. Elle est vêtue d'un tailleur impeccable, de talons vertigineux et ses cheveux sont impeccablement coiffés en arrière. Pas un seul pli… elle est lisse de partout.

— Oui, monsieur, vous désirez ?

— Nous aimerions connaître la composition de cette botte.

Elle hoche la tête en souriant :

— Ce modèle en tissu technique taupe et cuir de veau noir est sublimé par la signature Christian Dior noire. Il y a une bande réglable en nylon autour de la cheville ainsi qu'une semelle en gomme crantée avec étoile, symbole fétiche de Christian Dior, et elle est fabriquée en Italie. Ce modèle est un must en cette saison.

Donc rien qui ne justifie qu'une paire de pompes atteigne un prix aussi exorbitant. Mais après avoir fait nombre de boutiques avec Jesse, je ne suis même plus étonnée. Quand il me disait hier soir que nous allions aller faire du shopping, je pensais sincèrement y aller seule. Résultat, je me retrouve dans des boutiques toutes plus luxueuses les unes que les autres à jouer les Julia Roberts pour de vrai. Et c'est extrêmement humiliant. C'est pour le *deal*, je le sais, mais ça me met mal à l'aise malgré tout. Ça n'a rien de romantique, j'ai juste l'impression d'être une pauvre fille qu'il faut relooker parce ses fringues ne sont pas assez jolies.

J'ai constaté que dans les boutiques que nous avons faites aujourd'hui, les vendeurs ne disent pas le prix à haute voix, ils se contentent de montrer le reçu, comme si l'argent n'avait pas d'importance. Malgré tout, j'ai essayé d'évaluer la valeur des éléments que Jesse m'a achetés, et la somme est faramineuse. Surtout pour quelqu'un comme moi. Tout ce qui me motive dans cette histoire c'est qu'après je n'aurai plus de dettes. Je retrouverai même l'ancien centre de karting de mon père.

— Tu veux celle-ci ? demande Jesse.

— Franchement, ça ou autre chose, c'est pareil. Ce sont juste des chaussures.

La vendeuse s'offusque de mes mots. J'esquisse un sourire en voyant son air renfrogné. Sérieusement, j'aime les belles choses, mais ça reste des bottes.

— Je préfère la paire noire, finalement.

Elle est moins chère en plus.

— Ok, on prend ça alors, approuve Jesse aka mon *sugar daddy* pas si *daddy* que ça.

Jesse se dirige vers la caisse tandis que je remets mes chaussures. Quand on sort de la boutique, il est chargé de sacs en tout genre. Cette scène est aussi clichée qu'elle le paraît.

— On peut arrêter, maintenant ? je demande.

— Tu es certaine que tu n'as pas besoin de lingerie ?

— Si mon contrat n'évolue pas en contrat d'*escort*, alors ça devrait le faire.

Si je ne craignais pas la présence de journalistes dans le coin pour immortaliser notre sortie, je le pousserais. Et il le sait.

— Les fringues ne te plaisent pas ?

— Si, si... c'est jute qu'il y en a dix fois trop et que c'est hors de prix.

À voir le sourire qu'il arbore en s'avançant vers sa voiture, on dirait qu'il l'a fait exprès. Et c'est sans doute le cas, je fais pitié, je n'ai pas de sous et comme il sait que je n'accepterai jamais plus que la somme que je lui ai demandée pour sceller notre *deal*, il me donne des choses discrètement.

— Je voulais que tu aies simplement de tout, que tu ne manques de rien.

Il ne pense pas à mal, ça se sent mais l'image de la pauvresse que je suis refait surface, et ça me fait honte. Cependant je ne dis rien, je lui souris en hochant la tête.

— J'imagine que c'est toujours non pour la lingerie ?

— Il faut vraiment que je réponde ?

Le duplex de Jesse au cœur même de Milan est incroyable. Bien qu'il ressemble clairement à une garçonnière, je dois avouer qu'il est magnifique. L'appartement traversant est baigné de lumière malgré le ciel gris. Il faut dire que la verrière au plafond du salon ainsi que les grandes fenêtres y sont pour beaucoup. Les poutres d'origine donnent un charme supplémentaire à cet endroit.

— Ça t'appartient ? je demande.

— Oui, je l'ai acheté. C'est plus pratique comme je viens ici une semaine voire deux par mois quand on est hors saison.

— Je comprends. C'est magnifique ici.

Tandis qu'il me fait visiter le double séjour et la salle à manger, je scrute tout ce qu'il y a autour de moi. Du tapis beige et noir à la mini desserte remplie d'alcool en tout genre, en passant par les photographies en noir et blanc de paysages accrochées aux murs. Nous passons devant une bibliothèque remplie de voitures miniatures.

— Ici, il y a la cuisine.

— Moi qui pensais que c'étaient les chiottes, je dis.

Jesse ricane tandis que je regarde la cuisine ouverte aménagée et équipée. Toute en marbre, toute en noir et blanc. Peut-être que si je prie très très fort, mon appartement va se transformer en celui-ci quand je vais rentrer chez moi. Je continue de le suivre.

— Ici on a une salle d'eau.

La taille de la douche à l'italienne est absolument indécente. J'imagine qu'on peut largement y être trois voire quatre sans se bousculer. C'est prévu pour plusieurs personnes car il y a deux pommeaux de douche. Ensuite on visite la chambre avec son plafond cathédrale et ses poutres d'origine, il y a aussi un espace dressing ainsi qu'un tapis de course. Comme dans le salon, j'admire les poutres, et le parquet Versailles.

— Voilà on a fait le tour du propriétaire.

— Et la deuxième chambre ? je demande l'air éberlué. À moins que le fauteuil ne se déplie ?

— Il n'y en a qu'une, répond-il. Et le fauteuil n'est pas convertible.

Un seul lit. Un seul putain de lit. Et en prime le fauteuil n'est pas convertible. Plutôt me péter une jambe que dormir dans le même lit que lui.

Je fais volte-face. Il plante son regard, pas le moins du monde perturbé par ce qu'il vient de me dire, dans le mien. Au contraire la situation semble le ravir complètement.

— Pardon ?

— Je n'y peux rien… les gens que j'invite ici dorment souvent avec moi.

— Sauf moi, ça va sans dire. Tu comptes dormir dans le salon, alors ?

— Pas prévu, non.

— Alors j'y dormirai.

— Voyons Ava, ce n'est qu'un lit, et nous sommes deux adultes parfaitement capables de contrôler nos pulsions.

— Personnellement, je n'ai absolument aucune pulsion à ton encontre, je grogne en sortant de la chambre. Mais si tu ne sais pas garder les tiennes, tes couilles deviendront de la purée.

Un seul putain de lit. Et puis quoi encore ? Même un matelas gonflable ferait l'affaire. Patmol est resté à Los Angeles. C'est Zayn qui s'en occupe. Il leur a fallu batailler mais j'ai finalement accepté de le laisser. Jesse était persuadé de ce n'était pas bon pour lui de faire autant de voyages en si peu de temps. Je crois surtout qu'il ne voulait pas avoir mon bébé dans les pattes.

— Tu veux te doucher ?

— Quoi ?

— Je te demande simplement si tu veux te doucher avant moi, c'est tout.

— Non.

Mon ton est acerbe, ce qui le fait ricaner. Alors qu'il s'éloigne, j'envoie un message à Tilda. Il est 11 heures ici donc avec le décalage horaire, il doit être dans les alentours de 6 heures du matin chez nous. Elle verra mon message en se réveillant. Je me dirige vers la cuisine et j'ouvre le frigo ; je m'attendais à le voir vide, mais il regorge de nourriture en tout genre. J'attrape une bouteille d'eau et m'approche des fenêtres pour regarder la vue. Je m'attarde d'abord sur le ciel gris que j'admire néanmoins en me plaçant sous la verrière. La vue depuis le salon donne sur le centre-ville de Milan et c'est vraiment très beau. C'est mon premier voyage en dehors des États-Unis, et rien que cette idée me grise. Avec tout ce que j'ai cumulé depuis la mort de mon père, je ne pensais même pas que c'était possible.

Je tourne sur moi-même au moment où Jesse débarque du couloir, simplement vêtu d'une serviette qui tombe sur ce V beaucoup trop sexy. Je n'ai pas envie de regarder, enfin, c'est ce dont je me persuade quand mes yeux glissent sur son torse. Son corps n'était pas aussi musclé avant. Il se pense malin à se pavaner ainsi, mais des torses, il y en a plein sur Instagram,

TikTok, tout ça. Le fait qu'il soit réel et juste à côté de moi n'y change rien. Quoique avec ses cheveux longs mouillés et plaqués en arrière...

— J'avais oublié ma valise, lance-t-il.

— Bien sûr, on y croit.

— De quoi peux-tu bien m'accuser, Ava-*da Kedavra* ?

— Ne m'appelle pas comme ça et arrête de te pavaner.

— Je ne me pavane pas.

— Ce n'est pas parce que tu es amoureux de toi-même que tu dois t'exhiber dès que tu peux. Tout le monde n'apprécie pas la vue. Habille-toi !

— D'accord.

Il ôte alors sa serviette et...

— Mais t'es sérieux, je m'époumone avant de me rendre compte qu'il... porte déjà un boxer.

Ce mec va me rendre dingue avant la fin de ce stupide *deal* - qui paye très bien. Tandis que je le fusille du regard, il est complètement mort de rire. Et en plus il est sexy.

— Ahaha, c'est drôle.

— Je t'assure que oui, ta tête était vraiment épique. En mode : « oh non pas une bite » et puis « ah bah y en a pas, mais quel con » !

— Ravie de te divertir.

— Je n'en attends pas moins de toi.

Il continue de glousser tandis qu'il boutonne lentement sa chemise, puis enfin un pantalon. Et moi je reste plantée là, à le mater.

Chapitre 17

Ava

Le centre d'entraînement étant situé à plusieurs kilomètres de Milan, Jesse nous y conduit en voiture. Durant le trajet, il m'explique que le complexe est énorme et qu'il se compose de plusieurs bâtiments ayant chacun leur particularité. Le siège principal est un grand immeuble aux murs de verre niché dans les montagnes italiennes. La gosse qui regardait la Formule 1 avec son père et qui a connu les premières courses avec Jesse se sent comme excitée.

— On est arrivés.

Jesse coupe le moteur, et nous sortons du véhicule.

— C'est ici que tu t'entraînes, alors ?

— Oui, sur simulateur notamment.

— Ne peuvent-ils pas te mettre ce genre de machines à disposition là où tu vis ?

— J'imagine qu'ils pourraient, mais elles coûtent une somme faramineuse et, ici, les résultats ne sortent pas de l'enceinte du groupe si tu vois ce que je veux dire.

Je hoche la tête tandis qu'il nous entraîne vers la porte d'un bâtiment gardé par un homme.

— Bonjour, Jonas.

Le garde le salue en retour et m'adresse un bref regard. Sympa l'accueil. Mais j'imagine que c'est une question de sécurité, tout ça, tout ça...

— Elle m'accompagne, ajoute Jesse.

— Très bien.

On longe un long couloir tout blanc avant de débouler dans un hall, immaculé également. Jesse s'arrête devant les portiques de sécurité et montre un badge qu'il sort de son portefeuille.

— Bonjour, monsieur Størm. Vous êtes accompagné aujourd'hui ?

— Oui. Julian est au courant, Zayn Fraiser a dû le prévenir.

L'homme me salue et consulte un registre avec sérieux. J'imagine que s'il me trouve je devrais me sentir comme une VIP.

— Effectivement. Ava Drake ?

— Oui, c'est ça.

Il me tend un badge sur lequel on peut lire en grosses lettres : VIP. Voilà qui fait écho à mes pensées. Je suis Jesse sous les portiques de sécurité après avoir posé mon sac et mon téléphone portable.

Nous avançons jusqu'à une porte qu'il déverrouille à l'aide d'une carte métallique et qui s'ouvre quand le moniteur devient vert.

— Ça me donne l'impression d'entrer dans un lieu secret.

Il me fait un clin d'œil.

— C'est un peu ça.

Contrairement au hall d'accueil, il y a plus de monde. Des hommes, des femmes. Des gens avec des blouse blanches et d'autres en tailleur ou costard. Même ici, il faut être ultra présentable apparemment.

— Ici, en bas plus particulièrement, tu as de nombreuses salles d'entraînements avec des appareils de musculation et d'autres où le matériel est plus destiné à bosser le cardio. Les appareils sont reliés à un ordinateur qui calcule tes performances. Ces couloirs, ici, ce sont les bureaux de ceux qui cogitent sur les chiffres, les performances, la santé, tout ça...

On passe devant plusieurs *open spaces* plus ou moins vides, puis une infirmerie avant d'arriver à un escalier qui mène vers le bas.

— Il faut vraiment autant de monde pour l'entraînement seulement ?

— Chaque donnée de mes exercices ici est minutieusement enregistrée et analysée par des scientifiques pour attester de ma forme, pour noter mes performances... Savoir si mes chiffres sont constants, s'ils sont en hausse, en baisse... Tu sais comme moi que la Formule 1 est un métier à risque, alors on ne laisse pas de place au moindre doute. Tout est contrôlé.

— Pourquoi tu n'habites pas ici alors ? Ce serait plus simple, non ?

— Je préfères les États-Unis, tout simplement. Étant donné que je pars aux quatre coins du monde pendant la saison des Grands Prix, j'estime pouvoir me poser là où je le souhaite. En plus cela ne porte pas préjudice à mes résultats, alors nul besoin de m'installer ici.

— Dit comme ça, c'est vrai...

— Quand le suis à L.A., j'ai une salle entièrement équipée et similaire à celle que l'on peut trouver ici, le simulateur en moins, d'où ma présence ici une voire deux semaines dans le mois.

— Jesse !

Nous nous tournons vers la voix. Un homme d'une quarantaine d'année, le sourire aux lèvres et vêtu d'un costume gris s'avance vers nous. Jesse et lui se font une accolade.

— Et vous devez être Ava, dit-il en s'inclinant devant moi avant de me faire un baise-main.

Je reste légèrement pantoise. Son accent italien est presque enchanteur. Je l'ai déjà vu de nombreuses fois à la télé lors des courses de Formule 1. C'est le grand manitou ici.

— Bonjour, je souffle.

— Je suis ravi d'enfin rencontrer celle qui a su conquérir le cœur de cet horrible queutard.

— Horrible… s'offusque ce dernier.

— Horrible, confirme l'homme dont je ne sais toujours pas le prénom. Je m'appelle Julian et je suis enchanté, Ava.

Je lui souris. À première vue, il a l'air sympathique.

— Et si tu allais bosser pendant que je fais visiter les lieux à ton amie ?

— Ne lui raconte rien sur moi !

— Ni plus ni moins que la vérité.

Nous descendons l'escalier ensemble, mais nous nous séparons au milieu d'un grand hall qui se divise en plusieurs couloirs.

— Il part aux vestiaires si vous voulez savoir, me dit Julian. Nous le rejoindrons après.

Je hoche la tête. Nous prenons un des couloirs.

— Je n'imaginais pas que c'était aussi… gigantesque ici.

— Plus on a les moyens et plus on voit grand. C'est classique.

Ses mots sont assez vrais.

Julian me fait visiter deux salles de sport. L'une pour la musculation, l'autre plus ciblée sur le cardio comme me l'a expliqué Jesse en arrivant ici. Puis nous visitons des salles plus techniques notamment avec des vélos de course, des tapis et autres machines reliés à des ordinateurs par des dizaine d'électrodes. Je n'imagine même pas le prix de tous ces équipements.

— Ça semble barbare.

— C'est essentiel pour vérifier la forme de nos pilotes. On ne laisse jamais rien au hasard car une simple erreur en Formule 1 peut être tragique. C'est vrai qu'il y a beaucoup d'électrodes, mais cela nous permet de suivre et d'évaluer la réponse cardiaque à l'effort en temps réel.

— Jesse fait ça tout le temps ?

— Une fois par mois, on analyse sa forme, sans compter tous les autres calculs qu'on fait lors de ses autres préparations physiques.

— Et il est en forme alors ? je demande.

— Aux dernière nouvelles, très en forme. Le monde de la F1 n'a pas fini d'entendre parler de lui.

Il me sourit.

Nous passons ensuite devant une cafétéria et plusieurs bureaux. Julian me fait découvrir une salle dont les murs sont ornés de photos de Jesse, plus jeune, ou récentes. Parfois il est ici à l'entraînement, mais également sur les podiums. Sur une étagère trônent des trophées, de forme et de taille différentes, mais tous aussi rutilants et impressionnants.

— Ils sont magnifiques, ce sont les vrais ?

— Non, ce sont des répliques. Les vrais sont au siège social. Jesse a quelques copies également.

— Ce doit être frustrant de gagner et de ne pas pouvoir garder ce trophée pour lequel on s'est battu.

— C'est pourquoi depuis peu de temps, les pilotes se voient remettre des médailles.

Je hoche la tête. Je me rends compte que ce qui m'attire l'œil, ce sont davantage les photos que les trophées de Jesse. Je repère rapidement l'époque où il est parti sans jamais revenir. Il semble si jeune sur les clichés mais ses sourires, ses regards, cette prestance qui se dégage de lui... il n'a absolument rien perdu de toute cela.

— En tout cas c'est très impressionnant. Est-ce que Jesse est le seul à recevoir ce traitement de faveur ?

— Non, absolument pas, mais, je suis le premier à m'être intéressé à lui et j'ai pris mes fonctions de PD-G quand il a gagné son premier sacre de champion du monde, alors évidemment il est ma petite fierté. Il est encore l'heure du petit déjeuner, alors que diriez-vous d'un café ou d'un jus d'orange frais ? Et on a toutes sortes de pâtisseries aussi.

— Vous me tentez ! Je vous suis.

Julian m'entraîne vers une salle similaire à un des *open spaces* de l'étage supérieur. Au centre se trouve une grande table sur laquelle sont disposés des paniers de viennoiseries françaises comme des croissants, des pains au chocolat mais aussi des scones, des muffins. Il y a aussi des confitures, des pâtes à tartiner, du sirop d'érable. Contre une immense fenêtre, plusieurs machines à café et un extracteur de jus. Si j'avais eu ce genre de service dans ma boîte d'aspirateurs, j'aurais peut-être été moins réticente à aller bosser.

Des chaises sont installées autour de la table mais, plus loin, il y en a d'autres qui semblent plus moelleuses. Plusieurs d'entre elles sont occupées.

— La monoplace cette année est magnifique. Les couleurs la rendent vraiment unique.

— Merci. Nous ne sommes pas peu fiers de ce petit bolide, et la réaction du public nous a fait chaud au cœur.

— J'ai hâte de la voir vraiment.

— J'espère que vous ne serez pas déçue.

Je secoue la tête.

— Est-ce que Jesse découvre la voiture lors de la cérémonie ?

Julian ricane.

— Il travaille en étroite collaboration avec nos ingénieurs pour les performances de la voiture. C'est lui qui la pilote durant toute la saison, il est donc essentiel qu'il soit au courant de tout.

— Je l'ignorais.

— Ses remarques et son ressenti sont très importants pour les améliorations de la voiture. C'est grâce à la collaboration entre les ingénieurs et les pilotes que la mise en œuvre des avancées techniques est possible. On est une *team*. On fonctionne en équipe.

Une sonnerie retentit alors, et Julian presse mon épaule.

— Je dois répondre mais prenez absolument tout ce qui vous fait envie.

— Merci.

Je me sers un café et j'attrape mon téléphone pour appeler Tilda. Elle décroche à la première sonnerie.

— Raconte-moi tout !

Je glousse.

Tilda ne perd rien de son intérêt pour cette histoire.

On s'appelle tous les deux jours, mais comme j'aimerais qu'elle soit là. Comme l'autre jour. Je lui parle alors des derniers événements en date.

— Mais alors tu as dormi avec lui ?

— Non, il a dormi dans le fauteuil.

— Bon sang, c'est d'un banal. On te sert un homme sur un plateau en argent. Que dis-je en or ! Que dis-je en diamant ! Et, toi, tu n'en profites pas ? Pourquoi tu ne l'en as pas empêché ?

Je souris. Elle me manque sincèrement. J'ai hâte de la revoir en vrai de vrai.

— Parce qu'il ne se passera rien entre nous et que c'est stipulé dans le contrat.

— Tous les contrats sont négociables et susceptibles d'être changés.

— Pas celui-là. J'en fais le serment.

Nous parlons encore quelques minutes avant qu'elle ne doive raccrocher. Après avoir pris un muffin et un mug de café, je m'installe sur un des sièges. Je regarde un peu les notifications me concernant sur Internet. Des gens sont au courant que nous sommes ici puisque des photos du dîner d'hier soir sont postées sur Twitter et dans les actus de Google concernant Jesse. Les réactions sont aléatoires et mitigées. Certaines révèlent que les gens sont heureux pour lui, mais d'autres m'insultent. Julian me rejoint en souriant. Quelques minutes plus tard, il me propose d'aller voir Jesse à l'entraînement. Nous marchons dans de longs couloirs et croisons du monde, jusqu'à ce qu'une drôle de machine attire mon attention.

— Qu'est-ce que c'est ? je demande en fixant la grande structure métallique ornée de nombreux boutons.

— C'est un batak. Un grand classique en matière d'entraînement de reflexes.

Je secoue la tête sans comprendre.

— Pour la faire simple, il s'agit d'un système pour développer la coordination des mouvements. Ça permet de travailler la réactivité, mais également la vision périphérique.

— On doit toucher les boutons ?

— C'est ça, des diodes s'allument de manière aléatoire sur la structure métallique qui est équipée de huit lampes comme vous pouvez le voir. Le but est d'en éteindre le plus possible dans un laps de temps de soixante secondes. Vous voulez essayer ?

— Je vous demande pardon ?

— Vous voulez essayer ?

— Je ne suis pas sûre de...

— Je ne vous demande pas de faire une performance comme celle de Jesse, simplement d'essayer. C'est comme un jeu de fête foraine. C'est très amusant.

— D'accord.

Je pose mon sac, je retire ma veste histoire d'être plus à l'aise.

— Alors si je ne me trompe pas, les lumières s'allument aléatoirement et je dois en éteindre le plus possible en une minute...

— Vous avez tout compris.

Julian met en route la machine, deux écrans affichent chacun le chiffre zéro. J'étire doucement le cou. J'imagine que l'exercice est loin d'être facile, mais je suis prête à relever le défi.

— Je vous conseille de ne pas regarder les compteurs pour ne pas vous laisser distraire. Concentrez-vous uniquement sur les diodes à éteindre.

— D'accord.

— Dès que vous entendez le bip de départ, vous y allez.

Je hoche la tête.

Biiip.

Sauf que je repère la diode qui est en droite en bas avec pas mal de secondes de retard, persuadée que ça allait commencer en haut. J'appuie sur le bouton et puis, sur le suivant et ainsi de suite. Je suis d'une lenteur affligeante. J'essaye de compter le nombre de fois où j'éteins les lumières au début, mais j'abandonne rapidement, trop concentrée sur l'exercice. Les diodes s'allument aléatoirement de haut en bas, de gauche à droite en passant par le milieu, elles n'ont aucun ordre précis et je me rends compte à quel point, mes reflexes sont nuls et combien mon temps de réaction est long. Quand le compteur affiche zéro, je suis essoufflée.

— Quarante-trois, me dit Julian, c'est pas mal du tout pour une première fois, m'encourage-t-il en frappant dans ses mains.

Je ne sais pas s'il se moque de moi ou pas, mais il sourit sincèrement.

— Merci... par curiosité à combien est Jesse sur ce genre d'exercice ?

— Autour de cent cinquante, répond une voix suave derrière nous.

Je me tourne vers lui qui, les bras croisés sur son torse, a probablement assisté à ma performance désastreuse. Il a attaché ses cheveux et porte un T-shirt qui épouse son torse et un short de sport.

— Ce n'est pas juste, t'es entraîné, je soupire d'un air désinvolte.

Il sourit.

— Tu veux me voir à l'œuvre ?

— Je t'en prie, je dis poliment.

Il se place en face de la machine et démarre au quart de tour dès la première seconde. Il a l'air d'un fou vu de dos, mais il est impressionnant. Parfois il ne tourne même pas la tête vers la lampe qui s'allume avant d'appuyer dessus pour l'éteindre. Ses gestes sont rapides, maîtrisés, et je reste scotchée. Il termine à cent cinquante-deux. Son score est impressionnant.

— Pas mal, s'esclaffe Julian.

— Fais donc mieux, le provoque Jesse avec un sourire.

Il sourit à son tour.

— Non.

— Non ? C'est tout ?

— Non parce que je ne vais pas suer dans mon beau costume pour perdre, tout simplement.

Je ris.

— Bon et si on allait faire une simulation ? ajoute Julian.

Mon intérêt est une nouvelle fois piqué.

— Je suis là pour ça, répond Jesse.

Nous remontons à l'étage et pénétrons dans une immense salle où se trouve des écrans géants, une Formule 1 et toute une installation d'ordinateurs probablement reliés à la voiture de simulation pour calculer les performances de Jesse. C'est incroyable d'être au cœur de cette pièce. Cela me donne la sensation d'être une privilégiée. Je sais que mon père aurait adoré être là. C'est comme assister à quelque chose d'ultra secret.

— Jesse, je te laisse t'installer, on va commencer la simulation.

Celui-ci acquiesce. Tandis que j'admire l'appareil, Julian part saluer les deux techniciens qui, penchés sur les écrans de leur ordinateur ne nous remarquent même pas. Jesse, de son côté, pose un casque sur ses oreilles avant de s'installer à l'intérieur de la machine.

— Est-ce que c'est comme dans ta monoplace ? je demande.

Il me sourit, sans doute ravi de me voir apprécier son environnement. Je m'approche un peu, intriguée.

— C'est le vrai châssis et exactement le même volant alors je me retrouve avec la même configuration qu'en course. Les sensations sont presque identiques, et ça permet de rester à jour, de ne pas oublier les réflexes à avoir.

La compétition va bientôt reprendre pour lui, alors j'imagine qu'il doit avoir hâte et que chaque entraînement doit être important. Lorsqu'il se met à parler dans le casque, je m'éloigne de la machine pour m'approcher de Julian afin de ne pas gêner Jesse dans son entraînement. Les écrans géants s'allument, et il se retrouve alors en prise de vue réelle.

— C'est quel Grand Prix ? je demande.

— Bahreïn. Jesse a déjà remporté la pole position plusieurs fois sur ce circuit et le GP trois fois.

Lorsqu'il débute la simulation, j'ai d'abord les yeux rivés sur l'écran. Je fixe avec délectation les tours qu'il enchaîne. La prise de vue de la simulation me donne l'impression d'être avec lui dans la monoplace, c'est presque grisant ces virages qui alternent sans fin de gauche à droite et surtout la vitesse avec laquelle il les prend et comme il accélère quand il est sur une ligne droite. Il est concentré sur ce qu'il fait, parfaitement assidu. À le voir ainsi, j'ai hâte de le suivre dans ses aventures. Même si ce *deal* est une connerie abyssale, je veux fouler les paddocks avec lui et connaître la vraie énergie des courses, je veux ressentir ce frisson qu'on n'a pas vraiment à travers l'écran de télé quand on regarde une course.

Chapitre 18

Ava

Les jours passent, beaucoup plus vite que je ne l'aurais cru… la vie à cent à l'heure de Jesse y contribue, à n'en pas douter. J'ai du mal à croire que le laps de temps qui nous séparait des Grands Prix est arrivé à son terme. Déjà un mois que Jesse est réapparu dans ma vie… j'ignore combien de temps je dois rester auprès de lui encore, personne n'en parle. L'image de Jesse s'est améliorée, et il n'est plus au cœur d'aucun scandale. Les photos qui circulent sur les réseaux sociaux et dans la presse parlent de nous et plus récemment de la nouvelle saison qui commence. Les tabloïds nous disent éperdument amoureux ce qui me fait bien rire. Mais nos nombreuses sorties ensemble et avec Patmol, les photos de nous dont il inonde les réseaux sociaux suffisent à convaincre les gens…

— T'es prête ?

Il dit ça d'un air… On dirait que c'est moi qui vais prendre le départ de la course demain.

— Prête à quoi ?

— À vivre l'une des expériences les plus palpitantes de ta vie ?

— Seigneur, comment rendre la Formule 1 ignoble en une seule phrase…

Il rit.

— Ça va être absolument génial, je te le promets.

Je refuse de lui avouer qu'en réalité j'ai hâte. Toujours est-il que demain, Jesse partira depuis la troisième place. Ce qui pour la première course de la saison est vraiment bien. Son écurie est ravie.

La Formule 1 est un monde à part entière. Dans et en dehors des paddocks, ce sont des centaines de métiers qui se dépassent pour le faire tourner. Parmi eux, il y a les *team-managers*, les *data scientists*, les préparateurs physiques, les traiteurs, les journalistes, les commentateurs, le directeur de course... tant de monde autour de deux pilotes sur lesquels chaque écurie mise gros. Très très gros.

— Il y a plus de mille cinq cents personnes qui travaillent sur nos voitures à Dario et moi, explique Jesse.

— Autant ?

— C'est un travail d'orfèvre, de minutie. Chaque rouage, chaque fibre de la voiture est pensée par des spécialistes qui se donnent corps et âme. Chaque *team* espère gagner le prix de la meilleure écurie alors tout le monde cherche à embaucher les meilleurs dans chaque domaine. Les gens qui composent la *team* et le *staff* de Manfredi lors des Grands Prix, font partie d'une élite triée sur le volet. Ce sont les meilleurs des meilleurs.

— Ceux qui sont ici dans les paddocks ?

Jesse hoche la tête en souriant et ajuste sa casquette, laissant involontairement des mèches glisser devant ses yeux. Il porte un T-shirt bleu délavé et un jean alors que je suis vêtue d'une robe assortie. Nous sommes à Bahreïn, un pays du Moyen-Orient, la première escale des Grands Prix de Formule 1. Et... j'ai toujours l'impression de ne pas être à ma place à ses côtés. Je ne suis qu'un accessoire. Au milieu des gens qui travaillent, de cette équipe qui fonctionne à l'unisson, je ne suis qu'une gêne. Et comme je ne suis même pas réellement en couple avec Jesse, mon syndrome de l'imposteur est encore plus fort.

— Jesse !

Une voix impressionnante me fait sursauter. Je me retourne pour faire face à un homme à la peau mate qui regarde Jesse comme s'il avait envie de le tuer. Je reconnais immédiatement Dario di Marano. Comme Jesse, il fait partie des meilleurs pilotes du moment.

— Tu te fous de ma gueule, hurle-t-il en fonçant sur nous.

Ils se plantent l'un devant l'autre, se regardant en chiens de faïence. Il semble qu'il n'y a que moi que ça perturbe... mais, soudain, ils tombent dans les bras l'un de l'autre en éclatant de rire.

— Tu vas quand même m'expliquer pourquoi j'ai appris que tu étais en couple dans la presse *people*. Tes exploits à deux balles, je suis rodé, mais Jesse Størm qui fait plusieurs fois la une avec...

Là, il se tourne vers moi et me sourit largement.

— Désolé de ne pas m'être présenté, dit-il en s'approchant de moi.

— C'était plutôt à Jesse de le faire. Il a du mal avec les bonnes manières.

Dario ricane.

— Je m'appelle Ava.

— Dario.

— Je sais, je réponds en lui souriant.

— Elle me plaît beaucoup, dit-il alors à Jesse. Vous avez un tempérament fougueux.

— Peut-être...

Jesse s'approche de moi, un sourire carnassier sur les lèvres, que je connais trop bien... et qui me laisse à penser qu'il va faire une bêtise. Lorsqu'il glisse un bras autour de ma taille pour jouer le jeu face à son ami, je souris. Lorsqu'il embrasse ma tempe, je rougis, troublée et pas vraiment préparée à ce geste tendre. Si Jesse ne remarque pas les frissons qui glissent le long de mon échine moi je les sens, et ils me perturbent plus que de raisons.

— J'aime les femmes de caractères, ce sont les seules que je laisse me réduire en cendres. *Det er min kjære.*

Je sens ses bras, comme des lianes qui se resserrent autour de moi et je ne peux rien dire, il le sait. Je suis censé être amoureuse. Ses mots, en norvégien, sa langue natale, font battre mon cœur. J'en ignore parfaitement le sens, mais... ça me fait toujours un petit effet de l'entendre parler ainsi.

— Ce qui veut dire ? demande Dario.

— Que c'est ma bien-aimée, dit-il sans plus d'explication.

Le pilote italien sourit largement.

— Comment vous vous êtes rencontrés ?

— C'est une longue histoire, répond Jesse.

— Longue histoire parce que vous vous connaissez depuis longtemps ou longue histoire parce que, vu que c'est Jesse, il a encore fait des conneries.

— La première option. J'ai rencontré Jesse avant qu'il ne devienne le célèbre *serial fucker* qu'on connaît.

— Pourquoi pas pilote ? bougonne-t-il.

— Alors ça veut dire que tu as des dossiers sur lui ?

— Énormément.

— Ava, je veux que tu me dises absolument tout ce que tu sais sur mon petit Størmy adoré.

Ce surnom est trop mignon, mais au vu du grognement que laisse échapper Jesse tout contre moi, j'en déduis qu'il ne l'aime pas particulièrement.

— Avec grand plaisir, je réponds.

Je comprends que Jesse s'entende si bien avec Dario, il est lumineux, vraiment très solaire et très gentil. Et j'ai pu constater pendant le repas qu'ils aiment se charrier tous les deux.

— Tu as passé une bonne soirée ?

— Oui, c'était vraiment sympa.

Jesse hoche la tête. Il porte une chemise dont les manches sont repliées sur ses avant-bras et dont les premiers boutons sont ouverts. Avec ses cheveux longs attachés en un chignon lâche, il est troublant. Je m'en veux de le trouver aussi canon… et je m'en veux aussi de penser ça alors qu'encore une fois on se retrouve face à lit unique. *Un lit unique.* Comme dans son duplex en Italie.

Forcément, comme on est en couple…

— Je vais dans la salle de bains !

Tandis qu'il s'y enferme, je m'assieds sur le lit. Je scrolle sur mon téléphone, envoie des messages à Tilda, même si avec le décalage horaire, elle ne pourra pas me répondre tout de suite. Sur les réseaux sociaux, on nous voit avec Jesse dans le paddock. Je vais dans l'album photo de mon téléphone et je regarde celles que j'ai prises. Elles sont nombreuses. Je garde des souvenirs de tout ce que j'observe

Lorsque Jesse sort de la salle de bains, il amène avec lui, un étrange nuage de vapeur et de condensation. Juste vêtu d'un bas de jogging, ses cheveux longs, mouillés, plaqués en arrière… il me semble parfaitement irréel. Comme s'il débarquait d'un rêve ou d'un autre monde juste pour me tirailler.

— Je sais que je suis beau, mais… tu vas finir par me faire rougir, Ava.

— T'es un foutu exhibitionniste, qu'est-ce que tu veux que je te dise ?

— Tu pourrais commencer par m'avouer que tu me trouves beau.

Je secoue la tête alors qu'il s'avance.

— Je vais te laisser le lit pour que tu sois en forme et je…

Je me redresse, mais il me retient par le poignet.

— Aucun de nous ne dormira par terre Ava-*da Kedavra.*

— Ne m'appelle pas comme ça.

— Ce lit est tellement grand que si on se frôle, c'est qu'on l'aura voulu…

Je souffle, parce qu'il est évident que c'est une bêtise. En Italie, il a fini par dormir sur le canapé. Ici, il n'y en a pas. Lorsque le matelas s'affaisse sous son poids, je déglutis. Allongés l'un à côté de l'autre, dans un drôle de silence, on semble fixer le plafond avec fascination tous les deux. Il a raison cependant, le lit est assez grand et j'ai suffisamment confiance en lui pour savoir qu'il ne ferait jamais rien de déplacé.

— Ava ?

— Jesse ?

— Je suis content que tu sois là, avec moi.

J'ai envie de lui dire que si je n'ai jamais fait partie de sa vie, c'est à cause de lui, mais les mots ne sortent pas. Parler du passé est douloureux car c'est forcément associé à mon père et ça... je ne peux pas. Cependant, je commence doucement à me sentir bien auprès de lui. Et je lui en veux car, quand il n'aura plus besoin de moi, il partira. Comme il l'a déjà fait.

— Est-ce que ton syndrome de l'imposteur s'est un peu estompé ?

Sa question me tire de ma rêverie et me prend au dépourvu. Je me tourne vers lui, je me mets même sur le flanc, et il imite ma position. Je ne compte plus les fois où, plus jeunes, nous nous sommes retrouvés ainsi lui et moi. À nous confier nos secrets, à parler de nos rêves, à nous aimer comme deux adolescents. C'est peut-être pour ça que ça me tord légèrement les entrailles.

— Comment tu...

— Je le sais parce que même si tu ne le remarque pas, je t'observe tout le temps. Je veille sur toi car je sais que ce n'est pas facile et je vois que tu as la sensation de ne pas être à ta place. Mais c'est faux.

— Je n'ai pas ma place ici, c'est une réalité, Jesse.

— Tu as ta place partout dans le monde, Ava. Où que tu souhaites être, il n'y a rien ni personne qui peut t'en empêcher. Ça ne s'applique pas seulement à aujourd'hui.

— Je...

— Que tu te sentes mal à l'aise, parce qu'on joue un jeu, oui. Mais ne laisse personne te faire croire que tu ne mérites pas d'être où tu veux être. Même pas toi.

— Jesse, je suis là parce que tu… enfin, il n'y a aucun mérite. Je n'ai pas travaillé pour être ici, je n'ai pas payé ma place comme les spectateurs, je suis juste la nana dont tu t'es souvenue pour te tirer d'un mauvais pas avec ta *team*.

— Le destin a fait en sorte que tu sois là, avec moi.

— Tu t'appelles « le destin » maintenant ?

Il sourit.

— De temps en temps.

Je me mordille l'intérieur de la joue, refusant de sourire à mon tour.

— Moi, j'estime que tu es tout à fait à ta place à mes côtés, et c'est largement suffisant.

— Si Jesse Størm estime, ma foi, je n'ai rien à dire.

Mon souffle se bloque quand il se rapproche de moi. Il est si près que je me rappelle ses mots de tout à l'heure : « Ce lit est tellement grand que si on se frôle, c'est qu'on l'aura voulu… »

— T'es la seule personne à m'avoir jamais rétamé sur les pistes de karting, forcément que je le pense.

J'esquisse un sourire malgré moi. Ces souvenirs font partie de mes plus heureux. Cette alchimie qu'il y avait entre nous, c'était quelque chose de précieux.

— Je pense que je te battrais toujours d'ailleurs.

— Dit-elle, alors qu'elle est face à l'un des meilleurs pilotes de F1 du monde. Tu ne doutes de rien.

Oh que si. Bien trop souvent même, mais ces défis entre nous sont bien trop tentants. Ils laissent une drôle d'empreinte sur mon cœur.

— Jamais. Ton palmarès ne m'impressionne pas le moins du monde.

Il ricane doucement.

— Tant de défi dans le regard, j'aime ce genre de détermination. On devrait pouvoir s'arranger pour faire une course toi et moi.

— Quand tu veux, Størm ! J'ai une revanche à prendre.

Il éclate de rire, et je l'imite. L'alchimie entre nous crépite, ce soir. Elle est douce, et ça me perturbe. On se regarde, en silence.

— Tu devrais dormir, demain tu as les essais, je souffle finalement.

— Tout ira bien. Tu t'inquiètes pour moi ?

— Je ne veux pas que mon faux mec ne soit pas sur le podium.

— Tu me veux sur le podium. C'est une obligation ? Du genre tu mets fin à notre histoire si je n'y suis pas ?

— Aussi queutard que tu sois, t'es doué, je ne peux pas le nier. Alors si tu finis quatrième, ça va barder pour toi.

— Je finirai à la première place pour toi dimanche. Mais je suis très intrigué par le « ça va barder ».

— Toujours aussi sûr de toi, hein ?

Il se replace sur le dos, encore joyeux. Je l'observe de profil, me faisant la réflexion qu'il est totalement séduisant.

— Je ne baisse jamais les bras avant, lance-t-il alors. Peut-être que c'est de la vantardise, mais je crois en mes capacités. Je sais que je suis bon dans mon domaine et je me donne à fond pour y arriver. L'adrénaline de la course, être en compétition avec des gars qui visent la même place, c'est grisant. C'est comme une drogue.

— Je suis vraiment impatiente de te voir à l'œuvre autrement que devant un écran.

Je bâille derrière ma main et m'excuse. Jesse tourne la tête vers moi, son regard est doux. Ses yeux descendent sur mes lèvres et remontent sans qu'il ne cherche à m'embrasser. Tendrement, il lève le bras pour déplacer une mèche de cheveux qui me barre le visage.

— J'ai hâte que tu me voies.

Il s'approche de moi et embrasse mon front comme autrefois.

Je reste interdite face à la douceur qu'a pris cette fin de journée avec lui.

— *God natt*, Ava.

C'est sur sa langue natale qu'il éteint la lumière et que je m'endors.

Chapitre 19

Jesse

Enfin, j'y suis.

Ce pour quoi je vis, ce pour quoi je respire, ce pour quoi je suis fait. Je tremble d'impatience, d'excitation, de bonheur, parce qu'il n'y a que sur l'asphalte que je me sens réellement en phase avec moi-même.

La saison est lancée.

Le premier grand prix va commencer dans quelques minutes, et l'adrénaline pulse dans mes veines. C'est grisant, nourrissant.

Première étape Bahreïn.

Alors que je me prépare à sortir du stand, le monde s'affole autour de moi. Les *afficionados* qui attendent impatiemment dans les gradins, chaque personne qui compose mon équipe technique et qui s'affaire jusqu'à la dernière minute pour que tout se passe bien – et elle. Ava est dans la partie VIP des paddocks avec Zayn pour assister à la course. Sa présence me rappelle, malgré moi, des sentiments que je pensais avoir refoulés. J'essaye d'ignorer qu'elle ressemble à son père, mon mentor… et que ce lien qui nous unissait était si fort.

Je secoue la tête et me concentre à nouveau sur ma préparation mentale. J'ai fait le troisième meilleur temps des qualifications, me plaçant en P3 sur la grille de départ. Et même si je me sens frustré de ne pas être en pole position, j'ai tout de même fait un temps de 1'28"254 exactement. Un record de qualification pour ce circuit d'un point de vue personnel. Je n'avais jamais fait un si bon temps. Et je ne compte pas perdre aujourd'hui.

Je termine de m'habiller. Sous-vêtements et combinaison ignifugés, les gants et les chaussures sont également fait en fibre Nomex. Une fibre intrinsèquement résistante aux flammes et aux températures élevées, qui ne fond pas, ne coule pas et résiste à la combustion. Être pilote de Formule 1 est un métier dangereux et il suffit d'un rien pour qu'une course prenne un tournant tragique.

On y est.

Tous sur la grille de départ.

Mon sang, dopé à l'adrénaline pulse violemment dans mes veines. Mes muscles se contractent nerveusement sous le coup de l'impatience. La voiture est incroyable cette année encore. Le violet nocturne sur la carrosserie, mêlé aux lignes blanches qui épousent de part et d'autre les courbes de la monoplace, la rend vraiment belle. Sur le halo et les ailerons, le blanc à comme un effet néon. Les designers ont fait un boulot de dingue eux aussi. Et nous avons travaillé d'arrache-pied pendant des mois pour la rendre la plus performante possible.

Le départ est un moment essentiel du grand prix, et la victoire peut se dessiner dès les premiers instants de la course ; étant donné l'importance de se placer en bonne position dès le début, les accrochages lors du départ sont fréquents. La procédure de mise en place sur la grille de départ est strictement codifiée.

Le *starter* enclenche la procédure de départ automatique préprogrammée : cinq feux rouges s'allument l'un après l'autre, à raison d'un feu par seconde ; le signal de départ est donné par leur extinction simultanée.

Longueur : 5,412 km

Nombre de virages : 15 dont 7 à gauche et 8 à droite.

Plus longue ligne droite : 1,090 km

Nombre de tours : 57

Le circuit de Bahreïn alterne longues lignes droites et gros freinages, ainsi que trois zones de DRS[1] offrant des possibilités de dépassement pour nous autres les pilotes. Comme la plupart des circuits situés en plein désert, l'adhérence est parfois altérée par le sable et la poussière. Cela peut rendre les conditions changeantes.

Mais lorsque les feux s'éteignent simultanément, je démarre sur les chapeaux de roues et j'entends dans mes oreilles :

— Démarrage parfait.

J'aime jouer avec le feu, j'aime la vitesse et prendre des risques. J'aime vivre chaque grand prix en me nourrissant le plus possible des sensations fortes qu'il m'apporte.

Les virages s'enchaînent, j'encaisse déjà la pression des G, entre les ralentissements brutaux et les accélérations. Dès les premières secondes l'intensité est folle. Les jeux de dépassement se succèdent entre le deuxième dont je convoite la place et avec le quatrième qui veut la mienne. Je maintiens ma troisième position, m'appliquant parfaitement dans chaque virage, les prenant le plus possible à la corde pour grappiller des secondes. Si rien ne bouge, j'aurai au moins la satisfaction d'être sur le podium. Mais je ne peux pas me satisfaire de cette idée maintenant. Il reste encore trop de tours à effectuer, et je n'ai même pas encore donné mon maximum.

Profitant d'une ligne droite, je me déporte de justesse devant mon suiveur. J'augmente mon allure pour me mettre

1. *Drag Reduction System* ou DRS : système permettant de réduire la traînée à l'arrière de la voiture et donc d'aller plus vite en ligne droite en abaissant le *flap* de l'aileron arrière.

au niveau de Steel mon adversaire à battre pour le moment. J'atteins presque les trois cents kilomètres heure à la fin de la ligne droite. Mon virage est dangereux, je mords légèrement sur le vibreur, mais je parviens à maintenir une vitesse élevée ce qui me permet de gagner le duel dans le virage et de prendre la deuxième place. Mon directeur technique m'encourage. Je réponds brièvement en lui disant que je flaire la victoire. Mais, je reste absolument concentré sur mon objectif. Mes sens doivent être totalement aiguisés. Cependant, j'imagine l'euphorie dans la *team*.

Je vis pour ces duels que je les gagne ou que je les perde.

Je vis pour ces sensations fortes.

Je ne ressens pas la peur d'aller vite, c'est du bonheur à l'état brut. J'ai déjà eu un accident, ma voiture a pris feu, elle s'est retournée et a fait plusieurs tonneaux, mais je n'ai jamais eu peur. Si j'avais laissé ce sentiment me bouffer, je n'aurais jamais pu remettre les pieds dans une monoplace.

Les tours s'enchaînent. Déjà quatorze sont passés, et je n'arrive toujours pas à dépasser Wheelie. Il va falloir mettre en place une stratégie pour y arriver et je vais devoir faire un arrêt car mes pneus tendres souffrent. Ils m'ont permis de maintenir ma deuxième place jusqu'à maintenant, mais ils sont usés et je glisse de plus en plus dans les virages. Je préviens mon ingénieur :

— Je commence à glisser.

— Compris, on regarde ça, Jesse.

Je continue de chasser Wheelie, je veux sa place. Pas question de renoncer à tenter de le détrôner de la pole position. Il n'est qu'à cinq secondes devant moi mais l'écart se creuse un peu plus à chaque virage. Ce ne sont que quelques millièmes de secondes à chaque fois, mais au final sur un tour le cumul peut devenir une seconde. Après deux tours supplémentaires, la voix de Mack, mon ingénieur, résonne enfin dans mon casque.

— Box, box.

— Compris.

J'entre dans la voie des stands en veillant à ne surtout pas dépasser la limite de vitesse autorisée de quatre-vingts kilomètres heure afin de ne pas prendre une pénalité stupide. Je m'arrête, et les équipes changent mes pneus à la vitesse de l'éclair, 2"5, et je suis déjà reparti. Je sors des stands en étant onzième mais ma nouvelle gomme dure va me permettre de réaliser plus de tours sans m'arrêter. Elle est plus longue à chauffer, mais elle dure plus longtemps.

Après vingt-cinq tours, j'ai rattrapé mon retard et, si je suis actuellement deuxième, Wheelie est toujours en tête de la course. Steel ayant changé ses pneus également, j'ai pu profiter de ce temps pour reprendre la seconde place. Je ne suis qu'à quelques secondes du *leader*, il me voit dans ses rétroviseurs et je ne le lâche pas d'une semelle. Je demande à Mack de rentrer au stand et de changer mes pneus car Wheelie l'a déjà fait il y a six tours mais il me conseille d'attendre encore. Puis je vois que les doubles drapeaux jaunes viennent perturber la course, et la *safety car* virtuelle est annoncée après quelques secondes. Deux pilotes se sont heurtés, je viens de voir le replay des images sur les écrans géants. Rien de grave à première vue car ils sont toujours en course mais on ne peut plus dépasser pour le moment car les commissaires sont sur la piste pour ramasser les débris. Il nous faut donc ralentir significativement tout en veillant à ne pas trop refroidir les pneumatiques mais je me demande s'il ne serait pas préférable de refaire un changement de pneus. Ça me permettrait de pouvoir finir la course dans de meilleures conditions pour aller chercher la victoire.

— Je pense que c'est le bon moment pour passer sur le médium, je balance à Mack, sûr de moi.

— Oui, prochain tour tu peux rentrer, me confirme-t-il.

— OK, compris.

De nouveau, j'entre au stand et je passe sur des pneus médium, c'est un mélange entre les soft et les durs. La sortie des stands se fait sans accroc encore une fois, et je prends soin de chauffer mes pneus en attendant le drapeau vert qui relance la course quelques instants plus tard. À partir de là, je le sais, je dois tout donner sur les dix-huit derniers tours, car c'est maintenant que la victoire se joue. Je m'élance et je ne laisse aucun répit aux autres pilotes. Je cherche les aspirations et les récupérations d'énergies afin d'optimiser chaque dépassement. Ils n'ont aucune chance, la voiture incroyable couplée aux pneus frais me permet de revenir sur le peloton de tête, et comme la plupart des pilotes se sont arrêtés plusieurs tours avant la *safety car*, ils ont déjà entamé leurs pneus et vont finir la course avec, ce qui me donne un bel avantage. La stratégie a été payante et, à cet instant, je sais que cette victoire, la première de la saison, je peux aller la chercher.

Bordel, on l'a fait !

Je sors vainqueur de ce premier grand prix, et c'est tout un travail d'équipe qu'on a pu voir à l'œuvre. *Première victoire de la saison.* J'aime la sensation que ça me procure. Je sors de ma monoplace, monte dessus, bras en l'air pour célébrer cette victoire, puis je cours me jeter dans les bras de mon équipe, qui est aussi euphorique que moi. Ensuite, je file à la pesée, une étape obligatoire avant et après chaque course, et me détend quelques minutes dans la *cool down room* où Wheelie et Steel, respectivement deuxième et troisième de ce grand prix, me rejoignent quelques instants après. On se félicite pour cette course et débriefe rapidement en revoyant les images passer sur les écrans.

— T'as été plus malin que moi, soupire Wheelie en me frappant dans le dos. T'as changé tes pneus quand il le fallait...

— J'essaye d'anticiper, je ricane.

— Tu peux glousser, soupire Steel, tu finiras derrière moi à la prochaine course.

— Nous, ajoute Wheelie en tapant dans la main de Steel.

Ils rient. Ouais, c'est pour ce genre de pression, ce genre de promesses que j'aime plus que tout ce sport.

— Vous allez réussir ce prodige tous seuls ? je raille.

On rit. Il y a de la compétition entre nous, mais globalement, on s'entend bien. On fait le même métier, on vit la même passion et, quelque part, ça nous rapproche.

Dario est au pied du podium, je le connais assez pour savoir qu'il en sera frustré, mais je sais aussi qu'il va tout donner à la prochaine course. Et puis, c'est l'heure du podium, ce moment tant attendu et espéré par chaque pilote. Je me place sur la plus haute marche et l'hymne norvégien retentit, suivi de l'hymne italien, puisque c'est le pays constructeur, et de la remise des trophées pour tout le monde.

Et tandis que Steel, Wheelie et moi-même fêtons nos places respectives en nous arrosant de champagne, je ressens une immense fierté.

Chapitre 20

Ava

Malgré la fatigue, il émane de Jesse, une force tranquille. Comme si sa victoire, la première de la saison, lui donnait un nouvel éclat. Il irradie, il est heureux, et c'est légitime, il a montré qu'il est très talentueux. Il a mis des stratégies en place avec son ingénieur pour aller chercher la victoire tranquillement. Comme hier, nous nous retrouvons dans la même chambre, dans le même lit.

— Demain, tu ne rentres pas à l'hôtel.

— Comment ça ?

Ce goujat voit bien qu'il me perturbe car il esquisse un sourire qui me donne envie de lui arracher. Je reste sur mes gardes, même si j'ai peur de comprendre où il veut en venir. On avait émis l'hypothèse que je devrais m'installer chez lui.

— Je crois que c'est mieux, pour la crédibilité de notre histoire. Des gens qui travaillent à l'hôtel pourraient nous nuire si tu y restes davantage. Il vaut mieux que tu t'installes avec moi.

— Je ne crois pas que ce soit une bonne idée.

— À quel niveau ? demande-t-il.

— Tous les niveaux, dès que tu es concerné.

Il éclate de rire. Moi, je ne suis pas tout à fait certaine que ce soit bien que je dorme chez lui... déjà que je me sens un peu fébrile d'être allongée avec lui dans le même lit... Qu'est-ce que ce sera de vivre en sa compagnie ?

— Tu ferais mieux de dormir, tu as besoin de repos.

— J'aime quand tu t'inquiètes pour moi.

— Je ne m'inquiète pas, t'as l'air crevé, c'est tout.

Jesse hoche la tête.

— On va bien s'amuser, je t'assure. Et puis, si vraiment tu ne veux pas voir ma tronche, je crois que la maison est assez grande pour qu'on ne se croise pas. Il se pourrait même que certaines pièces te surprennent.

— Tu me fais flipper...

— Voyons... à quoi tu penses encore ? demande-t-il en arquant un sourcil.

— Avec toi, il vaut mieux se méfier de tout, je soupire.

— Ne t'en fais pas, ma maison n'est pas un baisodrome, je ne suis pas non plus un assassin sanguinaire qui essaie de t'attirer chez lui pour te découper en petits morceaux.

— Voilà qui est rassurant.

— J'ai hâte de t'y emmener.

Je frissonne.

— Bon sang, tu es de plus en plus flippant. En plus, qui te dit que je vais te suivre ?

— Le contrat, répond-il sans pression. On va bien s'amuser, je te le promets. On fera des soirées pyjama.

Il se paye ma tronche avant de bâiller et de fermer les yeux. Il ne les rouvre plus ce qui me fait sourire. Je l'observe en silence jusqu'à ce qu'il s'endorme comme un bébé.

Nous sommes rentrés. *Chez Jesse.*

Plus de suite à l'hôtel Beverly Wilshire. Je vis désormais

chez lui, avec lui. Le prix devait sans doute être exorbitant. Mais plus encore, les gens nous croyant en couple, il semblait plus logique que j'aille vivre chez lui plutôt que dans une suite. C'est logique même si… ça me semble une très très mauvaise idée. Mais j'ai compris quand Jesse et Zayn émettaient des réserves à ce que je vive encore à l'hôtel. Ça aurait pu être suspicieux aux yeux de la presse… Le premier matin, Jesse devait s'entraîner, alors seule dans la maison, j'ai pu faire le tour du propriétaire. Après avoir pris mon petit déjeuner, je suis allée de surprise en surprise à chaque pièce découverte : une salle de cinéma avec un écran géant et six sièges en cuir avec accoudoirs pour poser nourriture et boissons : une salle multimédia avec plusieurs consoles de jeu mais aussi un flipper et un babyfoot ; une pièce avec mini bowling…

Un putain de mini bowling dans une maison.

J'ai aussi découvert une salle entière avec des équipement de sport, sans parler du jardin et de la piscine, ni des nombreuses chambres, des trois salles de bains, du salon avec une cheminée quatre fois plus grand que mon appartement… L'écart entre nos deux styles de vie m'a encore plus sauté aux yeux.

La prochaine course est dans deux semaines. J'ai vraiment l'impression de vivre une vie qui n'est pas la mienne. Il a ouvert une faille dans un monde auquel je n'appartiens pas… et en même temps, c'est fabuleux. Peut-être trop, c'est pourquoi, je n'arrive pas à dormir, alors qu'il est plus de minuit.

Je glisse mes pieds dans mes pantoufles avant d'enfiler une surchemise par-dessus mon *crop-top*. La maison est si calme. Chez moi, comme l'isolation est complément naze, on entend la circulation dans la rue, sans parler des voisins un peu trop bruyants aussi. Je ne pensais pas le dire un jour, mais le bruit de la ville me manque quand j'essaye de m'endormir. C'est stupide, mais c'est une habitude que j'ai prise. Dans le frigo j'attrape une mini bouteille d'eau et je me dirige vers l'aile ouest de la maison où se trouve la salle de cinéma et celle de bowling.

J'y allais souvent avec mon père.

Par manque de moyens, je ne m'y rends plus beaucoup. J'aurais aimé qu'il soit ici avec moi. J'aime à croire qu'il veille sur moi, même si je ne sais pas trop ce qu'il penserait de cette situation.

La salle de bowling de Jesse est impressionnante. En bout de piste sur le mur, des peintures représentant une galaxie avec un mélange de bleu, de vert, de violet et des écrans géants qui affichent les scores. De part et d'autre de la piste, des néons de couleurs dispatchés un peu partout, créent une ambiance des années 1980. Les gouttières sont illuminées elles aussi. Et à côté des boules se trouve une console qui permet de contrôler le mécanisme et d'enregistrer les noms pour la partie. Je le mets en route, note mon nom et j'attrape une boule.

Je me place et je lance.

Strike.

Qui aurait cru qu'un jour j'aurais des insomnies et que je jouerais au bowling pour faire passer le temps ? Je ferai quoi la prochaine fois que j'aurai du mal à dormir chez moi ? C'est franchement cruel de mettre ça sous le nez des gens !

— Il est tard, lance une voix derrière moi.

Je sursaute, puis je sens mon cœur battre plus fort. Je ne pensais pas du tout être interrompue à cette heure-ci.

— Je n'ai pas vu d'horaires sur la porte en arrivant.

Je me tourne vers Jesse qui, vêtu d'un bas de jogging et d'un T-shirt, s'avance vers moi.

— Insomnies ?

— Possible. Et toi ?

— Possible aussi.

— Je suis désolée si je t'ai réveillé.

Il secoue la tête sans cesser de me regarder.

— Je peux me joindre à toi ?

— Fais comme chez toi, je raille.

Son sourire encore une fois est sulfureux. Et j'ignore pourquoi mais il me fait penser aux mots de mon père, quand j'étais encore adolescente et que je voulais sortir le soir avec mes copines ou quand Jesse restait à la maison. Il disait toujours à Jesse de partir vers minuit et il me disait à moi quand je sortais de rentrer à minuit car rien de bien ne se passe après cette heure-ci. Me retrouver ici avec lui alors qu'on frôle les 2 heures du matin est assez… dangereux.

— Ça t'ennuie si je réinitialise la partie ?

Je devrais probablement lui dire que finalement je suis crevée, mentir sur le fait que ce n'est pas ma première partie et que je n'ai plus très envie de jouer. Au lieu de ça, je le provoque :

— Jesse, je vais te mettre quantité de *strikes* dans les dents, alors je t'en prie. Ne me ménage pas, parce que je ne le ferai pas

Il éclate de rire en écrivant nos deux noms sur la console. Jesse s'affiche sur le premier écran et, sur l'autre, Ava-*da Kedavra*.

— Très drôle.

— Personnellement je ne m'en lasse pas.

— T'es un sale gosse, Jesse.

Je m'avance sur la piste de droite pour lancer ma première boule. Encore une fois, elle dégomme toutes les quilles. Alors quand je me tourne face à lui, je le défie du regard de faire mieux. Jesse s'avance à son tour et en fait autant.

— C'est facile quand on a un bowling chez soi, je raille.

Il me fait un clin d'œil.

— Comment tu as eu l'idée de faire une putain de piste de bowling dans ta maison ? C'est absolument exagéré, même pour toi, t'en as conscience ?

— Tu sais que je suis parti de rien, alors tout ce que j'ai pu avoir, je l'ai pris, tout simplement. Au début, de façon plutôt sobre, soft… mais l'argent des contrats, des sponsors, des courses tombait, et c'était conséquent à chaque fois. C'était plus que ce dont je rêvais.

— J'imagine.

Je suis heureuse qu'il ait réussi sa vie, un peu moins qu'il ait oublié ceux qui étaient là pour lui avant qu'il ne devienne cette star internationale.

— Quand j'ai fait visiter cette maison à Zayn, il m'a dit : t'as même de la place pour y faire un bowling.

— Et tu l'as fait.

— Exactement, dit-il.

Je me place pour lancer la boule une seconde fois.

Cette fois encore je fais un *strike*.

— Voyons si j'arrive à t'égaler.

Je lui souris alors qu'il se place, et lance. Trois quilles restent debout. Il les fait tomber à sa prochaine tentative.

— Cache donc ce petit sourire de vainqueur, la partie n'est pas finie. Je n'ai pas dit mon dernier mot.

Mais c'est plus fort que moi, je le nargue comme une enfant. Certaines habitudes sont impossibles à perdre.

— Ne me force pas à effacer ce sourire de tes jolies lèvres, Ava. Parce que j'y prendrais grandement plaisir, je t'assure.

Cette menace – si toutefois c'en est une – fait battre mon cœur. Ça ne devrait pas me faire un tel effet, pourtant c'est le cas.

— Jamais. Jamais ! En plus si je suis là, c'est précisément parce que tu dois cesser tes conneries sexuelles. Te distraire sans sexe, c'est pour ça que je suis payée je te rappelle.

Je prends ma boule et j'avance sur la piste.

Je ne sais pas si c'est la chance, mais, les quilles tombent toutes une nouvelle fois. J'exulte.

— Il y a une différence entre un baiser pour ôter cet air suffisant qui, je l'avoue, te va bien et une relation sexuelle.

— Va donc jouer au lieu de dire n'importe quoi.

Je le dévore des yeux malgré moi quand il attache ses cheveux. S'il fait ça, c'est qu'il commence à jouer sérieusement. Et Jesse est un compétiteur né. Chaque jour, avec son métier, est une compétition pour lui.

— Et si j'ajoutais une clause dans ce foutu contrat ? Du style « embrasser n'est pas coucher » ?

— Va jouer, tu diras moins de conneries.

— Tu es tellement frigide Ava, bougonne-t-il en balançant sa boule. Non, plutôt frileuse.

— Je ne m'impliquerai dans aucun jeu, défi ou pari qui inclut strip-tease ou rapprochement physique quel qu'il soit. Je ne joue pas à ça avec toi.

Ou je ne joue plus.

— Avant tu ne disais jamais non.

— J'ai grandi depuis.

— Tu as peur de perdre ? me taquine-t-il.

Je sais où ça mène et je sais que les règles volent toujours en éclat. Je le sais pour avoir souvent joué avec lui, parfois à ses dépens, parfois aux miens... De temps en temps, il me laissait gagner, ou c'était moi, mais à l'époque le vaincu ne perdait pas totalement... cette époque est loin, trop loin et c'est beaucoup trop dangereux d'y penser.

— Je suis en train de gagner, je réponds. Je n'ai rien à perdre.

— Exactement, tu n'as rien à perdre.

Oh que si.

À commencer par mon self control, mon âme et peut-être aussi mon cœur. De toute façon, à voir comme mon cœur accélère depuis le début de cette conversation, j'ai probablement déjà perdu. Mais je fais mine de contrôler la conversation et d'être sûre de moi.

— Allez, Ava, corsons les choses.

Non.

— D'accord, je souffle. Si je gagne, il ne se passe rien.

— Si je gagne, je t'embrasse.

Eh merde.

Égalité.

É-GA-LI-TÉ.

— Je ne l'avais pas vu venir celle-là, souffle Jesse en fixant les résultats sur les écrans.

Je ris sans savoir si ça me rend heureuse ou bien frustrée. Les écrans affichent le score de 258 des deux côtés.

— On n'avait rien dit en cas d'égalité.

— J'imagine que les paris s'annulent ? je dis.

— Dans ce cas-là, tu as ce que tu voulais et pas moi, constate-t-il. C'est injuste.

Je fais mine de réfléchir. C'est quoi le juste milieu entre pas de baiser et un baiser ? Un bisou sur la joue ?

— Peut-être bien oui. Il fallait me dire de choisir autre chose comme gain, Jesse.

Ses yeux flamboient quand il les pose sur moi. Je lui souris pour le narguer.

— Tu ne perds rien pour attendre, Ava-*da Kedavra*.

— Ce n'est pas moi, c'est le karma.

Mon père avait raison, rien de bien n'arrive après minuit. Lentement je comble l'écart entre nous, et je l'embrasse sur la joue.

— Voilà le juste milieu entre nos deux paris. Bonne nuit, Jesse.

Il grogne alors que je me dirige vers la sortie pour rejoindre la chambre.

— Bonne nuit.

Je m'attends à ce qu'il me rattrape, m'embrasse sauvagement pour exprimer son désaccord ou qu'il vienne ôter ce sourire hautain, mais il n'en fait rien. Arrivée au milieu du salon, je me rends compte que ça me tiraille les entrailles, ça me déçoit, ça m'agace et me frustre.

Ça ne devrait pas, merde.

Ce serait la pire des choses à faire. Mais n'est-ce pas pour ça que c'est si délicieux après tout ?

Lorsque je fais volte-face pour revenir sur mes pas, je me heurte à son torse. Perdue dans mes pensées, je n'ai pas entendu qu'il me rejoignait. Je relève la tête, et nos regards se croisent.

— Tu revenais sur tes pas ? grogne-t-il d'une voix particulièrement grave.

Dans l'ombre de la pièce, je ne le distingue pas bien, et c'est encore plus… prenant. Cependant la lumière qui provient de dehors nous éclaire suffisamment vu notre proximité.

— Non.

Son regard est intense, son petit sourire en coin, démoniaque et… il a un charme sulfureux.

— *Du er en ganske løgner.*

— Qui veux dire ?

— Que tu es une jolie menteuse.

Comme à l'hôtel, je balance un coup de boule à son torse. J'ignore pourquoi je fais ça. Peut-être que je ne veux pas qu'il sache qu'il a vu juste et que je revenais vers lui. Peut-être pour fuir ses charmes pour lesquels je suis à deux doigts de craquer. Je rêve d'un peu de volonté.

— Que me vaut cet accès de violence ?

— Tu dis des bêtises, je souffle.

— Je compte plutôt en faire une…

— *Jeg er enig.*

C'est tout ce qu'il me reste de notions de ce qu'il m'avait appris quand nous étions plus jeunes. Si je ne me trompe pas, ça veut dire « je suis d'accord ». Je lui répondais toujours ça lors de nos jeux, lorsqu'on se défiait.

— Ava, grogne-t-il.

Ses mains encadrent délicatement mon visage au moment où ses lèvres fondent sur les miennes. La passion qui le dévore et qu'il me transmet à travers ce baiser est douloureusement intense. Il embrasse comme s'il était affamé. Ce baiser n'est pas seulement de la provocation, il le désirait – fort. Je réponds à son ardeur avec autant de fougue que je le peux, mais je ploie sous sa force. Il domine cet échange, me guide comme il le désire et j'encaisse délicieusement ce plaisir. Je devrais fuir cette étreinte, ce baiser, mais j'en suis incapable. Au lieu de ça, je m'accroche à son T-shirt pour en réclamer plus. Les bras de Jesse s'enroulent autour de ma taille pour me blottir contre lui alors je me love davantage contre son torse. Je presse mes doigts contre ses muscles tandis que notre baiser s'intensifie davantage. Son odeur, le goût de ses lèvres, son corps contre le mien... Bien des années ont passé depuis l'époque où nous étions ensemble, mais je reconnais cette fougue. Je la ressens avec une telle force qu'elle me fait tourner la tête. C'est un pur délice.

Je m'éloigne de lui, soufflée par cette intensité sortie du passé et pourtant toujours aussi puissante. Comme si je n'avais jamais rien oublié de lui. Nos regards se croisent, s'affrontent, se confrontent. On se défie, et je me rends compte qu'avec lui, il en a toujours été ainsi et qu'à l'évidence cela ne changera jamais.

— C'est... précisément pour éviter ça que j'ai un *deal* avec toi et ton agent sportif. T'as pas le droit de...

— Ce n'est qu'un baiser, Ava.

Menteur.

Quoiqu'il joue peut-être vraiment.

— Et puis, à moins que ton chien ne sache nous prendre en photos et les donner à la presse, personne n'en saura rien.

Patmol aboie alors.

Je sursaute, le cœur battant. Jesse s'éloigne d'un pas, un sourire carnassier sur le visage, puis il se penche pour caresser mon chien.

— Je vais le sortir. J'ai besoin de prendre l'air.

Un nouveau sourire qui fauche mon palpitant de plein fouet.

— Pardon ?

— Si je reste, si tu continues de me regarder avec tes grands yeux bleus, j'aurai du mal à ne pas briser les règles du contrat. Tu viens, le chien, on va se promener.

Patmol aboie vivement.

— Tu...

— Bonne nuit, Ava.

Et il disparaît avec Patmol et la laisse qu'il attrape à l'entrée.

Chapitre 21

Jesse

— Comment vous vous êtes connus tous les deux ? demande Ava, en souriant.

Zayn se laisse aller sur son siège, l'air songeur. Tilda, l'amie d'Ava, semble très à l'écoute elle aussi. J'ai dû pas mal me déplacer ces derniers jours, notamment pour la promotion liée à l'écurie et à la reprise des courses. Je n'étais pas trop présent. J'ai chargé Zayn de faire tout son possible pour qu'elle se sente bien et en sécurité. Et il m'a semblé naturel de proposer à sa meilleure amie de venir. C'était une surprise, j'aurais aimé voir le visage d'Ava lorsqu'elle a vu Tilda. Elle m'a envoyé un message qui contenait un simple merci, mais je savais qu'elle devait être contente.

— J'étais vraiment fan de son style. Quand il était sur la piste, il vendait du rêve. Niveau look, c'était autre chose, en revanche.

— Je t'emmerde, je grogne.

Il me fait un doigt d'honneur, et les filles rigolent. Zayn a proposé de sortir boire un verre quelque part. J'avais plutôt envie de rester chez moi mais le « oui » enjoué de Tilda m'a poussé à accepter aussi pour faire plaisir à Ava. Nous sommes dans un bar très select de Los Angeles nommé « Les fameux ». Seul le beau monde peut entrer. Ava porte une robe, et je crois qu'elle en a prêté une à son amie.

— Et un coup, il était dans une soirée qu'organisait un gars pour qui je bossais. Je ne pouvais pas laisser passer ma chance, il fallait que je lui parle. Tu te souviens ce que j'ai dit en t'accostant ?

— Un truc du genre : « t'as l'air con avec ta dégaine de viking mais en même temps, on ne t'oublie pas, tu ne ressembles à aucun autre de tes concurrents. »

Il hoche la tête tandis qu'Ava nous écoute, fascinée. Moi ce qui me fascine, c'est mon self-control. Comment j'ai pu embrasser cette bouche magnifiquement bandante et insolente et ne pas recommencer ? Comment j'ai pu stopper et aller promener son foutu clébard ?

Réponse facile : parce que si j'avais continué à l'embrasser on aurait, je pense, été plus loin encore.

Merde.

Dès que j'y pense, j'ai une demi-molle.

L'embrasser a fait remonter masse de souvenirs d'elle, de nous. Et moi qui jusque-là contrôlais plutôt bien mon attirance pour elle ou encore mes envies de baiser, c'est devenu… disons-le, plus compliqué.

— Je lui ai dit que j'adorais son style quand il pilotait.

— Un vrai suce-boules en somme, je raille.

Ava glousse alors que Tilda éclate de rire. Elle est atteinte de vitiligo, cette maladie qui blanchit la peau. Ava ne m'avait rien dit, alors sur le coup j'ai dû la regarder un peu bizarrement. Je m'en veux, mais elle n'a pas semblé mal à l'aise ou désappointée par mon regard.

— Pour appâter un potentiel client, t'es obligé de passer un peu de pommade. C'est le b.a.-ba de toutes relations ou démarches commerciales.

Je ricane.

— On a pas mal discuté lors de cette soirée, et le courant

passait bien entre nous. Sauf que je n'arrivais pas vraiment à savoir quel genre de sponsor l'intéresserait, de quelles marques il voudrait être l'égérie.

— Il fallait bien tester tes nerfs. Tu ne crois pas que j'allais me dévoiler si facilement.

Ava nous regarde à tour de rôle.

— Et ? demande Tilda, impatiente.

— Et donc, Jesse m'a lancé un défi, et je l'ai accepté.

— C'était quoi ?

— Aller aux toilettes, me désaper, revenir jusqu'au bar, commander à boire et tenir cinq minutes comme ça.

Elle me regarde avec de grands yeux, je hausse les épaules avec une petite moue. Faut ce qu'il faut pour voir si les gens sont motivés. Et Zayn était motivé. Il m'a fait éclater de rire ce jour-là. Je savais que même si on ne bosserait pas forcément ensemble, on deviendrait amis.

— Et tu l'as fait, soupire-t-elle en secouant la tête.

C'est sûr que si elle s'attendait à un défi sérieux, elle doit être déçue.

— Évidemment ! s'exclame Zayn. Je ne pouvais pas refuser, ce mec sentait la réussite et le pognon. Je voulais sentir le même parfum que lui. Et j'aimais beaucoup trop son style, quoique après je l'ai regretté avec toutes ses frasques...

Bien qu'elle soit là pour faire cesser les publications des des journalistes à propos de mes coucheries à droite et à gauche, je n'ai pas spécialement envie qu'il en parle devant et avec elle. Si elle a regretté mon départ, je me dis qu'évoquer mes frasques pourrait sans doute lui faire mal au cœur... Je ne crois que mon meilleur pote a saisi qu'Ava a été la seule histoire sérieuse que j'ai eue. Ni que je l'ai beaucoup regrettée malgré les conquêtes que j'ai eues ces dernières années.

— Tu adores rattraper mes conneries, je fais alors en terminant mon verre de whisky.

— Non, ce que j'adore c'est ce que je touche grâce à toi.

Ma fausse petite amie sourit avant de porter son verre à

ses lèvres. Son amie en fait autant. J'essaye de ne pas regarder Ava trop fixement, mais difficile de feindre qu'elle n'est pas magnifique. Peu importe qu'elle porte une robe sexy dans une soirée ou un legging lors d'une partie de bowling. Je ne sais pas bien si elle a beaucoup bu, je n'ai pas fait gaffe. Heureusement, j'ai mon chauffeur qui nous ramène.

— Après ça, on a convenu d'un rendez-vous, et un mois après je lui dégotais son premier contrat avec une marque de prêt à porter. Et on est devenu potes.

— Et vous deux ? demande soudain Tilda en nous désignant à tour de rôle Ava et moi.

Elle se redresse soudain en secouant la tête. Je me rends compte que mes tentatives de ne pas la regarder échouent lamentablement.

— Ça je suis plutôt curieux de l'entendre moi aussi, approuve Zayn. Mais avant, quelqu'un veut boire quelque chose ?

— Moi, je vais reprendre un cocktail ! dit Tilda.

Elle semble plutôt à l'aise.

— Ava ?

— Non, ça va pour le moment, répond-elle.

— Moi non plus, je n'ai pas fini.

Et surtout, la saison ayant commencée, cette soirée est un luxe que je n'aurais pas dû me permettre. Zayn interpelle un serveur et commande.

— Alors qui commence à raconter ? demande mon meilleur pote.

— À toi l'honneur, me dit Ava.

— J'avais douze ans quand je me suis pointé au centre de karting du père d'Ava. Elle s'occupait d'un groupe de gosses pour leur apprendre les mesures de sécurité et leur expliquer le fonctionnement des karts. Elle m'a toisé en me demandant ce que je foutais là alors que c'était réservé au *staff*. J'ai répondu que je voulais voir le boss, et elle m'a répondu qu'elle voulait voir Harry Styles, et qu'on ne pouvait pas toujours avoir ce qu'on désirait.

Tilda éclate de rire.

— Je lui ai déjà dit aussi qu'on ne pouvait pas toujours avoir ce qu'on voulait, ajoute-t-elle.

J'ai su à sa réponse qu'elle avait quelque chose de mordant cette nana.

— Et j'ai attendu toute la journée que son père revienne d'un rendez-vous pour lui demander un job.

Ava semble soudain fermée ou étrangement nostalgique. Elle n'a toujours pas digéré le fait que je sois parti ce que je peux sans doute concevoir. Mais, elle ne pourrait pas comprendre.

— Et c'est comme ça que j'ai échangé du boulot contre le droit de faire du karting.

— Le club de karting de ton père ? Celui qui a fait faillite ?

Tandis que les mots de Tilda se frayent un chemin dans mon esprit, Ava la fusille du regard. Zayn reste silencieux.

— Comment ça, faillite ? je dis d'une voix grave.

Les mots que je prononce me font mal.

Ava semble se décomposer alors que son amie, les mains plaquées sur la bouche secoue la tête.

— C'est sorti comme ça… excuse-moi, j'ignorais que…

— Ce n'est pas grave.

J'attends désespérément qu'elle me regarde, qu'elle ouvre la bouche et qu'elle m'explique, mais elle n'en fait rien.

— Ava ?

— Ça arrive, des sociétés qui font faillite, il n'y en a pas qu'une…

Elle dit ça sans même m'accorder un regard, puis, elle se lève.

— Je suis désolée, mais je crois que je vais rentrer, je suis fatiguée.

En évitant toujours mon regard, elle quitte le carré VIP et se dirige vers la sortie. Je la rattrape en deux enjambées avant que sa copine n'arrive.

— Lâche-moi, Jesse. Ou je me donne en spectacle pour la presse.

Bien que ça me brûle, je l'attire à moi au milieu de la piste et comme on est censé être amoureux, je me penche vers elle. Je sens qu'elle se tend dans mes bras. On donne probablement l'illusion de danser à n'importe qui. Tout comme moi, on dirait que ce contact l'ébranle plus qu'elle ne le voudrait.

— C'est quoi cette histoire ?

— Rien qui te regarde, répond-elle. Maintenant, laisse-moi rentrer.

Je me penche davantage contre elle, je glisse mes lèvres contre son oreille. Elle frissonne, et ça ajoute de l'excitation à ma colère.

— Cette conversation n'est pas terminée.

— Va te faire foutre.

— Je t'assure qu'on en reparlera.

— Je n'ai aucun compte à te rendre.

J'esquisse un sourire à défaut de pouvoir râler, mais elle en connaît la signification. Et parce qu'il y a probablement un téléphone qui traîne pour filmer, je l'embrasse à pleine bouche avant de glisser contre ses lèvres :

— Donne l'illusion que t'es amoureuse en sortant. Et tu prends mon chauffeur, c'est un ordre.

Je jurerais l'entendre me traiter de connard quand elle part, accompagnée de Tilda.

Je souffre rarement d'insomnies, mais depuis que je suis rentré, pas moyen de fermer l'œil. Je ne suis pas ivre, je crois que je préférerais, au moins je dormirais sans soucis, car il n'y a rien que je déteste plus que cogiter comme ça. Mon envie de débarquer dans la chambre d'Ava pour en parler avec elle est forte. Je me retiens pourtant.

La bombe qu'a balancée Tilda me reste en travers de la gorge. Je n'arrive toujours pas à digérer ce que j'ai appris. Ce club de karting, c'était mon refuge, c'était mon univers, et je n'encaisse pas le fait que ce club qui était populaire et incontournable ait pu faire faillite.

Pourquoi ne m'a-t-elle rien dit ?

J'attrape une bouteille d'eau dans le frigo et referme la porte quand elle débarque. Elle ne s'attendait pas à me voir car elle semble prise de court.

— Je...

Sans terminer sa phrase, elle fait demi-tour, mais pas question qu'elle m'échappe cette fois. Je la retiens de la même façon que plus tôt dans la soirée. Cette fois, pas de monde, pas de potentiels journalistes, non, cette fois son regard est noir.

— Lâche-moi !

Elle tente de se débattre, mais avant de la lâcher, je la pousse vers le salon. Pas question qu'elle se dérobe. J'ai besoin de cette foutue conversation et qu'elle ne soit pas d'accord avec ça m'indiffère.

— Cette fois, personne pour te permettre d'échapper à cette conversation.

— Va te faire voir, je n'ai absolument rien à te dire.

— Que tu crois !

— Et je te promets que si tu m'embrasse comme tu l'as fait dans le club je t'émascule pour de bon. Réglées tes frasques dans la presse, comme ça.

— Essaye, Ava, et tu pourras dire adieu au fric que tu tiens tant à récupérer.

Elle éclate d'un rire sans joie, hystérique. On se jauge, on se regarde plutôt méchamment. On s'en veut sans se comprendre vraiment. *Je lui en veux*. Je lui en veux de m'avoir caché ça, de ne m'avoir rien dit alors qu'elle est ici depuis plusieurs semaines et qu'elle aurait eu mille fois l'occasion de le faire.

— Alors ?

Ava me toise de la tête aux pieds sans se laisser démonter. Je ne l'ai jamais impressionnée, je n'ai jamais eu ce pouvoir sur elle comme sur d'autres filles.

— Tu te prends pour mon père ou quoi ? Tu dis « alors »

avec ton air suffisant et tu crois que je vais tout déballer comme une gentille fifille ? Redescends de ton piédestal, je n'ai absolument aucun compte à te rendre. Maintenant, j'aimerais retourner dormir.

Je ricane.

— Toi et moi, on sait bien que tu ne dormiras pas, alors autant que tu répondes tout de suite à mes questions et qu'on se foute la paix pour la fin de la nuit.

— Sinon quoi ? Tu es en train de me menacer ?

— Je dis simplement que j'aurai les réponses que je veux tôt ou tard.

— T'es un immonde connard.

— Tu pouvais te passer de l'adjectif « immonde », connard suffisait largement.

Elle tente de me pousser, de prendre la direction du couloir pour me fuir, mais je n'en ai pas envie alors j'attrape ses deux poignets et je l'attire contre moi. On se retrouve à nouveau l'un contre l'autre, comme dans le club, mais cette fois personne pour nous prendre en photo. Ce qui veut dire qu'on peut partir dans tous les sens…

— Qu'est-ce qui s'est passé ? je grogne.

— Lâche-moi !

— Réponds d'abord à ma question. Pourquoi ta copine a dit que le karting était en faillite ?

— Parce qu'il l'est, crache-t-elle.

Sa voix est aussi haineuse que son regard.

— C'est aussi simple que ça, mais encore une fois ça ne te concerne pas. Maintenant lâche-moi.

— Bien sûr que ça me concerne.

Elle éclate d'un nouveau rire hystérique.

— Messieurs dames, voici le culot personnifié.

Ava réussit à échapper à ma prise, mais elle ne fuit pas cette fois. Non, elle m'affronte frontalement.

— J'aurais éventuellement pu te considérer comme concerné… mais tu t'es barré du jour au lendemain sans jamais revenir.

Alors t'as perdu ce privilège à ce moment-là. Ce karting, ce qui lui est arrivé, ce ne sont pas tes affaires.

Ses mots me rendent complètement barge. Elle ne sait rien. Elle ne sait absolument rien, et pour elle je serai toujours le putain d'enfoiré qui est parti. Elle a raison, c'est tout à fait ce que je suis, sauf qu'elle ignore le contexte.

— J'estime que ce sont les miennes également que tu sois d'accord ou pas.

— Grand bien te fasse, répond-elle. Maintenant, tu m'excuses mais j'ai envie de retourner me coucher.

Je secoue la tête, et bizarrement elle ne bouge pas. Elle reste là à me défier avec toute sa haine et sa colère.

— Je n'ai pas fini, moi. Je veux savoir ce qui s'est passé. Pourquoi tu ne m'as rien dit ? Qu'est-il devenu ? J'ai passé des années de ma vie là-bas et...

— Ne termine pas ta putain de phrase. Ne me sors pas la carte de la nostalgie alors que t'es parti et que tu ne t'es pas soucié une seule fois de ce karting pendant huit longues années.

— Tu ne sais pas ce qui s'est passé, je gueule à mon tour. Épargne-moi tes leçons à deux balles. Et, quand bien même je suis parti, et alors ? J'ai passé de nombreuses années de ma vie là-bas et j'estime avoir le droit de savoir que ça te chante ou pas.

Elle me toise. Je ne voulais pas dire ça, pas comme ça, mais je pense qu'elle est suffisamment en colère pour ne pas y avoir prêté attention.

— J'ai besoin de savoir, alors fais-toi une raison, je rajoute d'un ton las. Comment un tel endroit a-t-il pu fermer ? Pire faire faillite ? Est-ce que tes dettes sont en rapport avec ça ?

Tête basse, elle reste silencieuse, mais je sens qu'elle boue intérieurement. Il s'est passé quelque chose que j'ignore. Elle est actuellement comme une grenade dégoupillée ; prête à exploser.

— Ava ?

C'est alors que je remarque ses yeux rouges. Quand elle relève la tête et rive son regard au mien. Ses yeux sont remplis de larmes. Colère et tristesse s'allient et rendent son regard plus noir que jamais.

— Il est tombé malade, crache-t-elle alors.

Mon cœur loupe un battement. Malade ?

— Il est tombé malade et il a fallu régler les factures d'hôpital, de traitements. La chimio ça coûte chère, les médicaments aussi alors on n'a pas eu le choix. Voilà comment on a coulé le karting. T'es content ?

Je secoue la tête.

— Et puisque tu tiens tant à tout savoir, gronde-t-elle en s'avançant vers moi pour frapper mon torse, parce que monsieur Jesse Størm est égoïste...

Elle souffle.

— Quand il est parti, j'ai hérité de ses dettes, voilà pourquoi je vis comme une pauvresse sans le moindre sou. Voilà pourquoi j'ai accepté ton *deal*. Dans le seul but de sortir la tête de l'eau, sinon, crois-moi, tu aurais pu aller te faire foutre.

— Parti ? Comment ça ?

— Il est mort de son cancer. Il est mort, et tout ce qui me reste de lui c'est ce karting qui me fait crouler sous les dettes, mais dont je refuse de me séparer parce que j'aime cet endroit plus que tout au monde. Voilà, t'en sais assez maintenant ?

Elle me frappe encore.

— Ta curiosité est rassasiée ?

Et encore, sauf que je ne prête pas attention à ses poings qui s'écrasent sur mon torse.

Il est mort. L'homme que je considérais comme mon mentor est mort, et elle me balance ça comme ça sans le moindre ménagement. Comme si on n'avait été que de simples connaissances, comme si on n'avait jamais été intimes.

Je reste interdit, choqué, perdu.

Je suis incapable de répondre, incapable de dévier mon regard d'elle, d'échapper à ces révélations. Le chagrin m'inonde en un instant. En une fraction de seconde, je sens les larmes couler le long de mes joues. *Il est mort*. Et soudain, je comprends pourquoi elle était si sensible à la cause du cancer du foie, parce que c'est de cela dont il souffrait. Je m'éloigne d'elle à reculons. J'ai besoin de mettre une distance entre elle est moi car, au-delà des sentiments qui déferlent en moi, je nourris une violente colère à son égard.

— Il est mort… et tu ne m'as rien dit ? je souffle.

Si je l'ai trahie en partant, elle m'a trahi en me cachant ça.

— T'en avais rien à fiche, Jesse. Tu étais dans ta nouvelle vie et à aucun moment tu nous as inclus dedans. Alors qu'est-ce que tu en avais à foutre qu'il ne soit plus de ce monde ?

Je m'éloigne encore parce que je sens monter une bouffée de violence en moi. Parce que ses mots je ne les mérite pas. Parce qu'elle ne sait rien…

— Va te faire foutre, Ava, je crache. Même si je suis parti vivre mon putain de rêve, t'avais pas à faire ça, ni à m'annoncer sa mort de cette manière, comme une foutue garce.

Elle hausse les épaules.

— Alors ouais, je suis parti, il n'empêche que ton père, je l'aimais et…

— Et quoi ?

Ce soir, je ne la reconnais pas. Malgré la rancœur que je perçois, je ne l'avais jamais vu si haineuse.

— T'es là depuis des semaines et a aucun moment tu n'as jugé bon de me dire que ton père était mort et que…

Ma voix part en vrille. Je ne termine même pas ma phrase parce que, au fond de moi, je sais que c'est inutile. Je suis triste et déçu. L'émotion suscitée par cette nouvelle me flanque un coup terrible à l'estomac et au moral. Si apprendre que le club de karting est en faillite et donc n'existe plus m'a flanqué un coup, apprendre que Kirk, le père d'Ava, est mort me flanque un coup dans l'âme. Je comprends à son regard qui croise le mien que c'est une forme de punition de sa part. Plutôt que de m'engueuler avec elle, je tourne les talons. J'ai besoin d'air, besoin de réfléchir et de m'éloigner d'elle surtout.

Chapitre 22

Ava

Quand je reviens dans ma chambre, Tilda est assise sur mon lit, l'air penaud et contrarié. Je suis à bout de nerf, à fleur de peau. J'aurais préféré qu'elle reste dans sa chambre et qu'elle me laisse seule. Je sais qu'un rien pourrait me faire basculer dans une crise d'angoisse ou d'hystérie. Je me sens perdue dans les sentiments et sensations qui m'assaillent de part en part.

— Je suis désolée...

Je secoue la tête. Elle se sent coupable de ce qu'elle a dit quand nous étions dans le bar. Sur le coup, je l'aurais étranglée, mais elle n'y peut rien. Je ne sais plus si je lui ai dit que je cachais à Jesse la fermeture du club et même la mort de mon père alors ça ne sert à rien de l'accabler. L'air jovial de Jesse a soudain disparu et je ne m'attendais clairement pas à le croiser dans la cuisine en pleine nuit. Je n'étais pas prête pour cette rencontre nocturne. J'en tremble encore. Note à moi-même : ne pas rôder dans la maison après 2 heures du matin.

— Il allait le savoir un jour ou l'autre de toute façon. Alors, ce n'est pas plus mal... que ce soit sorti.

Même si j'aurais préféré qu'il n'en sache jamais rien. Je n'avais pas envie que ça interfère dans notre pseudo-relation compte tenu du fait que, quand j'aurai rempli ma part du *deal*, il me paiera et disparaîtra probablement comme il y a huit ans. Maintenant il sait tout ce qu'il ignorait. Moi, en revanche, je ne sais toujours pas ce qui l'a poussé à partir de cette manière.

— Mais… c'était tendu, cette dispute.

J'imagine qu'elle a tout entendu, et ça me gêne. Je déteste me donner en spectacle. Mais il a fait exprès de me chercher, de me faire sortir de mes gonds pour savoir et, moi, j'ai plongé comme une idiote.

— Je ne voulais pas écouter, c'est juste que…

— On a un peu haussé la voix, je soupire.

Tilda hoche la tête.

— Tu vas bien ? me demande-t-elle.

Je hoche la tête, même si je me sens ravagée. Parler de mon père ne fait que raviver des souvenirs douloureux de mes derniers instants avec lui, de la souffrance qu'il a endurée et de tout ce qui m'est tombé dessus après sa mort. Je me sens vulnérable, sans aucune énergie. Cette conversation m'a clairement vidée. Je n'imaginais pas que ce serait si difficile pourtant quand j'ai commencé à parler, impossible de m'arrêter.

— Il nous a laissé en partant du jour au lendemain, alors sa colère n'est pas légitime. S'il en avait eu vraiment quelque chose à faire, il aurait donné des nouvelles de temps en temps. Personne ne l'a jamais empêché de nous faire signe… il pouvait juste prendre son téléphone pour appeler ou envoyer un message.

Et si ce n'était pas à moi, ça aurait pu être à mon père tout simplement. Il a regardé ses courses après son départ, peut-être pas toutes, mais une grosse majorité. Je le sais car je regardais avec lui. Il suivait activement sa carrière, ses compétions, et je sais combien il était fier quand il gagnait et même lorsqu'il n'était pas sur le podium.

— Tu crois qu'à cause de moi, vous allez mettre fin à ce *deal* ?

— Je…

Honnêtement l'idée que le *deal* se termine plus tôt que

prévu ne m'a pas effleuré l'esprit, alors la question de Tilda me pose une colle.

— Je ne sais pas, j'avoue.

Ma meilleure amie soupire.

— Je ne pense pas, je rajoute. Il n'a rien dit en tout cas, il est juste sorti…

Je ne sais pas ce qui me perturbe le plus. Sa colère, sa tristesse ou sa haine envers moi. Peut-être le mélange des trois. C'était suffoquant, douloureux comme discussion. Et les larmes qui lui ont échappées quand il a appris la mort de mon père m'ont fait culpabiliser. D'un côté, j'étais satisfaite de voir sa peine, de l'autre j'étais triste de le voir si affecté par la nouvelle. Je n'avais jamais réfléchi aux réactions qu'il pourrait avoir… je crois bien que quelque part il était plus facile pour moi de croire et de penser qu'il s'en ficherait totalement. Quand il est parti, il semblait vraiment mal…

— J'aurais peut-être dû le retenir.

— T'as peur qu'il fasse une connerie ?

— Oui, je confesse avec un hochement de tête. Je ne sais pas… Il pourrait boire et baiser avec une meuf pour tenter d'oublier cette soirée.

— Ça devrait aller, lance Tilda.

Je hoche la tête.

— Je vais aller dans la salle de bains. J'arrive.

Je ferme la porte derrière moi, et me penchant vers une des vasques en marbre, je m'asperge le visage d'eau. J'essaye de le chasser de mon esprit, mais je n'y parviens pas.

Je ne lui ai jamais caché lui en vouloir encore d'être parti comme ça, mais il est vrai que ne rien lui dire pour mon père ou pour le karting était un genre de punition. Je voulais qu'il ait mal au cœur, qu'il souffre… comme j'ai pu souffrir à cause de lui. Si mon père avait été là, il aurait complètement désapprouvé mon comportement. Jesse avait dix-huit ans quand il est parti, j'en avais seize et… j'étais amoureuse de lui. Folle amoureuse. Alors je lui en ai voulu en me promettant de ne jamais lui pardonner s'il revenait. Il n'est pas revenu, jamais. Je me suis même demandé si je n'avais pas un peu abusé sur la force de ma promesse. Je ne sais plus le nombres d'heures où j'ai attendu qu'il franchisse la porte du karting. Je l'aurais insulté de tous les noms, je l'aurais frappé mais j'aurais été heureuse de le voir. À l'époque, je l'aurais bêtement suivi jusqu'au bout du monde s'il me l'avait demandé. On était jeunes, c'est vrai, mais je n'ai jamais retrouvé avec personne cette alchimie, cette foudre, cette tempête dans le cœur, dans le corps...

— Ava ?

Tilda est penchée au-dessus de la vasque, et elle me regarde, l'air particulièrement inquiète.

— Tu étais dans le vague. Ça fait plus de cinq minutes que l'eau coule comme ça...

Je secoue la tête comme pour me reconnecter à la réalité.

— Je repensais au passé. Rien de bien constructif j'en ai peur.

— Tu as besoin d'en parler ?

Je secoue la tête.

— Ava, je suis tellement désolée. Si tu veux te défouler sur moi, tu peux... Si tu veux rentrer, je te cache dans ma valise...

Je souris à cette proposition tout en m'essuyant le visage.

— C'est très tentant, mais je veux aller au bout de ce *deal*. J'ai besoin de cet argent et je l'obtiendrai si je tiens mon engagement.

— Si tu disais que tu veux en finir maintenant, il ne te payerait pas la totalité ?

— Non... selon Jesse et Zayn, je dois être là pendant plusieurs courses. Pour montrer à ses sponsors, son écurie et surtout la presse à scandale qu'il est fiable et en couple. Si je pars avant, les tabloïds risquent de se poser des questions...

Tilda soupire en se laissant tomber sur le matelas quand on revient dans la chambre.

— Tu veux que je reste ici et qu'on discute toute la nuit ? Genre, on refait le monde tout ça, tout ça...

— J'approuve.

Tilda s'endort au bout de cinq minutes. Je ne lui en veux pas, il est tard et je ne la réveille pas non plus. Patmol n'a pas bronché de la soirée. Il tape sa meilleure nuit. J'essaye de dormir, mais je n'y arrive pas. Le temps passe, et je me retourne inlassablement dans mon lit sans réussir à trouver le sommeil. Je finis par me lever et me glisser sans un bruit dans le jardin par la baie vitrée. La nuit est douce. On entend les bruits de la ville au loin, mais ce n'est pas désagréable. Je finis par m'asseoir au bord la piscine.

Et, malgré moi, je pense à lui.

À ses foutues larmes pour mon père.

À sa foutue colère à mon égard.

Puis, je pense à ma propre colère.

À tout ce que j'ai enduré seule.

Et je pleure à mon tour.

Chapitre 23

Jesse

J'ai la rage au cœur, au corps et à l'âme.

Je suis physiquement prêt, mentalement plus ou moins… et émotionnellement au trente-sixième dessous. Ava a raison, je n'ai pas parlé de Kirk, ni demandé de ses nouvelles, mais il n'empêche que j'aimais cet homme. Je n'arrête pas de me dire que… qu'on avait des choses à régler, des choses à se dire et que ce ne sera plus possible. *Jamais.* Ces choses refoulées, je les garderai à jamais et, ça, je crois que c'est ce qui me blesse le plus. En faisant ce *deal* avec Ava, je savais qu'on finirait par se voir, je n'avais pas envisagé sa mort. Pas une seule seconde et c'est sans doute pour ça que cette nouvelle est si douloureuse. Je n'arrive pas à passer outre. Je suis encore bloqué dans mon salon, entendant comme un tocsin, les révélations d'Ava. Je n'arrive pas à la regarder en face, je n'arrive pas à lui pardonner… je ne sais même pas s'il y a quelque chose à pardonner. Elle avait ses raisons, elle a décidé de ne pas me le dire, et sans doute que pour elle, c'était légitime. Malgré tout, je suis en colère, ça ne se calme pas. Je me suis lamentablement planté lors des qualifications, me plaçant en P11, je n'ai même pas réussi à me concentrer ni à faire ce que je fais de mieux ; c'est-à-dire piloter une Formule 1. J'ai laissé mes putains d'émotions prendre le dessus et je me suis foiré sur toute la ligne. J'ai tellement honte de moi. Heureusement Dario a réussi à se classer en P3, ce qui lui donne une chance de finir sur le podium aujourd'hui.

— Tu veux que je la renvoie ? demande Zayn.

— Qui ?

— Ava… Je peux la faire rentrer à Los Angeles.

Je souffle en secouant la tête. Qu'est-ce que ça changerait qu'elle soit là ou pas, de toute façon ? Je n'arrive pas à faire taire mes pensées, c'est ça mon problème.

— Elle est là, elle reste. Je suis obligé de toute façon, puisqu'on est en couple, je raille.

— Jesse…

Je secoue la tête une seconde fois alors Zayn reste silencieux. Je n'aime pas son ton de complaisance, je n'ai pas besoin de sa pitié par-dessus le reste.

— Ça ne change rien de toute façon.

— Tu aurais peut-être un meilleur état d'esprit.

Rien ne changera les pensées qui me tiraillent.

— Je crois qu'il faut que vous discutiez pour crever l'abcès. Tu as l'air…

— Zayn, avec tout l'amour que je te porte, ferme ta gueule ! Là, je suis obligé de subir la présence d'une femme qui m'a menti. J'ai du mal à digérer ça et je fais face à la mort de…

— Je suis désolé, je pensais qu'elle te le dirait, pas que ça se passerait comme ça…

À travers le bordel qu'il y a dans mon esprit, la dernière phrase de mon meilleur ami me percute de plein fouet. Il évite mon regard en se redressant pour faire les cents pas dans la loge.

— Attends, je le coupe. Tu le savais ? Tu savais que Kirk était mort ?

— J'ai… je…

Putain ! C'est pas vrai !

Son bafouillage est plus violent qu'un uppercut. Il pose

sur moi un tel regard de pitié que je me sens comme le pire des minables. Je n'en reviens pas. C'est impossible. Il était au courant et... Le pire, c'est que j'en perds mes mots, je reste muet.

— Elle m'a demandé de ne rien te dire... Elle a dit qu'elle...

Je ne sais pas si je suis encore plus déçu ou si j'ai atteint un stade où je n'en ai plus rien à carrer... sans doute que je me situe à la frontière des deux.

— Sors, s'il te plaît. Sors d'ici.

— Jesse.

— Si tu ne te tires pas, je te fous mon poing dans la gueule Zayn. Tu préfères quoi ?

Il ne se fait pas prier.

Une fois seul, je me laisse tomber sur le canapé. J'aurais préféré qu'il la ferme, je me sentirais moins minable. Zayn le savait et à aucun moment il n'a jugé bon de me le dire.

Ça me fait péter un câble.

Je suis lamentable.

Je suis complètement déconnecté de la réalité. Je vis pour ce sport, pour gagner et, pourtant, je laisse mes sentiments venir saccager la seule chose qui me rende vivant, qui me fasse vibrer. Je suis dans une spirale négative qui m'entraîne vers l'échec et je n'arrive pas à m'extirper de cette pesanteur qui me tire vers le bas.

Je n'arrive pas à remonter la pente. Pire, je laisse mes adversaires gagner des secondes et même me doubler. De la onzième place, je suis passé à la quatorzième, et il ne reste qu'une vingtaine de tours, il est temps que je me reprenne... Même si je n'ai pas de doute cette fois quant à l'issue de cette course ; le podium d'Arabite Saoudite se fera sans moi. Il m'échappe un peu plus à chaque seconde qui passent...

Je me concentre.

Je suis dans la ligne droite juste après le dernier virage et je profite d'être à moins d'une seconde du pilote devant moi pour ouvrir mon DRS. Je prends l'aspiration, je me déporte sur la gauche pour le dépasser et je lui passe devant. Le premier virage arrive vite, et le pilote me suit à la trace. Je freine mais la succession des virages un et deux m'obligent à freiner plus fort et je bloque mes roues. Le geste n'était pas *fair play*, je le sais, mais je n'avais pas le choix sinon, j'allais faire un tout droit. Malgré tout, j'ai quand même fait un hors-piste. Je sens que je ne vais pas échapper à une pénalité, et mon ingénieur me le confirme quelques instants plus tard :

— Cinq secondes de pénalité pour la *track limit* Jesse.

— Fait chier, bordel !

— Rentre aux stands, on va l'appliquer maintenant, en plus il faut changer ton aileron avant.

— OK.

L'aileron... Je l'avais presque oublié celui-là. Je l'ai endommagé il y a trois tours de ça en bataillant pour maintenir ma place et en prenant une position trop défensive. J'ai heurté la roue arrière du pilote qui me doublait. C'était stupide, il avait largement l'avantage à ce moment-là et j'aurais dû le laisser passer mais je suis tellement en rogne que ça se ressent dans ma conduite. Je n'arrive pas à passer outre. J'ai beau essayer, je n'arrive pas à extirper cette boule de rage qui m'aveugle. Je suis même étonné que le directeur de course ne m'ait pas pénalisé pour ça, il a été indulgent et je n'ai eu qu'un avertissement.

Je rentre au stand, et l'équipe attend les cinq secondes réglementaires avant de toucher le véhicule, ce qui nous fait perdre un temps considérable, d'autant plus que s'occuper d'un aileron prend plus de temps qu'un changement de pneus... Mais je ne peux blâmer personne à part moi. Ils en profitent pour remplacer mes pneus aussi, histoire que je puisse terminer ce grand prix sans un nouveau passage par les stands. Après quelques secondes, je peux enfin repartir et je sens que l'aérodynamisme de la voiture est de nouveau équilibré, ce qui facilite le pilotage.

— Jesse, on va viser la sixième place, fais ce qu'il faut, reste concentré.

— Ouais… On n'a qu'à faire ça, je lance, mauvais.

Tout me met en colère. Le mensonge d'Ava, le silence de Zayn, cette course dans laquelle je n'arrive pas à m'impliquer, les dégâts et la pénalité. Et puis je suis en colère contre moi de faire subir ça à mon équipe, de ne pas réussir à m'en sortir…

— Je suis désolé. La position de Dario ?

— Deuxième, il bataille avec Steel pour la victoire.

— OK, j'ai compris, on assure le max de points pour l'écurie.

— Exact, lance Mack. On parlera de tout ça tout à l'heure, pas de problème.

Je fais donc ce qu'on attend de moi et je me reconcentre sur la course. Je chauffe bien ma gomme mais je fais aussi attention de la préserver pour réussir à terminer la course avec. Heureusement, la voiture est incroyable, et après plusieurs tours je remonte doucement mais sûrement sur les pilotes devant moi, jusqu'à réussir à en dépasser une bonne partie.

Je remonte péniblement à la dixième place, et il ne reste que cinq tours avant l'arrivée. Je suis actuellement dans la zone des points mais je dois tout donner dans ces derniers kilomètres afin d'en grappiller le maximum pour l'écurie et pour mon classement également. Je lutte, ce grand prix me coûte plus que de raison. Je n'ai jamais souffert moralement d'une course automobile avant aujourd'hui. Je lutte pour dépasser le pilote devant moi, je veux au moins faire le maximum pour ne pas tout foirer avec mon écurie. Les pilotes que j'ai au cul me prennent en chasse, eux aussi veulent être le plus proche possible du podium. Je subis comme je n'ai encore jamais subi… pour la première fois de ma putain de vie j'ai envie que ça se termine.

— Jesse !

Vêtu d'un polo blanc et d'un pantalon noir, Julian s'avance vers moi. Il enlève ses lunettes et les mets sur sa tête avant de me prendre par les épaules et de m'entraîner dans les paddocks loin de notre *staff*. Je n'aperçois ni Ava ni Zayn, ce qui n'est pas plus mal. Sauf que je n'ai pas tellement envie de lui parler. J'ai besoin de m'enfermer dans ma bulle et d'encaisser tout seul cette journée de merde.

J'ai foiré.

Sur toute la ligne. Sur toute la course.

— Merde alors ! soupire le boss. Qu'est-ce qui se passe ?

— J'ai merdé, je sais...

Je n'ai pas vraiment envie de subir un sermon, mais Julian a tous les droits et, vu mon résultat merdique, il pourrait largement s'énerver. Manfredi, c'est son image, c'est son héritage et aujourd'hui j'ai sali le nom de ma *team* en roulant très mal. Heureusement Dario s'est hissé sur le podium, il a relevé le niveau.

— Tu es tellement insolent, et tes frasques dans la presse te collent au cul, mais tu es aussi tellement doué que c'est indécent. Tu n'avais jamais foiré une course de la sorte depuis que tu es dans la *team*. Tu as toujours une vision d'ensemble, tu ne te laisses jamais déborder d'ordinaire.

On continue d'avancer. Je pensais qu'il allait hurler, mais il semble en réalité plutôt compatissant. Peut-être voit-il combien je me déteste à l'instant et comme je suis déprimé d'avoir fini à la douzième place. Je n'ai jamais si mal conduit de ma vie. C'est comme si mes émotions avaient pris mon talent en otage. Je suis étonné de ne pas avoir fini dans le décor. J'ai subi cette course et, pour la première fois depuis que je pilote des monoplaces, je n'ai pas aimé la courir.

— T'as enchaîné les gaffes sur le circuit et les pénalités stupides. Le dépassement de la *track limit*, le blocage des roues, t'as usé la gomme inutilement en début de course... ce n'est pas toi ça.

— J'ai... appris la mort de l'homme grâce à qui j'ai fait du karting, et ça m'a foutu un coup au moral. Je n'aurais jamais dû laisser mes émotions me submerger mais...

Julian me frappe dans le dos.

— Je suis désolé, Jesse. Toutes mes condoléances.

Il semble sincère, ça me soulage. Même si, moi, je ne peux m'empêcher de me détester.

— Merci.

— Tu vas me mettre sur la touche ? je demande.

— Certainement pas. Tu es doué Jesse, t'as juste eu un petit passage à vide parfaitement légitime. Et je crois que tu te flagelles bien plus tout seul que je ne pourrais le faire. Rien n'est encore perdu pour toi. Le championnat vient à peine de commencer.

Julian a raison.

— Je donnerai tout à la prochaine course.

— Je le sais.

On arrête de marcher et on fait demi-tour. Je suis soulagé qu'il ne soit plus en colère comme il l'a été après mon dernier scandale dans la presse.

— En tout cas, elle semblait inquiète pour toi.

— Qui ça ?

— Ta fausse fiancée, dit-il.

Ah.

Je ne sais pas si cette information me rend fou ou me passe au-dessus la tête. Je suis toujours en colère et déçu... mais je ne peux pas me permettre de continuer ainsi. Ce n'est pas bon pour moi ni pour ma carrière. Aujourd'hui en est la preuve.

— Vous vous connaissiez avant ou alors c'est une fabuleuse actrice ?

— On se connaît depuis longtemps.

Il sourit d'un air entendu sans me regarder frontalement. Soudain, je ne sais pas bien quoi penser de son attitude.

— En tout cas, c'est mieux ainsi, tu n'as jamais été aussi populaire qu'en ce moment.

Cette fois, il me regarde.

— Si jamais tu avais envie de continuer avec elle, personne n'y verrait le moindre problème.

— Comment ça ?

— Je dis juste ça comme ça. Je te trouve plus apaisé. Excepté aujourd'hui à cause de ce que tu traverses, je te trouve plus... épanoui.

— Épanoui, t'es sûr ? je grommelle.

Il rit.

— Mon job, c'est de tout gérer. Faire gaffe à toi fait partie du *package*. J'ai juste l'impression que tu es bien dans ta peau. Allez, la *team* t'attend. Même si tu es en colère contre toi, rassure-les. Et rassure-la, elle aussi.

Je hoche la tête.

— Et Jesse, rappelle-leur la prochaine fois pourquoi tu es un prodige.

— Compte sur moi.

Chapitre 24

Ava

La tension ne s'évanouit pas tandis que nous sommes dans les airs à bord d'un splendide jet privé. Intérieur en bois laqué, banquettes en cuir inclinables, écran plat géant, sans parler du bar avec alcool à gogo et verres en cristal. Même les toilettes sont plus spacieuses que celles de mon appartement, c'est dire.

Jesse est assis plus loin à ma droite, il a le nez sur son téléphone. Un siège fait face au sien, comme pour moi. Il n'y a pas un bruit dans l'habitacle en dehors de celui, plutôt sourd des moteurs.

Le trajet d'Arabie Saoudite jusque Los Angeles est long, il y a plus de dix heures de vol, seize pour être exacte. L'avion va devoir faire une escale pour se ravitailler en kérosène. Ça va être long dans cette ambiance lourde. Enfin, disons que, s'il n'y avait pas toute cette tension oppressante… En silence, je me redresse pour aller vers le bar. Je prends dans le frigo, une petite bouteille d'eau.

— On n'a pas fait de selfie, ni rien… alors que j'étais sur place. Tes fans et la presse vont peut-être se poser des questions.

Les mots sont sortis tout seul, une espèce de trêve pour briser la glace entre nous.

— Peut-être, répond-il en tournant la tête vers moi. Tu en as quelque chose à faire ?

— Je...

— Ah oui, à cause du fric que tu vas gagner à la fin de cette grotesque mascarade.

La vérité sous forme d'uppercut me fait mal. Il a raison, terriblement raison. Mais, sous son air de connard, je revois ses larmes lorsqu'il a appris le décès de mon père et je me dis que sa colère envers moi est légitime. C'est à moi de faire le premier pas. Lui avoir caché la mort de mon père est-il plus grave que son lâche abandon ? Je ne sais pas. Je n'arrive pas à trouver la réponse à cette question.

— Ne t'inquiète pas, on fera une photo en rentrant à L.A.

Peut-être que oui après tout.

— Il aurait adoré être là. Enfin, te... te voir piloter et gagner. Il aurait adoré ça.

Jesse relève à nouveau la tête de son téléphone. Cette fois, j'ai capté son attention. Il se lève, même, et se dirige vers le bar à son tour. Je m'en éloigne alors qu'il prend place derrière et se sert un verre de whisky. Les mots sont sortis de ma bouche instinctivement. Je crois que le poids de la culpabilité a finalement eu raison de moi. Je lui en veux et je ne comprends toujours pas pourquoi il a fait ça, mais le faire souffrir volontairement avec la mort de mon père, c'était injuste.

— Je suis désolée de ne pas te l'avoir dit et de te l'avoir balancé de cette manière. Mais tu es parti, Jesse, et tu n'as jamais donné signe de vie alors j'étais censée croire que tu tenais encore à nous ? Enfin... à lui ?

Il semble à la fois peiné et perdu dans un souvenir douloureux.

— Parle-moi de sa maladie, parle-moi de lui si tu veux bien ?

— On l'a découvert quand il s'est effondré de fatigue au karting. Je pensais que c'était du surmenage, alors quand le médecin nous a parlé d'un cancer du foie, ça a été une vraie douche froide. Mais papa restait vraiment confiant, il disait qu'il était un roc et que ce n'était pas une saleté de cancer qui allait avoir raison de lui.

Je souffle.

Parler de lui m'émeut toujours. Même avec le temps la douleur est toujours aussi vivace dans mon cœur et mon esprit. Il me manque tellement chaque jour. Je n'ai toujours eu que lui et quand il est mort et que je me suis retrouvée devant sa tombe, je ne me suis jamais sentie aussi seule de toute ma vie. J'avais perdu le premier homme de ma vie et quelque part mon meilleur ami.

— Il a souffert ?

— Il disait qu'il allait bien, qu'il était en forme, mais… c'était pour me ménager surtout, et ça me faisait du bien de le croire. Papa s'est battu avec la chimio, les traitements, mais c'était de plus en plus coûteux, et il a hypothéqué le karting pour s'en sortir. Il ne voulait pas au début, c'est moi qui l'ai supplié de le faire parce que les premiers traitements qu'il a reçus étaient efficaces et que je ne voulais pas le perdre. Mais son état s'est dégradé… et…

— Et tu as perdu les deux, Kirk et le karting.

Bingo.

Et bien que je sois parfaitement consciente de cette conclusion, je sens une vague de chagrin m'envahir. Et de colère aussi.

Parce que je m'en veux.

Dans un sens, j'aurais tout tenté pour le garder c'est pourquoi je voulais qu'il se sépare du club de karting pour se soigner et quand la maladie a pris le pas sur le traitement, je m'en suis voulu. Si nous n'avions pas hypothéqué le karting et si je n'avais pas tant galéré à rembourser ces foutues créances, la banque ne l'aurait pas saisi. J'aurais encore des dettes, mais le club m'appartiendrait…

Ces deux pensées ne me quittent pas depuis sa mort. Mais quand j'aurai assez d'argent pour récupérer l'activité, je pourrai au moins être en paix avec ça.

— C'est ça, j'avoue en soufflant.

— Je suis désolé, Ava. Pour tout ça.

Il termine cul sec le fond de son verre.

Il esquisse un petit sourire sincère. Je dois avouer que je me sens un peu soulagée, plus en paix avec moi-même de m'être excusée.

— Moi aussi, je suis désolée de te l'avoir appris de cette façon. Je prendrais bien un verre, tiens...

— Tu veux quoi ?

— Tu as de quoi faire un Cosmopolitan ?

— Il faut quoi ? demande Jesse.

— Vodka, cointreau, jus de citron et... du jus de cranberry.

Je lui indique ensuite les quantités à mixer.

— Sacrément bien équipé, je dis.

Les yeux de Jesse s'éclairent d'une lueur salace.

— En alcool, je m'empresse de rectifier.

Il sourit. Je n'ai pas vu ce sourire très souvent ces derniers jours. Il attrape un *shaker* et me prépare mon cocktail.

— Pourquoi il n'y a pas de personnel de bord ?

— Je n'avais pas envie d'être dérangé par qui que ce soit et je suis assez grand pour aller me chercher un verre ou à manger quand je veux.

Je hoche la tête.

Jesse me tend mon verre à la couleur rosée et se sert un autre whisky. On trinque sans savoir vraiment à quoi. À mon père ? À notre réconciliation ? Peut-être les deux...

— Je comprends un peu mieux maintenant pourquoi tu étais aussi sensible à la cause du cancer.

— Ouais... puisque j'étais sous les projecteurs avec ta popularité et les journalistes, c'était trop tentant de ne pas en parler, même sur une serviette qui a fait le tour des réseaux sociaux. Je me dis que peut-être quelques personnes ont donné un peu...

Il acquiesce.

— Je ferai un don prochainement.

Je souris.

— Merci pour eux... mais rien ne t'y oblige.

— Est-ce que j'ai une tête à me sentir obligé à quoi que ce soit ?

Je secoue la tête.

— Sans indiscrétion combien tu touches pour cette saison ?

— Vingt-trois millions de dollars.

Je manque de m'étouffer à cette réponse sincère et à la somme faramineuse qu'il révèle sans sourciller. Et ça, sans compter le patrimoine qu'il a sans doute déjà accumulé depuis le début de sa carrière. Je crois que je n'avais pas totalement compris encore combien il était riche. Enfin pas à ce point.

Vingt-trois millions de dollars.

Ça fait combien de zéros après le trois ?

— Sous le choc ? ricane-t-il.

Lorsqu'il me répond ainsi, l'air plutôt jovial, je retrouve l'homme qu'il était avant que je le blesse avec la mort de mon père.

— Ouais je ne m'étais pas rendu compte à quel point t'es plein aux as.

— Disons que la Formule 1 est un métier à risque - je peux crever sur n'importe quelle course - et que je suis immensément doué donc j'arrive à négocier de belles sommes.

Je lève les yeux au ciel.

— Je suis désolée pour ta course.

— Ne le sois pas. C'est entièrement ma faute. Je n'ai absolument pas su gérer mes émotions.

— À cause de moi... c'est juste que j'étais en colère.

— J'aurais aimé l'apprendre autrement, j'aurais aimé que Zayn ne soit pas au courant avant moi non plus.

— C'est ma faute. Je lui avais expressément demandé de ne pas t'en parler... C'était à moi de te dire tout ça.

Il hoche la tête, sans être capable de gérer sa déception.

— J'aurais aussi dû mieux gérer mes émotions, pas les laisser me submerger. Ça ira mieux à la prochaine course. Je dois me concentrer dessus et, maintenant que nous avons parlé, ça va aller mieux.

— Est-ce que ça va avoir une incidence sur le classement ?

— Oui, sans aucun doute, mais je ne me laisserai pas distancer. Dès la semaine prochaine, je compte bien leur montrer à tous que je suis de retour et que je ne ferai pas de quartier.

Jesse semble plutôt déterminé, et je sais déjà qu'il se donnera à mille pour cent.

— J'ai hâte de te voir arracher la victoire.

Je bois une gorgée de mon cocktail. Qui est délicieux au demeurant.

— On dirait que tu deviens *team* Jesse Størm.

— N'exagère pas.

— Je crois que tu deviens fan de moi et que tu n'oses pas me l'avouer.

— Ne me force pas à te remettre un coup de boule.

— Tu sais que, lorsque tu fais ça, c'est la chose la plus adorable que je connaisse ?

Il dit ça d'un air tellement sincère que ça me trouble plus que le baiser que nous avons échangé il y a quelques jours. Cette puissante alchimie est encore là ; difficile de ne pas la ressentir alors qu'elle emplit le jet privé.

— Je suis là pour combien de GP encore ? je demande.

Jesse hausse les épaules.

— Idéalement, Zayn et Julian voudraient que ça dure jusqu'à la fin du championnat.

Je n'ose pas m'attacher, pourtant je sens que c'est déjà fait. Je n'ai jamais oublié ce qu'il était, et ça revient malgré moi. Mais je n'ai pas envie. Je n'ai pas envie de ressentir cette solitude, cette tristesse à nouveau… Je tente de me reprendre pour ne pas qu'il se rende compte de mon trouble.

— Tu dois leur manquer à tous ces tabloïds. Ils n'ont plus rien à manger à cause de toi.

— Tu t'inquiètes pour eux ? raille-t-il en contournant le bar pour s'adosser du même côté que moi.

J'avais oublié qu'il était aussi magnétique quand il ne boude pas. Quand il est proche comme ça, je redeviens une ado de seize ans. Sauf que j'ai huit ans de plus et que je suis toujours aussi sensible à l'aura qu'il dégage. Peut-être même que j'ai envie de l'embrasser. Mais c'est éphémère, lui et moi. Je ne suis là que temporairement. Je ne suis qu'un contrat à durée limitée.

— C'est un record pour toi, non, de ne pas apparaître dans ces torchons pendant si longtemps ?

Il ricane. Et je me rends compte qu'il y aura toujours quelque chose entre nous. Malgré la colère, malgré le ressentiment, il y aura toujours cette espèce de désir et ce passé que personne ne peut nous enlever.

— J'aurais dû faire comme sur ces chantiers où ils font « tant de jours sans incident » mais version scandale dans la presse.

— Elles doivent se sentir si seules, ces filles.

J'ai l'impression qu'il y a une pointe de jalousie dans ma voix. Et, si je m'en rends compte, je sais que lui aussi.

— Tu les plains, Ava ou alors tu es jalouse ?

— Ni l'un ni l'autre, c'est jute un constat.

— Et moi alors ? raille-t-il. Personne ne pense jamais à moi.

— Toi, t'as des millions pour te consoler.

Jesse esquisse un de ces sourires qui affole la presse et ses fans. Celui qui le montre confiant et sûr de lui.

— Ça aide, mais ça ne satisfait pas mes désirs. Du moins pas comme je le voudrais.

— Tes désirs devront attendre que je m'en aille pour refaire des scandales. Ça ne devrait plus tarder.

— Si tu te sens si soucieuse de la presse, on peut en créer du scandale, mais il faudra rendre des comptes à Zayn et à la *team*.

— L'altitude te fait dire des bêtises.

— Imagine les gros titres « La *sex tape* de Jesse et Ava ». Ta cote de popularité va grimper en flèche. Tu serais la digne héritière de Kim ou bien Pamela si tu préfères.

— Il y a plus de chance que cet avion se crashe qu'on fasse une *sex tape,* toi et moi, t'en as conscience ?

— Ne pars pas battue.

Ce petit jeu n'est pas anodin, et je le sais. Il est même

dangereux. Tout comme ses échanges de regards et je mentirais effrontément si je disais que je n'y suis pas sensible. Comment est-ce possible d'avoir encore cette faiblesse pour lui comme quand j'étais adolescente ?

Il s'approche de moi, et je suis consciente de son charme qui me touche et contre lequel je devrais me protéger plutôt qu'espérer secrètement qu'il m'embrasse.

Jesse ne m'enlace pas vraiment, mais nous sommes proches. Assez pour que je respire son parfum. Il brandit son téléphone et prend plusieurs photos. Je me sens moins mal à l'aise qu'avant vis-à-vis de ça. Il prend plusieurs poses, arbore des mines différentes, je me prête au jeu en me disant que je suis dans un putain de jet privé au-dessus des nuages et que si je ne profite pas maintenant de ce qui m'arrive, je n'en profiterai jamais. Quand il m'embrasse sur la joue, j'ai le réflexe de tourner la tête pour m'écarter, mais ce geste instinctif fait que nos lèvres se frôlent.

— Je t'en ai voulu ces derniers jours et pourtant l'envie de t'embrasser ne m'a pas quitté une seconde.

— C'est frustrant ?

— Terriblement. Tu veux m'aider ?

— Tu seras toujours frustré, Jesse. Parce que je suis inoubliable, c'est à tes...

Ses lèvres fondent sur les miennes.

... *risques et périls.*

— Je prends le risque.

Il me serre contre lui, avant d'approfondir son baiser. Le plaisir brûlant que provoque ce contact charnel entre nous éveille mes sens. Il ne le faudrait pas, pourtant je trouve ça délicieux.

— T'as raison, ça ne me suffit pas.

Son regard est aussi intense que troublant. Mon cœur bat la chamade. Difficile de prétendre que je ne suis pas du tout sensible à son charme et aux sensations que fait naître ce baiser.

— Bien fait.

Il laisse échapper un rire rauque avant de se baisser pour poser son front contre le mien.

— J'ai envie de te prendre Ava. Sur ce bar, sur n'importe quel siège, sur la moquette, peu importe, mais j'ai envie de te prendre là maintenant, à 50 000 pieds d'altitude.

— T'as pas le droit de baiser.

Le simple fait de prononcer ces mots provoque des frissons dans mon abdomen. Il faut croire que ses désirs trouvent écho dans les miens.

— Ce qu'ils ne savent pas ne peut pas leur faire du mal. Qui veux-tu qui nous surprenne alors qu'on est à plus de 10 000 mètres au-dessus du sol ?

— T'as toujours pas le droit de baiser.

— Tu veux négocier ?

— Tu as tant envie de moi ? Une pute te reviendrait moins cher, parce que je suis hors de prix.

— Tout. Ce. Que. Tu. Veux.

— À ce point ?

Son regard intense ne quitte pas le mien. C'est dur de jouer, alors que tout ce dont j'ai envie, c'est de lui céder. Je me rends compte à quel point ça m'avait manqué ces jeux entre nous et cette délicieuse tension qui me rend si fébrile.

— Et si je te dis que c'est ou tu me prends ici, sauvagement sur ce bar...

Ses yeux s'ouvrent, ronds comme des soucoupes.

— Ou bien ?

Sa voix est plus impatiente que jamais.

— Ou je te laisse me prendre chez toi, dans ta salle de cinéma devant un film de cul, et puis sous l'une de tes nombreuses douches, voire dans chacune des chambres qu'il y a dans ta villa.

— Ava, gronde-t-il.

— Alors qu'est-ce que tu choisirais ? Moi tout de suite ou moi plusieurs fois ?

— Les deux.

— Tu n'as pas le droit. C'est maintenant et une fois, ou chez toi.

— Alors je choisis maintenant, parce que j'ai envie de toi comme jamais et que je la sens, cette alchimie qui émane de toi. Tu m'en voudrais de ne rien faire maintenant, n'est-ce pas ? Rien ne me dit qu'en plus je n'arriverai pas à tout obtenir.

— Tu es trop sûr de toi.

— C'est la façon dont tu me regardes qui me donne cette assurance, Ava. C'est simplement toi.

Je souris tandis qu'il se penche pour m'embrasser à nouveau. J'ai la sensation de ne pas l'avoir oublié même après tout le temps qui a passé. Ses mains qui me frôlent, son odeur, la puissance de son corps... c'est complètement idiot, mais j'ai l'impression que c'était hier qu'on se touchait, qu'on se désirait comme ça. Comme si mon cerveau ne l'avait jamais oublié. Bientôt il se penche et glisse une main sous ma robe. Je ressens chacun des frissons qu'il fait naître sur ma peau quand il la remonte lentement le long de ma jambe nue. Puis il caresse mon sexe à travers le tissu de ma culotte. Je m'adosse contre le bar tandis que son autre main quitte ma nuque pour défaire des boutons de devant. Quand les bretelles tombent et qu'il me trouve assez débraillée pour lui, il libère ma poitrine. La robe sur les hanches, les seins à l'air, je ne me suis jamais sentie aussi belle que sous son regard.

— Bon sang, tu es magnifique. Plus belle, tu meurs.

— Tu ne comptes pas me déshabiller davantage ?

Il secoue la tête en caressant mon clitoris à travers ma culotte.

— Non, t'es plus belle que jamais comme ça.

— J'avais oublié que tu m'aimais débraillée.

Son regard redouble d'intensité.

— Je n'avais pas oublié, moi.

Cette fois, c'est le double combo de son sourire et de ses yeux qui me dévorent qui ont raison de moi.

— Les seins ou le clitoris, Ava ?

— Pardon ?

— Je te dévore les seins ou le clitoris ?

Puisque je lui ai imposé des choix tout à l'heure, c'est son tour. On jouait souvent à ça quand on était plus jeunes.

— Les seins, je réponds.

Il sait que la poitrine est une zone très érogène chez moi.

— Comme tu le désires, mais avant...

Il termine sa phrase d'un geste, en retirant ma culotte. L'instant d'après sa langue passe lentement sur mon téton, puis sur le deuxième plus longtemps, et ses doigts se perdent dans l'humidité brûlante de mon sexe. Les coudes posés sur le bar, le dos arqué et les jambes écartées, je suis à sa merci.

Je pourrais le laisser me lécher les seins pendant des heures sans jamais me lasser. Ses caresses humides font durcir mes tétons de plaisir. Jesse les mordille tout en malaxant mon clitoris, et je laisse échapper un cri de plaisir qui m'embarrasse terriblement.

— Encore Jesse, encore...

Ses caresses redoublent d'intensité, jusqu'à ce que l'orgasme me fauche. Lentement, il se redresse et m'embrasse.

— Tu as déjà fait ça dans un jet ?

— Pas encore non, répond-il avec un sourire charmeur.

— Ça ne porte pas un nom de baiser dans un avion ? je demande.

— Un nom spécifique je ne sais pas, mais je crois que lorsque tu baises dans un avion tu entres dans le select *Mile High Club*.

— Moi qui n'ai jamais fait partie d'aucun club...

Il rit en caressant ma joue. Je me sens fondre sous son regard et sa douceur. Troublée, je baisse les yeux. C'est comme s'il était capable de me transpercer avec son regard. Je suis certaine qu'il l'a bossé avec un coach pour rendre folle toutes les filles.

— Tu as toujours envie de ce que tu as dit ?

— Toujours, je réponds. Mais... pour l'instant tu n'as pas encore failli à ton contrat, tu peux renoncer.

— Renoncer à toi ? Je ne crois pas...

Mon cœur loupe un battement.

Parce qu'il l'a déjà fait une fois.

Mais on parle juste de cul, alors ce n'est pas pareil.

— Prends-moi, Jesse.

Je me tourne, m'appuie sur le bar quand il revient avec une capote. Il se défait de son pantalon et de ses sous-vêtements avant de l'enfiler. Lui aussi est à tomber quand il est débraillé.

Jesse remonte les pans de ma robe, caresse le galbe de mes fesses avant de les frapper sèchement.

— Méfie-toi, Jesse. Je rends les coups.

— Cambre-toi, au lieu de me chauffer, siffle-t-il.

J'obéis et je sens bientôt son sexe contre le mien. Il le caresse dans un premier temps avant de me pénétrer d'une impatiente poussée. Avec ses genoux, il m'oblige à écarter les jambes, ce que je fais. Il grogne alors dans mon dos et entame ses premiers coups de reins. Jesse referme son poing sur mes cheveux, avant de lécher ma colonne vertébrale. Ces jeux entre nous ont toujours été sauvages, sensuels, merveilleux. Que ce soit vaginal ou clitoridien, il ne m'a jamais laissé sans un orgasme. Puis, il tire sur mes cheveux, attirant mon visage en arrière. Se penchant vers moi, il m'embrasse à pleine bouche, tout en me pilonnant par-derrière. Le plaisir est si intense que j'en tremble.

— Tu me rends addict, Ava.

Entre reproche et confession, il s'enfonce en moi jusqu'à la garde, et je laisse échapper un gémissement de plaisir. Il recommence, je gémis encore.

— J'adore quand tu cries, souffle-t-il contre mes lèvres. Tes gémissements, c'est mon poème préféré.

Il m'embrasse et me baise encore.

Ses coups sont sauvages, maîtrisés, percutants, délicieux. Je suis soumise à son corps, à ses mots, à lui, mais c'est diablement bon. Et même si la position ne s'y prête pas, je sais qu'il ressent la même chose que moi. Si l'avion devait traverser une zone de turbulence, il ne bougerait pas avant de nous avoir comblés tous les deux.

— Baise-moi, Jesse.

Il soupire.

— Baise-moi et peut-être que je ferai un hymne à ton talent.

Il grogne et après m'avoir embrassée goulûment me lâche les cheveux.

— Étends-toi sur le bar, m'ordonne-t-il.

J'obéis.

Je sens qu'il empoigne une de mes hanches d'une main et ma nuque de l'autre, et son rythme devient alors chaotique. Il me baise comme je viens de lui demander. Il me prend autant que je lui donne. Il me ravage autant qu'il se soulage. Et je gémis à chaque fois qu'il touche mon point G avec son sexe. Je m'accroche aux extrémités du bar soumise à mon propre désir qui me fait tourner la tête. Mon orgasme est proche, j'en sens chaque étape. J'ondule des fesses contre lui, je viens égoïstement chercher ma propre délivrance, mais ça le rend fou.

— C'est ça, grogne-t-il. Prends ton pied.

Le temps de quelques secondes, il arrête de bouger, il me laisse faire. J'ondule et je m'empale sur son sexe plus dur que jamais. C'est tellement bon.

— Redis-le, Ava.

— Baise-moi.

Dans une symbiose parfaite, on bouge ensemble et l'orgasme nous ravage en même temps.

Après avoir fait un petit tour aux toilettes, je le retrouve adossé au bar. Il m'accueille avec le même regard intense et avant même que je me demande si je dois aller m'asseoir quelque part, il m'attire à lui. Je remarque qu'il a rempli nos verres avant qu'il ne m'embrasse suavement.

— Je me prosterne devant tes poèmes.

— Tu n'auras qu'à dire ça à la presse pour les affoler, mais toi et moi on saura.

Une subtile étincelle éclaire son regard, et il me tend un cocktail.

— À tes talents, je dis.

— À ta douce voix poétique.

Chapitre 25

Jesse

— J'étais surpris que tu m'appelles pour qu'on mange ensemble, soupire Zayn.

— T'es mon pote et mon agent, et je ne suis plus un gosse.

— Je suis désolé pour le père d'Ava et je suis désolé d'être resté dans la confidence quand elle me l'a demandé.

— Je sais… ce n'était pas à toi de me l'avouer de toute manière. J'ai encore du mal à prendre conscience qu'il est mort, et en même temps ça explique tant de choses sur les conditions de vie d'Ava. J'ignore pourquoi je me suis voilé la face comme ça…

— Je suis désolé, Jesse.

— Elle est là, je dis. Tu avais raison, on avait besoin de parler, de mettre les choses à plat. Et si Kirk n'est plus de ce monde, Ava l'est toujours. Et elle lui ressemble beaucoup.

— Je suis content que ça aille mieux entre vous, lance sincèrement Zayn.

— Merci.

— Vous êtes toujours en phase avec ce faux couple ?

— C'est-à-dire ?

— Disons que cette histoire aurait pu tout faire foirer et…

j'aurais compris que tu veuilles arrêter. Honnêtement, je pensais que tu m'avais invité aujourd'hui pour ça.

— Le *fake dating* tient toujours, je dis.

Cette conversation me ramène en altitude, avec Ava, dans le jet privé. Et plus j'y pense et plus... je me remémore ce moment charnel entre nous. J'avais oublié qu'elle possède le même pouvoir que la Formule 1. Celui de me rendre complètement accro aux sensations qu'elle provoque en moi. Ava est aussi dangereuse et addictive qu'une course à trois cents à l'heure, et je crois que c'est pour ça que j'étais amoureux d'elle quand j'étais plus jeune. Parce que je ressentais toujours un shoot d'adrénaline quand on s'amusait ensemble. J'essaye de refréner mes envies de la faire mienne mais en vain. Je la désire. Tout comme la Formule 1, elle me rend dépendant.

— Jesse !

— Quoi ?

Zayn me lance un regard en coin alors que je me rembrunis.

— Pardon, je réfléchissais.

— Je te parie tout ce que tu veux que ce n'est pas à ta prochaine course que tu penses. Ça fait trois fois que je t'appelle.

J'en ai vu passer des filles dans ma vie, mais certaines sont uniques et vous font oublier toutes celles qu'il y a eu avant, en un simple claquement de doigts. *Juste comme ça*. C'est tout Ava et c'est ce qui la rend dangereuse.

— Mais tu peux rester focus, deux secondes ?

Zayn est hilare et de bonne humeur comme toujours ces derniers temps. Ce connard s'éclate de m'avoir muselé par un contrat qui m'empêche de faire des conneries. Quoique... j'ai justement fait ce qu'il m'avait interdit de faire, avec la fille avec qui j'étais – presque – persuadé que je n'allais pas le faire. Ses cheveux sont coiffés en arrière, et je vois mon reflet dans ses lunettes de soleil. Nous mangeons à la terrasse d'un restaurant à Los Angeles. On s'organise des repas ensemble au minimum une fois par semaine quand ce n'est pas la saison des GP. C'est plus difficile quand la saison est lancée mais, aujourd'hui, je tenais à lui parler pour éclaircir les choses entre nous.

— Ouais, ce n'est carrément pas la course, confirme-t-il.

— Ta gueule !

Deux mots qui le font glousser.

— Voilà qui confirme mes soupçons. Qu'est-ce qui se passe ?

— Rien.

Zayn pose ses coudes sur la table et se penche légèrement vers moi.

— Mon job, c'est de veiller sur toi, de protéger tes arrières et de te sortir de la merde quand tu y es jusqu'au cou, alors même un rien me regarde.

— Est-ce que tu as eu besoin de gérer le moindre débordement ces derniers temps ?

— Non, répond-il.

— Donc tout va bien, et ça ne te regarde pas.

— T'as couché avec elle ! lance-t-il. Putain, tu as couché avec elle.

Heureusement Zayn a privatisé quelques tables aux alentours afin qu'on puisse être tranquilles. Ça ne m'empêche pas de le trucider du regard cette fois. Même si c'est un peu moi qui suis en tort pour le coup.

— Elle est là spécifiquement parce que...

— Merci de me le rappeler ! J'avais oublié que je mens à tout le monde parce que je dois redorer mon image à la con et bla-bla-bla... et que donc je suis dans une fausse relation.

— Et en même temps, ça ne m'étonne qu'à moitié, soupire Zayn. Je suis même étonné que tu aies tenu bon tout ce temps.

— Pourquoi ? je grogne. Parce que je suis un queutard ?

— Déjà il y a ça, mais non... Surtout parce que ça se voit depuis un certain temps qu'elle te trotte dans la tête.

— Ce sont des conneries.

Zayn ricane.

— Si tu le dis. N'empêche qu'elle semble sur la même

longueur d'onde que toi. Je ne sais pas ce qui s'est passé entre vous dans le passé mais...

— Je ne veux pas en discuter et surtout pas ici.

Je n'ai pas envie de parler de ça et, même si Zayn me connaît mieux que personne, je n'ai pas trop envie de ressasser ces souvenirs maintenant.

— Quoi qu'il en soit, je pense que malgré votre passé, il y a toujours quelque chose entre vous. Et ne me dis pas non, je te connais. Je sais comment tu es avec les femmes. T'es pas comme ça avec elle.

Je hausse les épaules. Je sais comment je suis avec elle et je ne me l'explique pas. Ava n'est pas comme les autres, c'est aussi simple que ça. Je la connais depuis presque toujours et je crois que je ne l'ai jamais totalement oubliée. J'ai beau être parti, cette fille est impossible à oublier. Les années auraient dû nous éloigner pour de bon, mais il y a toujours une étincelle, un truc entre nous qui ne s'explique pas. Je ne sais pas bien comment le dire ni le décrire, mais je l'ai dans la peau.

— Je ne vois pas de quoi tu parles.

Zayn secoue la tête d'un air désespéré. Je refuse de lui donner raison, juste par principe et pour l'emmerder.

— J'ai des tonnes de clichés sur le Net pour appuyer mes dires. Tu ne regardes pas Ava comme les autres.

— Je joue la comédie.

— Tu crois que tu joues, mais les images parlent d'elles-mêmes.

C'est flippant comme ce mec me connaît et fatiguant comme je persiste à ne pas vouloir comprendre ce qu'il dit.

— À la retraite, je pense entamer une carrière d'acteur, je suis certain que je serai très bon.

Zayn porte son verre de bière à sa bouche pour en boire une gorgée.

— Je pense que si vous avez envie que ce *deal* continue, ou du moins que votre histoire évolue, vous pouvez. Personne n'en saura jamais rien et, en tant qu'ami, je serai heureux pour toi. Franchement, cette nana est trop belle et trop bien pour toi, tu ne trouveras pas mieux.

— Qui te dit que je ne préfère pas reprendre mon train de vie d'avant que tu aies l'idée brillante de me caser avec une fausse meuf ?

— Tu serais très con. Beaucoup plus que je l'imaginais. Et je serais bien déçu.

Au moins il reste lui-même.

— Je n'en sais rien... laisse-moi encore un peu de temps avec elle. Laisse-moi voir s'il y a vraiment quelque chose. S'il s'avère que non, on fera la fausse rupture la plus douloureuse de toute ma vie. Il y a toujours un truc entre nous.

Comme si elle était un brasier géant, et moi une tempête qui ne faisait que l'attiser. Le mélange de nous est ravageur.

Mon agent et surtout meilleur ami hoche la tête.

— Imagine que ça marche entre vous deux. Dans quelques années, tu es invité sur un plateau télé et là tu révèles que c'était du *fake*, mais que vous êtes finalement tombé amoureux. Un scénariste écrit votre histoire, le *pitch* est tellement alléchant qu'un producteur tombe dessus, et vous vendez les droits de votre histoire. Le film fait un flop au box-office parce que les comédies romantiques ça ne fonctionne plus comme dans les années 1980 ou 1990, mais il devient culte avec le temps et fait un carton sur Netflix.

Je le regarde comme s'il était fou.

— Mais quand as-tu le temps de penser à toutes ces conneries ?

— Bah puisque tu n'en fais plus, j'ai plus de temps pour réfléchir en fait...

Je ris comme un con.

— Dans tous les cas, je suis ravi que vous ne soyez plus fâchés, il y avait une tension entre vous c'était absolument glacial.

— Je t'emmerde.

— C'est sale, tu sais. Je n'aime pas trop le caca.

— Qui aime le caca ?

J'ignore pourquoi, mais je suis pris d'un fou rire nerveux. Zayn finit par m'imiter de bon cœur. Il est vrai, au-delà de la légèreté de notre conversation, qu'il reste quelque chose entre Ava et moi. Et j'ai bien envie d'explorer cette chose à fond.

Chapitre 26

Ava

Personne ne dira le contraire : la Formule 1 est un monde à part. D'accord, je suis sous couverture et je n'ai pas un rond en poche, mais toute cette ambiance électrique et létale c'est quelque chose. L'atmosphère qui règne dans les paddocks a vraiment quelque chose d'unique et de magique.

D'aussi loin que je me souvienne, j'ai toujours aimé les bagnoles. Je me suis retrouvée seule avec mon père à l'âge de trois ou quatre ans, si bien que je n'ai pas trop de souvenirs de ma mère. Elle a été tuée par balle lors d'un contrôle de police. Elle avait perdu trop de sang avant l'arrivée des secours. Alors comme mon père était un féru de karting et de Formule 1, je le suis devenue moi aussi. À quatorze ans, je préférais avoir du cambouis sur les mains plutôt qu'une belle manucure. Si bien que, lorsque j'ai rencontré Jesse, je me suis tartinée de maquillage pour la première fois, pour être plus féminine afin qu'il me remarque. Je voulais qu'il me trouve jolie, comme ces filles à la télé ou même à l'école.

Ce jour-là il m'a dit : « t'as fait un ravalement de façade, Ava-*da Kedavra* ? » J'ai senti mes joues rosir, des larmes poindre sous mes paupières et la clé de douze juste à côté de moi a failli atterrir sur son museau. Puis, il a ajouté, tout sourires : « t'as pas besoin de ça pour être belle, je préfère quand t'es débraillée et pleine de cambouis. »

C'était notre première fois.

À l'époque, j'ai écrit cette scène dans une espèce de journal intime pour ne jamais l'oublier. C'était douloureux, un peu chaotique, mais c'était lui, le garçon que j'aimais. Déjà à ce moment-là, il était voué à devenir un véritable phénomène et il n'a pas fait mentir cette réputation.

— Je suis en train de regarder le grand prix en direct ! s'exclame ma meilleure amie.

Ça me fait du bien d'entendre sa voix. Elle me manque et puis, la dernière fois qu'on s'est vues, l'ambiance n'était pas au beau fixe, et elle n'arrêtait pas de s'excuser d'avoir vendu la mèche à Jesse concernant le karting de mon père.

— Toi, tu regardes la F1 ?

— Mais carrément ! Il y a une tonne de types canon qui pilotent. Et je t'ai vue à la télé.

— Moi ?

— Oui, on t'a aperçue avec Jesse quand ils ont filmé les docks je sais plus quoi.

— Les paddocks, je rectifie.

— Ouais, bah je t'ai vue. Ça a l'air d'aller mieux entre vous ?

— Ça va...

Bien sûr, j'ai tenu Tilda au courant de la situation avec Jesse. Quand on ne se parlait quasiment plus, j'envoyais des messages tous les jours à Tilda. Mais si je lui ai raconté notre réconciliation, je me suis tue sur notre partie de jambes en l'air. J'avais envie de garder ça pour moi. Je ne veux pas qu'elle s'imagine quoi que ce soit alors que je ne sais pas moi-même ce qui se passe entre nous. Il y a toujours le *deal*. On a juste baisé ensemble... et, bon sang, pourquoi refuse-t-il de me dire la raison de son départ ? Peu m'importe la cause, qu'elle soit stupide ou sérieuse, je veux simplement comprendre pourquoi.

— Ava ?

— Oui.

— T'es dans les nuages, ma belle. Est-ce que tout va bien ?

— Oui, ça va.

— Ava ! Soit t'as couché avec lui, soit t'es en train de tomber amoureuse.

— Non...

J'ai envie de gueuler mais comme il y a quelques personnes dans le coin VIP des paddocks, j'évite de m'exprimer trop clairement.

— T'as couché avec lui, j'en suis sûre. T'as baisée avec Jesse *Serial Fucker* Størm ?

Je déteste ce surnom débile que lui ont trouvé les *haters* ou bien la presse à scandale. Ce n'est pas un ange, c'est certain, mais les gens sont des hypocrites. Et je trouve ça blessant en fin de compte.

— Une fois, je grommèle.

Elle jubile à l'autre bout du combiné. Ça m'aurait étonné qu'elle ne le fasse pas. La connaissant j'imaginais presque des félicitations.

— T'es en train de mettre le grapin sur un millionnaire, chérie. Bravo, tu réalises mon rêve.

— Je ne lui ai pas mis le grapin dessus et... c'est ton rêve ?

— Franchement je me contrefiche du stylisme... Si un jour je rencontre un millionnaire ou un *sugar daddy* prêt à tout pour m'entretenir, je plongerai tête la première.

Elle ne m'avait encore jamais avoué ça. J'imagine qu'avec cette histoire entre Jesse et moi, elle se plaît à fantasmer. Je peux comprendre, Tilda ne roule pas sur l'or non plus.

— Même un vieux croulant ? je ricane.

— Franchement ? Oui. Je peux bien lécher des pruneaux tout rabougris pendant un temps si j'hérite d'une belle fortune. Ta chance à toi, c'est que Jesse est jeune et hyper canon. C'était comment de baiser avec lui ?

— Bien, mais je ne peux pas en parler ici.

Je me tourne discrètement. Zayn vient d'apparaître dans la

pièce. Tilda soupire. De toute façon, sans être pudique, je ne suis pas forcément du genre à donner des détails.

— Je vais devoir te laisser.

— On en reparle ? me questionne-t-elle. Et surtout s'il y a des *updates* dans votre relation, je veux le savoir.

— Évidemment. Je t'aime. À plus tard.

Je raccroche et l'agent – et peut-être même le meilleur ami – de Jesse vient à ma rencontre.

— Tiens.

Il me tend alors un gros casque.

— Avec ça, tu entendras Jesse durant la course ainsi que Mack son directeur technique.

Mon visage doit s'éclaircir, car il me sourit.

— Merci.

Nous sommes au Grand Prix d'Australie, sur le circuit de l'Albert Park. À mon niveau, ça me paraît toujours aussi insensé de faire partie de cette aventure. Nous nous avançons sur le balcon du stand Manfredi afin de regarder la course. D'après Zayn, seuls les VIP peuvent regarder les courses de là où on se trouve. Les voitures sont en place mais c'est le branle-bas de combat en bas. Des ingénieurs et des mécaniciens entourent encore les monoplaces ; ils procèdent à des réglages de dernière minute. Les regarder est impressionnant, je n'imagine pas la pression qu'ils doivent avoir sur les épaules. Tout comme Jesse d'ailleurs. Bien qu'il soit doué et qu'il le sache pertinemment, je me demande quand même s'il éprouve de la peur quand les feux annoncent le départ de la course. Dans quelques instants, Jesse partira de la seconde place pour tenter de finir en première position et d'empocher les 25 points qui le feront monter au classement et le maintiendront en haut du podium. Hier, lors des qualifications, il ne semblait pas du tout préoccupé d'avoir fini deuxième, il semblait plutôt zen, tout comme ce matin. Dario, le deuxième pilote de la *team* Manfredi, au charme vraiment incisif qui plairait beaucoup à Tilda, je pense, part en cinquième position. Mais rien n'est perdu pour lui. Dans une course tout peut changer en une fraction de seconde, un tout petit détail peut modifier le classement en un claquement de doigt.

— Tu as peur ? demande Zayn.

Il se penche sur la rambarde à côté de moi.

— Pas du tout, je réponds. Ce saligaud est doué. Je ne doute pas qu'il finira premier.

— Saligaud, ça lui va bien.

Zayn ricane quand la voix d'un homme résonne dans nos oreilles.

— *Jesse, tu me reçois ?*

— *Cinq sur cinq.*

Sa réponse fait battre mon cœur. Entendre sa voix alors qu'il est là, plus bas, dans sa monoplace, à quelques secondes de risquer sa vie, est troublant et exaltant. Une part de moi est stressée, une autre plus sereine. C'est horrible, mais depuis que les choses se sont calmées et adoucies entre nous, j'ai peut-être un peu plus peur qu'avant. J'en viens même à me dire que les femmes des pilotes doivent être sous pression tout le temps.

— *Prêt ?*

— *À les semer et leur faire bouffer la poussière ? Carrément.*

Il n'est même pas stressé, il est sûr de lui.

En même temps, la course, c'est toute sa vie alors ça ne m'étonne qu'à moitié. Comme la première fois, j'ai hâte de le voir piloter. Depuis qu'il a commencé sa carrière professionnelle, j'ai toujours rêvé de le voir en vrai. Même quand je le détestais puis le méprisais d'être parti, j'en rêvais. Je ne suis pas déçue car c'est une expérience à vivre une fois dans sa vie.

— Il semble plus que confiant.

— Ouais, il a cette capacité à toujours aimer ce qu'il fait. Qu'il parte de la première ou de la dernière place. Il se donne toujours à trois cents pour cent. Il est né pour ce sport et il y laissera son empreinte.

Il a toujours été comme ça.

— Il aimerait remporter cette course, lance Zayn. Pour

les points que ça va lui apporter, mais surtout parce qu'il n'a jamais remporté le Grand Prix d'Australie.

— Le *challenge* est d'autant plus exaltant pour lui.

— Exactement.

— Le circuit me semble plus long, non ?

Zayn hoche la tête en la tournant vers moi.

— Ce circuit ne comprend pas moins de dix-huit virages pour une longueur de plus de cinq kilomètres. Et il a, à mon sens, l'un des tracés les plus exigeant.

— Pourquoi donc ? je demande.

— À cause des murs qui sont proches des limites de la piste. Mais Jesse va s'imposer, il sera sur le podium, j'en suis sûr et certain.

Je hoche la tête en souriant. La foi de Zayn en Jesse fait écho à la mienne.

— Je suis impatiente de voir ça également. Tu as l'air d'être très fan de ton pote, tu sais.

— Ne lui dis surtout pas que je l'admire énormément, son ego ne s'en remettrait pas. Il serait encore plus invivable.

— Promis. N'empêche, il a toujours eu cette faim, cette passion pire que dévorante...

Il me sourit. Je ricane tandis que Julian s'avance vers Zayn et moi et nous salue. Il est vêtu d'une casquette et d'un polo avec le logo de la Manfredi Racing. Je le trouve impressionnant, pas seulement physiquement, mais aussi parce qu'il se dégage de lui une aura troublante qui force le respect.

— Prête pour le grand show ? me demande-t-il.

— Carrément, on est là pour le spectacle, non ?

Julian hoche la tête.

— Il me donne la sensation qu'il ne laissera personne le battre, je lance un peu bêtement.

— Ce n'est pas une sensation, lance Julian. C'est une réalité.

On sent qu'il le pense. Julian au même titre que Zayn a beaux être l'un des instigateurs du *fake dating*, ils n'en restent pas moins tous les deux très attachés à lui. On le sent quand ils parlent de Jesse.

— Il est encore jeune et il a une marge de progression en tant que pilote, lance Julian. Chaque course lui permet d'acquérir de l'expérience, ce qui le rend plus mature. La Manfredi lui donne de l'équipement mais sur la piste, il fait le reste. Il est motivé et il aime tout simplement ses courses et c'est ce qui le rend bon.

Je continue de fixer les monoplaces.

— Une des qualités de Jesse, c'est qu'il ne panique pas, ajoute Zayn.

Julian hoche la tête tandis que je bois leurs paroles. Je me sens émue par ce qu'ils disent. Peut-être parce que je l'ai connu quand il était jeune et qu'il avait déjà la conviction qu'il allait réaliser son rêve d'être pilote à l'époque, et entendre des gens vanter ses mérites me rend juste heureuse et nostalgique.

— Par exemple, enchérit Julian, s'il voit Steel lui prendre du temps dans le secteur intermédiaire, il réfléchit tout simplement. Parce qu'il a cette capacité à regarder le jeu à long terme et je pense qu'il a cette confiance en lui qui lui permet de savoir que tout va bien se passer et qu'il va trouver une solution peu importe le problème auquel il fait face.

Je hoche la tête. Il me semble que mon père disait la même chose. Que Jesse était toujours très calme et qu'il savait ce qu'il avait à faire... ce qui me fait culpabiliser encore pour la course qu'il a foiré à cause de l'annonce de la mort de mon père.

Quelques secondes plus tard, les *teams* quittent la piste, et seuls les pilotes restent dans leur monoplace. Mes yeux sont rivés sur Jesse. Son casque a encore changé, il a une customisation différente presque à chaque grand prix. J'espère qu'il va gagner, et secrètement, si mon père veille sur moi comme il me l'avait dit, je voudrais qu'il nous regarde de là-haut et qu'il soit fier de lui comme il l'a toujours été.

Les feux rouges s'éteignent.

D'abord un à un par intervalles d'une seconde.

Puis ils se rallument et s'éteignent simultanément.

Les pneus crissent, les moteurs vrombissent furieusement et les voitures démarrent au quart de tour. Jesse maintient sa deuxième place sans accro, et son directeur technique le félicite pour son beau départ. J'aurais tellement aimé que mon père soit là. Il n'en a jamais voulu à Jesse d'être parti. Pas une seule fois.

Les minutes défilent, et mes yeux ne quittent pas une seule fois la course. Si quelqu'un a parlé dans le casque, je suis trop absorbée pour l'avoir entendu. Je me focalise sur Jesse, sur sa voiture, sa conduite. Il est toujours à la seconde place, il tente des débordements pour prendre la pole position, mais le leader ne lâche rien. Il reste du temps, et je sais que Jesse Størm n'a pas dit son dernier mot. Car il n'a pas encore utilisé son DRS. Il attend probablement le bon moment et, comme il suit le leader de près, ça ne saurait tarder.

Les minutes continuent de défiler et le nombre de tours à venir se réduit.

— *Pousse un peu plus dans le dernier virage.*

Jesse ne répond pas mais il s'exécute, il serre son virage le plus possible. Il semble gagner quelques millièmes de seconde sur son adversaire car il le dépasse presque.

— *Bien, continue comme ça. Encore quelques tours et tu reviens au stand pour qu'on change tes pneus.*

— Le circuit a été modifié par rapport à l'année dernière.

— Vraiment ? je demande.

— Il est vital pour tout circuit d'écouter et d'apprendre de ceux qui y courent et d'utiliser leurs commentaires pour se développer et s'améliorer à tout moment.

— J'imagine oui... ces changements conduiront à des courses encore plus rapides, plus excitantes et surtout plus sûres.

— Exactement. Regarde, il va prendre l'aspiration sur la prochaine ligne droite, me dit Zayn.

Soudain, je me demande s'il reste avec moi pour ne pas me

laisser seule ou parce que Jesse le lui a imposé ou simplement car il veut apprendre à me connaître.

— L'aspiration ?

— Ouais.

C'est à ce moment-là, quand Jesse colle son adversaire au cul, que je me rends compte à quel point Zayn le connaît. Je l'observe sans cligner les yeux, avide de voir ce qu'il va faire.

Jesse se place derrière le *leader* lors d'un déplacement à une vitesse élevée pour diminuer sa propre résistance à l'air. L'aspiration est une manœuvre difficile à effectuer, et elle ne réussit pas toujours. Ce phénomène permet un important gain de vitesse et est fréquemment utilisé lors des dépassements. Quand il parvient à prendre la première place, les cris de joie fusent tout autour de nous. Incroyable à quel point chaque réussite, chaque succès impacte toute une *team* et pas seulement celui qui pilote. Jesse parvient à maintenir la pole position et à mettre un peu de distance entre lui et le deuxième, se payant d'après son directeur une pointe à trois cent trente kilomètres heure à la fin de la plus grosse ligne droite du circuit.

Et puis, il finit par franchir la ligne en pole position, raflant les vingt-cinq points de la première place et prenant la tête du classement général.

Joie, euphorie, exaltation sont les maîtres mots suite à sa victoire.

Je le regarde célébrer sa victoire, debout sur sa voiture, l'air triomphant et heureux. Il a été le roi de la piste, à n'en pas douter, aujourd'hui. S'il continue de piloter de la sorte, je ne vois pas qui peut se mettre en travers de sa route vers le titre de champion du monde. Il est fait pour ça de toute manière. Briller sur les circuits, ça a toujours été sa vocation. Jesse fonce ensuite dans les bras de sa *team* avant de devoir subir le protocole habituel après les courses. Julian est heureux, son directeur technique, Mack, aussi, comme l'essentiel du *staff* d'ailleurs. Il est vrai que Jesse et Dario qui a fini troisième sont les visages de la Manfredi Racing, mais... Il y a aussi le championnat du monde des constructeurs. Sachant que les *team* additionnent les points de leurs deux pilotes à chaque grand prix, il est essentiel pour eux qu'ils soient correctement placés. Dario ayant fini sur le podium lorsque Jesse a mal piloté à cause de notre dispute, la Manfredi conserve pour l'instant la deuxième place.

Zayn m'aide à me frayer un chemin vers Jesse. Soudain son regard se braque sur moi. Et j'ignore pourquoi, mais il fait de moi sa priorité et me rejoint, me donnant la sensation d'être la seule personne avec qui il veut fêter ça. Jesse est en nage, il est exténué, mais il m'attire contre lui d'une façon qui fait vibrer mon cœur.

Et il m'embrasse, férocement, avidement, peut-être même amoureusement.

Au milieu du brouhaha de cris, de joie, de félicitations, de flashs et de questions en rafale, il m'embrasse comme il ne l'a encore jamais fait. Et j'y réponds avec une fougue qui me vient du cœur et des tripes.

Au cœur de son univers, je me rends compte que j'ai peut-être une place et je me sens heureuse. Ce qui ne m'était pas arrivé depuis longtemps.

Chapitre 27

Jesse

Après un raccord maquillage et un relooking décontracté je me retrouve sur le plateau de Rita Parker. Elle est jeune, elle est jolie et son émission qui était d'abord un support YouTube a été un tel succès qu'elle a attiré l'attention des producteurs de télé. Ses audiences sont toujours excellentes, et elle vise une tranche d'âge entre seize et quarante ans. Zayn dit que c'est bon pour mon image, alors je le fais… en plus Dario est passé sous le feu des questions de Rita la semaine dernière et la prod voulait à tout prix que je vienne à mon tour.

Autour de moi le *staff* s'affaire pour l'enregistrement de notre émission. Je ne suis pas vraiment fan des interviews, mais l'émission de Rita se paye le luxe d'être différente. Elle pose des questions décalées en rafale ou alors elle impose des choix de réponses, et il faut en choisir une sans réfléchir. Dario m'a dit qu'il s'était amusé. Le plateau est brun, avec au centre, deux fauteuils et une table basse sur laquelle trône un bouquet de fleur et des verres ainsi qu'un pichet. Derrière les fauteuils se dresse un grand écran sur lequel s'affiche pour l'instant le logo de son émission. Ava est à côté de Zayn. Elle m'a demandé si elle pouvait m'accompagner et comment dire que… j'ai été incapable de lui dire non. Je profite d'une pause de deux semaines jusqu'à ma prochaine course ; on s'est beaucoup rapprochés. Physiquement, mais pas seulement... j'ai la sensation qu'on retrouve ce qu'on avait avant, l'alchimie entre nous est vibrante. Elle me nourrit, ces derniers jours, autant que l'adrénaline qui coule dans mes veines lorsque je pilote ma monoplace. La voir heureuse, loin de ses soucis me rend vraiment heureux. Je crois qu'elle s'en est rendu compte. Depuis qu'elle est ici, elle a pris un peu de poids, car elle peut manger à sa guise. Ça m'est insupportable de savoir qu'elle a tant galéré dans la vie alors que, moi, j'ai profité ces dernières années. Et je sais ce que c'est de galérer. À l'époque où nous sommes arrivés aux États-Unis, on ne roulait pas sur l'or, c'est pour ça que j'ai marchandé du boulot au père d'Ava. Quand ils sont retournés en Norvège, ça a été dur pour mes parents. Je leur ai donné la moitié du premier chèque que j'ai touché. Depuis, ils ne galèrent plus. Ils ont ouvert un gîte qui cartonne. Je ne veux plus qu'elle connaisse la moindre galère. Quoi qu'elle dise, quoi qu'il se passe entre nous de toute manière, je ne la laisserai pas sans rien. Il en est hors de question.

— Vous êtes prêt, monsieur Størm ?

Je secoue la tête pour reprendre mes esprits et fixe mon interlocuteur. Il semble que je sois déphasé au vu du sourire de l'assistant de Rita.

— On peut vous laisser encore cinq minutes, si vous en avez besoin.

— Non, pardon, j'étais dans mes pensées mais tout va bien. Je suis prêt.

Il file voir Rita qui est déjà installée sur le plateau. Elle hoche la tête, et toute l'équipe se prépare.

— Aujourd'hui, un invité de marque avec nous. Il est l'un des hommes les plus rapides du monde à bord de sa Formule 1. Il est suivi par plus de quatorze millions de *followers* sur Instagram, Jesse Størm !

Je la rejoins à la fin du petit laïus qu'elle lit sur son prompteur. Je m'assieds en face d'elle et lui souris. Je préfère faire les interviews avec Dario ou un autre pilote, je trouve ça plus facile quand on est plusieurs. Mon boulot c'est de conduire, et j'ai beau être face à des journalistes depuis des années, je suis toujours un peu mal à l'aise.

— Bonsoir.

— Je suis ravie de vous avoir avec moi ce soir, Jesse. Je suis une de vos fans, je vous suis sur Instagram. Et j'ai commencé à regarder la Formule 1 parce que je vous ai vu en photo sur les réseaux sociaux et que je vous ai trouvé charmant…

— Merci, je réponds. Et du coup la Formule 1 vous a plu ?

— Énormément, dit-elle en souriant. Jesse, est-ce que vous connaissez le principe de l'émission ?

— Bien sûr.

Elle sourit encore. Elle a beaucoup de charme, je comprends mieux pourquoi elle a autant succès, elle est très naturelle et dégage une vraie sympathie.

— Je vais vous poser beaucoup de questions décalées. Parfois, je vous donnerai un choix de réponses. Je trouve qu'il n'y a rien de mieux que ce format pour connaître réellement une personne. Mais avant de commencer, j'ai une question : puis-je te tutoyer ?

— Tu peux, je réponds.

— Super, enchaîne-t-elle, C'est plus simple pour les questions. Alors on va commencer. Surtout ne réfléchis pas, réponds cash sans te prendre la tête. Pourquoi les Formules 1 font-elles des étincelles ?

— Tout simplement parce que c'est spectaculaire. Absolument pas obligatoires et parfaitement maîtrisées par les constructeurs, ces étincelles sont produites par le frottement des patins de protection et sont du plus bel effet lors des courses nocturnes. Le public est roi, et il aime les feux d'artifice.

— Des regrets ou des remords ?

— Regrets.

— Comment les pilotes font-ils pipi lors des courses ?

Putain, elle passe du coq à l'âne à peine ai-je fini de répondre.

— Dans leurs combinaisons, j'avoue honnêtement. Tout simplement. Mais au vu du nombre de litres d'eau perdus dans les grands prix, les vessies sont rarement pleines.

— Beyoncé ou Rihanna ?

— Rihanna.

— Tu préfères porter une cagoule ou des tongs avec des chaussettes ?

— Une cagoule. Au moins, je peux passer incognito.

— *Outlander* ou *La Chronique des Bridgerton* ?

— *Orgueils et Préjugés* car je n'ai vu aucune des deux séries.

Il n'y a vraiment aucun rapport entre les questions, et l'exercice est assez difficile finalement. Mais, je comprends pourquoi Dario s'est amusé. Ça aurait été sympa de le faire ensemble.

— *Need for Speed* ou *Gran Turismo* ?

— *GT* même si je préfère *Mario Kart*.

— Est-ce qu'on t'a déjà dit que ton nom ressemblait à s'y méprendre à un personnage du film d'animation *Cars* ?

— Euh... non ?

Je dois faire une tête un peu bizarre, du moins perplexe parce qu'elle hoche la tête en me claquant un sourire XXL

— Si, si, le personnage s'appelle Jackson Storm, glousse-t-elle.

— Je l'ignorais.

Rita enchaîne :

— *Alice in Wonderland* ou *Alice in Borderland* ?

— *Borderland*.

— Textos ou appels ?

— Textos, je déteste répondre au téléphone.

— Avoir trois jambes ou trois bras ?

C'est plus fort que moi, j'éclate de rire.

— Trois bras, je réponds au hasard.

— Mourir comme Obéryn ou comme Ramsey ?

Je me remémore rapidement *Game of Thrones*. Dans les deux cas, c'était un peu hard.

— Je... bordel, c'est trash. Euh, disons Obéryn.

— Être marié à Bellatrix Lestrange ou à Dolores Ombrage ?

— Lestrange.

— Perdre un amour mais l'avoir connu ou ne jamais connaître l'amour ?

— Le perdre.

— La prochaine est assez salace. J'ai posé la même à Dario, on verra si tu réponds la même chose que lui ou pas.

Je ne sais pas si je dois avoir peur.

— Branler un des tes potes alors que personne ne le sait ou ne pas le faire et que tout le monde pense que tu l'as fait ?

— Bon sang, la seconde option. Parce qu'on s'en fout de ce que pense les gens.

Elle éclate de rire.

— Tu veux connaître la réponse de ton coéquipier ?

Je hoche la tête.

— Il a répondu la même chose que toi. Et enfin, le baiser à la Kiss Cam ou alors la partie de jambes en l'air dans la voiture ?

Je me retiens de regarder Ava, je ne voudrais pas que ça pousse Rita à l'inviter sur le plateau sans qu'elle ait pu s'y préparer.

— La *Kiss Cam*, sans hésiter.

Ava vaut toutes les filles du monde, mais je le garde pour moi.

— Jesse, c'était vraiment génial. Merci d'avoir répondu honnêtement à ces questions.

— Avec plaisir, c'était sympa.

On continue de parler dans un format plus classique cette fois. Rita me pose des questions sur l'association que je défends, sur le centre de karting dont nous sommes parrains avec Dario. Elle évoque la compétition de Formule 1 et également la course que j'ai foirée. Je me sens plus à l'aise et finalement, ça passe assez vite.

— Qu'est-ce que tu veux faire ? je demande.

— Je ne sais pas... on peut piocher dans la chaussette un des petits bouts de papier qui étaient censés te distraire.

Elle incline la tête sur le côté et lève les yeux de son téléphone.

— On peut, je réponds alors. Il faut bien que ça serve ce machin.

Ava rit, et je regarde, fasciné, sa joie et combien elle est belle quand elle est heureuse. Pendant une brève seconde, je me remémore mes soirées avant qu'elle n'accepte de faire ce *deal* avec moi... je sortais souvent car je m'ennuyais dans cette immense baraque. Elle a changé ça. Elle a amené une routine, une tranquillité dans ma vie. Bien sûr, elle évolue toujours dans mon univers mais elle a changé beaucoup de choses. Zayn avait sans doute raison après tout. Peut-être qu'il était temps que j'arrête mes conneries. Sortir le soir ne me manque pas, coucher avec des femmes non plus. Tout ce qui m'intéresse maintenant, c'est de passer du temps avec elle. L'entendre rire, la voir me défier, simplement évoluer dans mon monde me suffit. Ça me nourrit même... mais est-ce que c'est réciproque ? Est-ce qu'elle ressent la même chose que moi ? Je crois que je me prendrais le revers de ma vie si ces sentiments étaient à sens unique.

— On peut sortir quelque part si tu préfères.

— Non.

— Tu as l'air songeur, dit-elle, inquiète.

— On peut aussi regarder un film. Celui qu'on matait quand on était ado. Sur l'écran géant de la salle de cinéma.

— On parle bien du même film ?

Je souris en me redressant et je commence à citer une réplique du film :

— « Je hais ta façon de me parler. Et la couleur de tes cheveux. Je hais ta façon de conduire. Et de me regarder dans les yeux. Je hais tes stupides bottes d'armée. Et ce que tu devines en moi. Je te hais au point d'en crever. Et même de te tuer parfois. Je hais ta façon d'avoir raison. Tes histoires inventées. Je te hais quand tu me fais rire. Davantage quand tu me fais pleurer... »[1]

1. Citation tirée du film *10 bonnes raisons de te larguer*

Je tends la main vers elle, les yeux brillants elle l'accepte et complète ma tirade, un léger sanglot dans la voix :

— « Je te hais quand tu n'es pas là et que tu es Dieu sait où. Mais je hais surtout de ne pas te haïr. Ni un seul instant. Ni une seule minute. Ni même du tout... » Tu t'en souviens encore ?

— Comment l'oublier ? je réponds. C'était notre film.

Elle hoche la tête en se redressant sur la pointe des pieds. Tendrement, elle embrasse mon menton.

— C'est le meilleur programme possible, encore mieux si j'ai le droit de monter sur tes épaules.

— Tes désirs sont des ordres.

Elle saute sur mon dos et cale sa tête sur mon épaule tandis que j'avance vers la salle de cinéma.

— Tu sais que Julia Stiles pleurait vraiment dans cette scène. Elle a été tournée en une seule prise, l'actrice était juste triste, car c'était la fin du tournage.

— Tu sais que je l'ai regardé de nombreuses fois sans toi. Un putain de *teen movie*...

Elle dépose un baiser dans mon cou. Ce film a une espèce de valeur sentimentale. Je l'aime parce qu'il me rappelle des souvenirs avec elle.

— Vraiment ?

— Vraiment.

Elle souffle contre ma peau, ce qui m'excite un peu.

— Ça me fait de l'effet, m'avoue-t-elle alors dans un murmure.

Arrivé dans la salle de projection, je la remets sur ses pieds et avant même que j'amorce le moindre geste, elle se blottit dans mes bras.

— Tu as déjà baisé une de tes conquêtes sur ces banquettes, Jesse ?

— Jamais.

Son air déterminé mêlé au désir dans son regard me plaque littéralement au mur. Je me penche pour déposer un baiser dans son cou, puis sa gorge quand elle incline la tête. Je ne sais même pas pourquoi je cherche à lutter, cette femme possède mon âme, sans le moindre doute.

— Tu ne voulais pas regarder le film ? je la taquine.

Elle rit.

Ce rire pour lequel je tombe.

Ce rire pour lequel je ploie.

Ce rire qui fait de moi ce qu'il veut…

— Si… mais j'ai envie de te rendre fou avant. J'ai envie de te montrer l'effet que tu me fais. Il n'y a pas que les hommes qui ont des envies et des désirs.

— Je suis ton homme.

— Tu me laisses faire ?

Au temps pour moi, ce n'est pas son rire qui va me tuer, mais bien elle.

Chapitre 28

Ava

Nous sommes de retour à Denver, nous avons pris l'avion ce matin. Jesse avait une interview. J'en ai profité pour aller dire bonjour à Tilda.

— On va où ? je demande.

— C'est une surprise, me répond Jesse pour la dixième fois.

— Je n'aime pas les surprises.

Il hausse les épaules.

Il va finir par me rendre dingue. J'aime être préparé et ne pas être prise de court, alors je tente de me maîtriser pour ne pas péter un câble. S'il ne me dit rien, c'est qu'il veut me faire plaisir, j'imagine. Patmol est installé à mes pieds. J'ai dû rater un truc entre les deux, parce qu'ils me semblent de plus en plus potes. Pas plus tard que ce matin, j'ai chopé Jesse en train de lui faire des papouilles et de lui cuire un putain de steak haché pour le déjeuner. Je crois que Patmol aime beaucoup les balades matinales ou nocturnes de Jesse à L.A., mais surtout ce chien a vite adopté des goûts de luxe.

— Tu me ramènes au bercail en personne, Jesse ?

Il sourit et, bon sang, ce sourire est de plus en plus irrésistible.

Je me rends compte que plus le temps passe et plus je craque pour lui. Comme avant.

Ou comme depuis toujours.

— Qui sait, lance-t-il finalement.

Je me demande ce qu'il mijote, et ça me stresse un peu. J'ignore qui sont les gens qui aiment les surprises, mais ils sont barjots. Je ne sais pas feindre la joie alors, si ce qu'il m'a préparé me déplaît, il le saura rien qu'en me regardant.

— Bon, tu vas pourvoir ouvrir la boîte à gants et mettre le bandeau.

— Pardon ?

— T'as parfaitement compris. Il y a un bandeau dans la boîte à gants, je veux que tu le mettes sur tes yeux. Fais-moi confiance, ça vaut le détour.

— T'es sérieux ?

Je tourne la tête vers lui. Il hoche la tête.

— Très sérieux.

— On le connaît le coup de la surprise : Ferme les yeux, donne-moi ta main, et on se retrouve avec une bite dans la paume ou sous le pif.

Son éclat de rire résonne dans la voiture.

— Ava, mais quel genre de relation tu as bien pu avoir pendant ces années ?

Je lui lance un regard noir qui le fait rire davantage.

— Je veux savoir.

— Non.

— Allez, soupire-t-il d'un air faussement impatient. Tu ne peux pas me vendre ça et puis ne plus rien dire ni rien m'expliquer. Allez, Ava !!

Je lève les yeux au ciel.

— Je suis sortie avec un type pendant un an à peu près. On était déjà ensemble depuis six mois au moment de la Saint-Valentin et il tenait à faire un truc romantique.

Jesse ralentit à un passage piéton. Même si je ne fais pas gaffe à la route, j'ai l'impression qu'il tourne en rond. Le temps que je mette ce foulard sans doute. Il m'emmène forcément en ville.

— Et bref, avant le dessert, il me dit, ferme les yeux et tends ta main, j'ai une surprise pour toi. Conne, je me suis exécutée et je me suis retrouvée avec sa bite au garde à vous sur la paume. Sa bite qui soit dit en passant était entourée d'un petit nœud.

Alors que je me remémore la scène et sans doute la mine que j'ai dû faire à ce moment-là, Jesse est mort de rire.

— C'était quoi le dessert ? demande-t-il.

— Un moelleux au chocolat.

— Supplément sauce blanche ?

— Haha, très drôle.

— Oui.

Je glousse à mon tour. Et on finit par rire comme deux hyènes hystériques.

— Je te promets que je ne mettrai aucun organe génital sous ton nez ou dans tes mains, tu as ma parole d'homme.

— T'as intérêt.

J'ouvre alors la boîte à gants et je noue le foulard sur mes yeux.

— Tu ne vois rien ? demande Jesse.

— Rien.

La voiture prend un peu de vitesse. Il semble impatient. Moi, j'ai peur. J'ignore combien de temps a passé quand la voiture s'arrête.

— Ne l'enlève pas, s'il te plaît. Je vais venir t'ouvrir.

— D'accord.

Il sort de la voiture, mais il met une éternité à venir jusqu'à ma portière. Quand je l'entends enfin s'ouvrir, j'ai un petit sursaut.

— Donne-moi la main.

Il glisse sa paume sur la mienne et m'aide à descendre. Puis, je l'entends qui appelle Patmol.

— Je peux enlever le bandeau, maintenant ?

— Pas encore. Patiente quelques minutes.

Sa main quitte la mienne et m'enlace la taille. Aussi banal

soit ce geste, il me donne des frissons. On avance en silence. Je ne perçois aucun son capable de me renseigner sur le lieu où nous nous trouvons.

— Attention où tu mets les pieds, dit-il. Attends encore quelques secondes.

J'entends le bruit d'un interrupteur qu'on actionne et puis nous faisons quelques pas avant qu'il me lâche.

— Maintenant, tu peux le retirer.

Je ne me fais pas prier.

Et à l'instant où mes yeux se familiarisent avec l'endroit où nous sommes, ils se remplissent de larmes. Ça faisait si longtemps que je n'avais pas vu ces murs, ce sol et tout ce qu'il contient. Et pourtant, je m'en souviens encore si bien que j'ai le sentiment que c'était hier.

— C'est...

J'ai passé tant de journées et de nuits ici que j'en ai perdu le compte. Tous les jours pendant vingt-trois ans, c'est beaucoup, non ? Et pourtant pas assez quand on aime un lieu si fort qu'on est incapable d'exprimer cet amour.

Tout est délabré, poussiéreux.

Mais c'est mon univers.

— Comment ?

Jesse glisse alors les clés dans ma main.

— C'est à toi, dit-il sans me répondre.

— Non, c'est à la banque.

— J'ai racheté ta dette, tout simplement.

— Tu as...

Je cogne la tête contre son torse, mais il m'emprisonne dans ses bras. Il faut vraiment que j'arrête de lui donner des coups de boule.

— J'adore quand tu fais ça, lance-t-il en me faisant relever la tête vers lui.

Son regard est doux et teinté de désir. Je devrais lui dire d'aller se faire voir, me débattre pour fuir son étreinte, mais ses yeux ont toujours eu de l'effet sur moi. Ils pourraient sans nul doute m'hypnotiser facilement.

— Je suis fâchée contre toi, je bougonne. Je... ne te demande pas la charité. Tu n'avais pas à faire ça sans ma permission, sans me demander.

— Je le sais. Et je n'ai jamais dit que tu étais une profiteuse ou quoi que ce soit.

— J'allais le payer, j'allais racheter mes dettes. Tu n'avais pas à faire ça et...

— Je le sais, mais c'est fait. Je suis un impulsif, à la seconde où tu m'en as parlé, j'ai demandé à Zayn de s'en occuper. En quelques jours, c'était réglé. J'attendais de t'y emmener. Cet endroit est à toi, il se doit d'être en vie. Ne serait-ce que pour animer la passion des sports automobiles dans les yeux d'un enfant.

— Comme toi ?

— Ouais, comme moi à l'époque. Cet endroit, c'est son héritage, et tu mérites de l'avoir. Je suis désolé que tu aies galéré financièrement ces dernières années.

Les larmes me montent à nouveau aux yeux. Pour ses mots et parce que je me rends compte que quoi que je dise maintenant, Jesse m'a offert le plus beau cadeau du monde.

— Le *deal*, j'ai accepté de faire ce *deal* avec toi, parce que... je voulais le récupérer.

— Ava, tu crois qu'il y a encore un *deal* entre nous ?

— Je...

Ses mots me prennent de court.

— Je... ne sais pas. Sans doute pas.

Il essuie mes larmes. Je ne sais pas quoi dire de plus, excepté que je l'espérais secrètement si je me fie aux battements erratiques et à la façon dont mon cœur bat la chamade.

— Je te donnerai ce pourquoi on a fait un *deal* à la base. Je respecterai nos engagements financiers car nous les avons conclus à l'amiable sans ambiguïté entre nous. Ne t'en fais pas pour ça, mais...

— C'était ça que je voulais, je l'interromps. Cet endroit, c'est toute ma vie.

— Tu l'as, c'est entièrement à toi. Et tu ne me dois rien.

— Mais je ne veux plus de l'argent que nous avions convenu car tu m'as offert ce pour quoi j'en avais besoin.

— Tu l'auras, cet argent, car tu as bossé pour. Le club de karting, c'était un achat personnel qui n'a rien à voir avec notre *deal*. Bon le hasard a fait que j'ai racheté ton club, mais c'est juste le destin...

— Tu es...

Ses doigts qui caressent délicatement la ligne de ma mâchoire avant d'attraper mon menton me font perdre tous mes moyens.

— Et si tu veux, tu m'as aussi.

— Toi ?

Il hoche la tête et me rapproche encore plus de lui. Je pose mes mains sur son torse, j'ai l'impression d'être prise de vertige alors que je ne ressens que du bonheur à l'état brut.

— Quand on s'est embrassé après ma victoire en Australie, c'était pour les cameras ou c'était pour nous ?

— Nous, je réponds. J'en mourrais d'envie.

Ma réponse semble lui plaire.

— Alors peut-être qu'on pourrait simplement faire évoluer le faux couple en vrai. Toi et moi, sans *deal*.

Mon cœur papillonne sous ma poitrine.

— Comment on scelle ça ? je demande.

Son sourire doublé de son regard a raison de moi. Je le laisse m'embrasser comme la tempête qu'il est et bien sûr, sans ménagement, il saccage tout sur son passage.

— Je pourrais te prendre dans n'importe quelle pièce ici pour sceller cette nouvelle relation en bonne et due forme. Tu peux choisir, t'es chez toi.

— Et si on faisait une course, plutôt ? Tu crois qu'ils fonctionnent encore ?

Il me sourit, pas le moins du monde vexé ni en colère par ma contre-proposition. On se dirige vers les deux premiers karts de la piste. Je le laisse faire, subjuguée par le fait d'être aussi touchée par son geste et enivrée par ce futur...

— Tu viens ?

On s'installe chacun dans un kart. Bien sûr, j'ai absolument perdu la main, et les courses que nous enchaînons sont chaotiques, mais je crois que je n'avais plus ressenti ce niveau de bonheur depuis très longtemps.

Jesse m'aide à descendre. Il a gagné les cinq courses sans aucun effort.

— Où est Patmol au fait ?

— Je crois qu'il est entré dans le restaurant.

Main dans la main, on rejoint les cuisines et, effectivement, il est en train de mâchouiller ce qui ressemble à une vieille balle de tennis. À l'époque où on a fermé, l'un des employés venait toujours avec son chien Chester, ça doit être à lui.

— Merci pour tout. Depuis sa mort, c'est l'un des plus beaux jours de ma vie.

— Pas de quoi.

On s'embrasse encore, lentement, langoureusement, et son idée de faire l'amour tout à l'heure me semble soudain, la meilleure qu'il ait jamais eue. Mais une question subsiste sur mes lèvres et veut s'échapper.

— Pourquoi tu ne parles jamais de lui ?

J'ai besoin de savoir.

— Comment ça ?

Je veux comprendre les raisons de son départ, et pourquoi, bon Dieu, s'il semble tenir à cet endroit et s'il a été affecté par la mort de mon père, il ne parle jamais de lui.

— Pourquoi tu ne parles pas de lui, de mon père ? Pourquoi tu es parti il y a huit ans sans rien dire, sans...

Me prendre avec toi.

Je stoppe ma phrase avant la fin, mais, je sais qu'il comprend. Sauf qu'il se rembrunit d'un seul coup et semble se remémorer des souvenirs.

— Je n'ai pas envie d'en parler, Ava, lâche-t-il finalement.

— Putain, mais tu es sérieux ?
— T'as pas envie de savoir.
Je m'écarte de lui, pour me donner de l'espace.
— T'en sais foutre rien. T'es parti, tu m'as laissée seule alors qu'on était fusionnels, toi et moi. D'accord on était jeunes, mais mon âme n'était jamais plus complète que lorsqu'elle était avec toi.
Il se passe une main dans les cheveux, et il les attache, comme chaque fois que ça devient sérieux.
— Comment veux-tu qu'on se donne une chance, si on n'est pas capable de s'avouer la vérité. Je t'ai dit les miennes, c'est ton tour.
— Tu ne me croiras pas.
— Oh je t'en prie. À moins que tu me racontes que t'as été enlevé par des extraterrestres, je devrais pouvoir te suivre.
— Tu ne peux pas comprendre.
— Je n'ai plus seize ans, Jesse. Je ne suis plus une gamine et arrête avec tes putains de phrases toutes faites là, j'ai l'impression que tu me prends pour une conne.
— Je suis parti à cause de ton père, Ava. C'est lui qui me l'a ordonné.

Chapitre 29

Ava

Ses mots me font l'effet d'un coup de massue.

Accuser mon père pour justifier le fait qu'il... La colère fulmine en moi et me fait perdre le fil de mes pensées. Je n'en reviens pas. Ses mots ont du mal à passer, c'est comme s'ils restaient coincés en travers de ma gorge.

— Non.

Ma voix est blanche. Probablement assortie à mon teint devenu livide. Le regard de Jesse est rivé au mien, il y a comme de la colère, mais aussi un fond de tristesse. Je m'éloigne en regardant ailleurs, persuadée que son regard pourrait me prendre au piège. J'ai l'impression d'être dans un ascenseur émotionnel. Je suis passée de la joie à l'incompréhension en une seconde.

— Il m'a dit de partir, Ava. Il me l'a demandé, et je l'ai fait. C'est aussi simple que ça.

Simple ? Simple...

Il se fout de moi, cet abruti ! J'ai passé tant de jours, tant de nuits à me demander ce qui l'avait poussé à m'abandonner comme ça et, lui, non seulement il me sort une bombe, mais en plus il trouve ça simple. Je ne sais pas ce que j'espérais, ni ce que j'avais imaginé. Mais mon père ne faisait jamais partie de l'équation.

— Ce sont des conneries et ne me dis pas que c'est simple.

Mes mots ne veulent pas dire grand-chose. Mais je ne sais pas quoi dire. Je ne sais pas que croire ni que penser.

— Ava, bordel. Laisse-moi t'expliquer. Tu voulais savoir, alors écoute-moi !

Je me tourne vers lui. Sa voix est autoritaire et son air sérieux.

— Il m'a expliqué que je n'avais plus rien à foutre ici après la signature de mon contrat et que si je tenais un tant soit peu à toi, alors je devais te préserver du monde de la Formule 1, des filles qui me graviteraient autour et de tout ça… ton père n'avait peut-être pas envie que tu évolues dans ce milieu sexiste.

— Non, c'est impossible.

Je n'imagine pas mon père faire ça, je ne peux pas croire qu'il ait dit cela à Jesse. C'est impossible. Papa adorait Jesse, il savait que je l'aimais, il n'aurait jamais fait ça. Il savait que ça me rendrait malheureuse, il était si triste lui aussi.

Enfin, à quoi bon faire ça ? Je n'y comprends rien.

— Pourtant c'est ce qui s'est passé. Quel pouvoir j'avais à dix-huit ans contre un homme de cinquante ans qui me demandait d'aller vivre ma vie ailleurs ? Aucun. Je n'avais aucun putain de pouvoir, Ava. Et puis, à nos âges une relation à distance… c'était forcément voué à l'échec, car tu ne m'aurais pas suivi. Il aurait refusé que tu arrêtes l'école pour moi et j'aurais été d'accord…

Je secoue la tête.

Non, non et non.

Je refuse d'y croire.

— T'as pas le droit de dire ça alors qu'il est mort. T'as pas le droit de salir sa mémoire alors qu'on est ici et… que c'est ta parole contre la sienne. Comment tu veux que…

— Ava…

— Laisse-moi tranquille !

Je souffle. J'essaye de comprendre, mais j'ai le cerveau

complètement embrouillé. Je me sens tiraillé entre le croire et défendre mon père. Pourquoi me mentirait-il comme ça ?

— Non, je ne te laisse pas. Aussi dur que ce soit à entendre pour toi, je ne te laisse pas. Ça fait huit ans que j'ai cette histoire sur le cœur.

J'ouvre la bouche, mais il est plus rapide.

— Tu as raison, j'avais des millions pour m'aider à passer le cap. Mais tu ne sais pas comment je l'ai vécu personnellement.

— Ta longue liste de conquêtes t'a sûrement beaucoup aidé.

— C'est moins cher qu'un thérapeute, raille-t-il. Quoique...

Je lève les yeux au ciel.

J'ai beau vouloir défendre mon père, j'ai vu Jesse triste d'apprendre sa mort et je sais qu'il n'inventerait jamais une excuse aussi grotesque.

— C'était un homme bien, il était fou de toi et il n'aurait jamais accepté que tu souffres à cause de moi. Il m'a sacrifié parce qu'il t'aimait, c'est aussi simple que ça. Je ne voulais pas oublier mon rêve de Formule 1 alors je suis parti. J'ai longtemps cru que je reviendrais pour toi, pour te retrouver, j'ai souvent espéré que ton père me rappelle, mais ce n'est pas arrivé... S'il pensait que c'était la meilleure chose pour toi, alors il avait raison.

— Vous avez comploté contre moi. Personne n'a demandé mon avis.

Voilà que je sanglote comme un gros bébé.

— Je suis désolé, Ava, de t'apprendre ça ainsi.

— Et pourquoi tu n'es jamais revenu ? Jamais en huit ans, Jesse.

— J'ai vécu ce que j'avais à vivre, à fond. Comme un passionné, puisque je n'avais que ça. Et puis, il y a l'ego. J'avais dix-huit ans, Ava, il était plus qu'un mentor pour moi, il comblait l'absence de mon père. Quand il m'a dit de partir, je me suis senti trahi, mais j'ai laissé passer le temps en espérant qu'il me donne une solution et puis, un jour, je me suis dit qu'il était trop tard et qu'il valait mieux aller de l'avant.

Je me laisse tomber sur une des banquettes sales de l'ancien restaurant. Les particules de poussières s'élèvent et virevoltent dans les airs et, tandis que je les regarde, j'ignore pourquoi, mais je pense à lui. Il me manque malgré tout. Il manquera toujours à ma vie. Je revois son fantôme s'adosser au bar pour prendre une limonade bien fraîche l'été, je le revois croquer dans les citrons à pleines dents.

Alors que je me perds dans ses souvenirs, je sens que Patmol se presse contre moi. Il a posé la balle de tennis à mes pieds. Je la ramasse, poisseuse et je la lance. Il court comme un fou pour aller la chercher.

— Ava...

— Je me suis posé la question de nombreuses fois, tu sais.

— J'imagine.

Il s'approche de moi, et je n'ai pas le courage de le fuir. À quoi bon de toute manière ? Lentement il me caresse le visage. J'aimerais détester ce contact, mais je n'y arrive pas.

— Maintenant que je connais la raison de ton départ, c'est drôle, j'ai une espèce de vide en moi. Je ne m'attendais pas à ça... mais je comprends pourquoi tu ne posais pas de question sur lui.

Mon père était un homme bon et généreux. Il adorait aider les gens. Il avait donné un job à plusieurs délinquants ou anciens taulards, des gens en qui il voyait une rédemption possible. Il disait qu'on pouvait leur offrir une deuxième chance et il n'a jamais été déçu par les gens qu'il avait embauchés. Alors quand Jesse est arrivé avec sa fougue, sa bonne volonté et son côté casse-cou, c'était obligé que mon père le prenne sous son aile. Je me souviens quand il nous a surpris en train de nous embrasser la première fois, j'ai cru qu'il allait dévisser la tête de Jesse. Alors qu'il lui ait dit d'aller vivre son rêve et de me quitter pour ne pas que je souffre ne me semble pas si absurde.

— Mais pourquoi tu es venu me demander de faire ce *deal* à la con si tu ne voulais pas revenir ?

— Je ne voyais personne d'autre que toi, personne d'autre

que la seule femme pour qui j'avais déjà eu des sentiments. J'étais convaincu que tu n'allais pas me trahir. J'aurais voulu qu'il vienne me trouver, qu'il me demande des comptes, j'aurais voulu qu'il me serre dans ses bras en me disant que je lui avais manqué.

— Si j'avais su... j'aurais cherché à te joindre quand il est tombé malade.

— J'aurais accouru.

Toujours assise, je me presse contre son torse. La tête enfouie contre son pull, je ferme mes yeux.

Soudain, j'ai l'impression d'avoir un flash. Je comprends qu'en éloignant Jesse, il s'est blessé lui aussi. Je comprends pourquoi il regardait toutes ses compétitions, je comprends pourquoi il me disait de ne pas lui en vouloir quand j'exprimais ma colère contre Jesse. Je comprends pourquoi un soir, alors que je dormais presque, il a murmuré contre mon front « Parfois on rencontre la bonne personne mais au mauvais moment. »

— Ne nous en veux pas...

— J'ai pourtant toutes les raisons de le faire non ?

L'air peiné, il passe une main dans ses cheveux.

— Vous avez décidé pour moi, ne pensant qu'à vous... je déteste ce paternalisme à deux balles, c'est gerbant.

— Je suis désolé. Ava, j'aimerais que tu me pardonnes pour ça.

— Je n'avais peut-être que seize ans, mais je n'avais pas à subir ça. À cet âge-là j'étais assez grande pour qu'on ait des relations sexuelles toi et moi, et pour gérer l'entretien des karts, mais pas assez pour décider si notre relation allait survivre ou non ?

— Tu as raison. Je ne peux pas changer cela et je suis certain qu'il le regrette...

Je souffle. J'essaye de prendre du recul sur la situation, je suis déçue que les deux seuls hommes que j'ai jamais aimés aient fait ça dans mon dos... mais le temps a passé, et je crois que je n'ai pas l'envie ni la force d'être fâchée. Je veux retrouver Jesse.

— Je vous en veux à tous les deux. Vous n'aviez pas à faire

ça. Même si c'était par amour, c'est une trahison, c'était mesquin… je dis en relevant la tête cette fois. Mais, Jesse, je ne t'en veux pas d'avoir choisi de tracer ta voie. Ce sport est fait pour toi. En revanche, ne recommence plus. Jamais. Ne décide plus pour moi. Parle-moi. J'étais en colère il y a huit ans, plus maintenant.

— Tu me semblais virulente pourtant quand je suis réapparu comme une fleur dans ta vie.

— Comme une tempête plutôt.

Il sourit.

— T'as raison, j'étais encore en colère il n'y a pas si longtemps, mais je sais maintenant et je n'ai plus envie de l'être. Parce que je comprends… il a fait tant de choses pour moi, il m'a tellement aimée, je ne veux pas être fâchée. Et puis tu es là et, grâce à toi, cet endroit est de nouveau complètement à moi… et c'est tout ce qui compte. Je veux me concentrer sur l'avenir.

Jesse hoche la tête puis, lentement, il se penche et m'embrasse. Je réponds à son baiser, mue par un puissant désir quand Patmol nous interrompt en aboyant. À contrecœur, on s'éloigne.

— Qu'est-ce que tu veux faire maintenant ? demande Jesse.

— Rester ici encore un peu et parler de lui.

— Bonne idée.

Chapitre 30

Jesse

Je me redresse dans la pénombre de ma chambre. La pause de deux semaines entre les grands prix me fait du bien. J'ai pu me ressourcer, me reposer et passer du temps avec Ava. Elle dort à mon côté, la bouche entrouverte, les cheveux éparpillés sur l'oreiller. Ses jambes sont emmêlées à la couverture et le fait qu'elle porte un de mes T-shirts me fait sourire. Elle est tellement belle qu'elle me coupe le souffle. Ava a la capacité, sans le vouloir, sans le savoir, de me rendre fou. Elle m'a même toujours rendu fou, et je n'ai plus envie de le nier. Elle a cette facilité à faire couler l'adrénaline dans mes veines, à réduire le monde à elle seule, et même à me prendre mon cœur sans m'en avoir demandé l'autorisation.

Ce n'est pas plus mal qu'elle dorme car je me sens ravagé par ce que j'ai toujours ressenti et par ce que j'éprouve aujourd'hui. Passé et présent se mêlent dans mon esprit, mais rien ne semble avoir changé. C'est presque logique, comme…

Merde.

… comme quand je suis tombé amoureux d'elle.

Je suis tombé amoureux d'Ava comme on respire. C'était inné, spontané, mécanique… c'était comme répondre au besoin vital de mon corps en oxygène, à l'exception que c'était elle, ce besoin.

Je crois que je n'ai jamais cessé de l'aimer. Je crois que lorsque je n'ai voulu qu'elle pour ce *deal* c'était une pulsion du cœur. Je crois d'ailleurs qu'il lui a toujours appartenu.

Je passe une main dans mes cheveux, tout en essayant de me recoucher vu qu'il n'est que 3 heures du matin. Mais mon esprit cogite. Je prends même conscience du temps qu'on a perdu, elle et moi. Quand Kirk, son père, m'a demandé de partir, qui étais-je à l'âge que j'avais pour savoir ce qui était bon pour Ava ? Sa fille, c'était l'amour de sa vie, et je ne pouvais pas lutter contre lui. Je n'en avais ni l'envie, ni la force. Qui aurait pu nous garantir que notre relation n'allait pas s'abîmer et même s'éteindre ? Qui pouvait me certifier que nous avions besoin de cette séparation pour retrouver cette flamme entre nous ?

Je respectais tellement cet homme que j'ai suivi ses ordres sans discuter. Même si je me suis senti abandonné. Il connaissait notre relation, il la trouvait trop fusionnelle, il ne concevait pas qu'à notre âge, on puisse être si complices et complémentaires. Quand il m'a dit que maintenant j'allais voyager partout dans le monde, que je n'aurais plus le temps de venir, que les filles allaient me tourner autour, il m'a fait comprendre que ce n'était pas compatible avec la vie d'Ava.

Elle allait souffrir de mon absence, souffrir de me voir avec ces filles. Même si, à ce moment-là, je n'avais nulle envie d'être avec quelqu'un d'autre qu'elle. Et puis il m'a eu à l'usure. C'est vrai que j'allais être souvent absent, c'est vrai que j'allais rencontrer du monde et qu'il serait dommage de me priver de ça, c'est vrai que la vie d'Ava ne devait pas être bouleversée par la Formule 1, qu'elle était trop jeune pour subir un tourbillon médiatique aussi important et qu'il serait encore plus difficile pour elle de s'en remettre si elle était épiée par les journalistes...

Et je suis parti sans rien dire, sans revenir.

Je l'ai regretté. J'ai passé les premières semaines à déprimer.

Et puis, avec les entraînements, les grands prix, les *afficionados*, j'ai commencé à oublier cette étincelle entre nous.

Mais pourquoi n'ai-je pas essayé de revenir après quelques années ? Juste pour les voir, en souvenir du bon vieux temps ? Je ne l'ai pas fait parce que au fond de moi j'avais de la rancœur pour cet homme grâce à qui j'étais devenu le pilote émérite que je suis aujourd'hui. C'était une forme de punition. J'espérais secrètement qu'il souhaite que je vienne et qu'il me supplie de le faire. À cause de mon stupide ego, ils ont souffert. Il est présomptueux de ma part, de croire que ma présence aurait changé quoi que ce soit à sa maladie, mais Ava aurait pu vivre plus sereinement sans galérer et, j'aurais pu lui dire qu'il m'avait manqué et que je l'aimais.

J'ai du mal à sombrer dans le sommeil cette nuit. Alors comme je n'aime pas rester à ne rien faire, je me lève. Ava semble dormir profondément.

Il est 4 heures du matin, et c'est encore la nuit noire dehors. Vautré sur mon canapé en cuir, Patmol relève la tête quand j'allume. Je m'assieds à côté de lui, alors il vient poser sa tête sur ma cuisse. Je le caresse distraitement d'une main, de l'autre, je regarde un peu les news me concernant sur mon téléphone. Comme depuis le début de ce *deal* qui n'en est plus un, il n'y a rien dans la presse à scandale. Même si certains ne peuvent s'empêcher de ressortir des vieux dossiers sous forme de *putaclic*. Je regarde des interviews que j'ai données, ainsi que les pronostics pour les prochaines courses. Moi, j'ai simplement hâte d'y être.

Vers 5 heures, une bouteille d'eau à la main, je me dirige vers la salle de sport. Il y a juste deux ou trois appareils, mais j'aime bien avoir de quoi m'entraîner partout où je suis, histoire de rester en forme. La prochaine destination, c'est l'Azerbaïdjan. C'est le tout premier Grand Prix que j'ai remporté de ma carrière, alors j'ai toujours une espèce d'émotion quand j'y suis. J'ai beau en avoir gagné beaucoup, j'ai beau être en transe quand je gagne encore aujourd'hui, rien ne me fera oublier la sensation exaltante de ma première victoire, mon premier podium.

J'alterne les exercices musculaires et cardiaques pendant une bonne heure et puis, un peu avant 6 heures, je vais courir, accompagné de Patmol. Je cours le premier quart d'heure et puis je reviens en marchant, le pauvre étant essoufflé.

— Tu gères de mieux en mieux la course, mon pote.

Il me lèche la main et me laisse le caresser avant que je lui donne une gamelle d'eau. Il est possible que j'aime bien ce foutu clébard finalement. Il est adorable.

Le délaissant, je file sous la douche et m'habille dans la foulée. Ava dort toujours, alors je retrouve mon pote poilu dans la cuisine. Quand je commence à préparer le petit déj, il s'assied à mes pieds pour surveiller ce que je fais. Quelques minutes plus tard, mon téléphone sonne. Je mets le haut-parleur.

— Comment va ? demande Zayn.

— Bien, et toi ? T'es matinal aujourd'hui.

— Toi aussi, je pensais que tu profiterais d'Ava pour faire des grasses mat'.

— Je suis incorrigible, que veux-tu. Il y a un problème pour que tu m'appelles si tôt ? Hormis que je te manque bien sûr.

— Non, je voulais simplement m'assurer que tu allais bien.

— Ça va.

— Est-ce que cette relation a évolué en quelque chose de plus qu'un *deal* ou pas finalement ?

— Ouais… c'est possible.

— Il n'est pas trop tôt mon vieux. Est-ce que je vais enfin pouvoir arrêter de m'occuper de tes conneries dans la presse ? Genre pour de bon ?

— Possible. T'es heureux ?

— Putain, j'en chialerais presque.

— Tu adores ton job, je soupire en levant les yeux au ciel. Même quand tu t'occupes de mes conneries.

— Tu es tellement imbu de toi-même mon ami que tu crois que j'aime ça. C'est honteux.

Il rit à travers le téléphone.

— Sincèrement, je suis content pour toi, Jesse.

Ça, je le sais. Et honnêtement, je suis heureux pour moi aussi.

— Merci de ton soutien et de toutes ces fois où tu m'as sauvé la mise.

— Je parie que t'as baisé ce matin pour être de si bonne humeur.

— Même pas, je réponds.

Je continue de préparer le petit déjeuner.

— Quoiqu'il en soit, entre ton couple et les premières courses, la *team* est aux anges. Tu redeviens le chouchou de la presse. Si tu continues de t'imposer, t'as de bonnes chances d'être sacré champion du monde cette année.

Il a raison, mais je sais aussi que tout peut basculer dans une course. D'une seconde à l'autre, une avarie, un accident, une inattention, et on perd la première place. Je me concentre sur chaque compétition, l'une après l'autre, même si comme tous les concurrents, je vise la victoire.

Quand on raccroche, je prends mon téléphone et je vais faire un tour sur mes réseaux sociaux. J'y poste souvent des choses parce que j'aime être actif pour les gens qui me suivent, mais je ne fais jamais gaffe aux commentaires qu'il y a sous mes publications. Je remarque que certaines photos avec Ava font partie de celles qui réunissent le plus de « like ». Pour autant certains commentaires sont virulents, déplacés et même haineux. Certains *haters* la dénigrent ou alors l'insultent, d'autres disent que je n'ai rien à faire avec une nana aussi basique. Ça me fiche en rogne. Honnêtement, je n'avais jamais fait gaffe à cet aspect-là. Et ça me met mal à l'aise. Je ne sais pas si elle a déjà vu ça. Elle ne m'a rien dit en tout cas. Je ne sais pas si elle a envie de supporter ça, même si ce ne sont que des commentaires, c'est quand même épuisant moralement.

Patmol, qui grimpe le long de ma jambe, me sort de mes pensées. J'attrape un bout de bacon tiède et je l'agite devant lui.

— Assis ! j'ordonne.

Il le fait.

— La patte !

Idem.

Alors je lui donne le bout de viande.

— J'ai l'impression que vous devenez super potes tous les deux.

La voix d'Ava me fait sourire alors que son chien lui fait la fête. Comme toujours, elle le gratifie d'une phrase d'amour, puis elle s'avance vers moi.

— On discute pas mal quand on est entre mecs, et puis il améliore son temps en course, n'est-ce pas Patmol ?

Il aboie pour toute réponse avant de se diriger vers sa gamelle d'eau. Ma complicité avec son chien semble la rendre heureuse.

— Bonjour, dit-elle en posant un baiser sur mon biceps.

Je l'attire au creux de mes bras. Elle me sourit, et j'embrasse son sourire avant de déposer un baiser sur sa tempe et de glisser un bonjour en norvégien contre sa peau.

— Tu sens bon.

— J'aimerais en dire autant de toi, je raille.

Elle écarquille les yeux, puis, elle me frappe le torse avec sa tête. Je ricane, je ne sais pas s'il y a quelque chose de plus adorable que ce geste.

— Tu ne voudrais pas que je te botte le cul avant ta prochaine course quand même…

— Tu sais que j'aime les défis.

Ava relève la tête et me sourit encore.

— Tu es prêt pour le prochain GP ?

— Pour tous, à vrai dire, je réponds sincèrement. J'ai hâte d'y être. Je vais essayer de me surpasser.

— Quand je pense que tu as concrétisé ton rêve. Je veux dire que je te revois débarquer au karting avec ton impatience, tes rêves plein la tête, ta détermination… je te revois t'entraîner tous les jours, et maintenant ta réputation est mondiale. Tu es l'un si ce n'est le meilleur pilote de Formule 1 du monde. Tu es l'idole de tellement de gens, maintenant.

Si j'étais juste le sien…

Si j'ai pu être celui de son père quelque temps.

C'est tout ce qui m'importe.

— Je le dois à ton père et aussi à toi. Le fait que tu aies été dans les parages à me répondre, à me battre sur les circuits de kart, m'a poussé à toujours donner le meilleur de moi-même. Je voulais t'impressionner tout en embrassant un rêve complètement utopique.

À l'époque, quelles étaient les chances pour que j'y arrive ? J'étais doué, j'ai remporté de nombreuses compétitons, mais tout aurait pu être différent. J'aurais pu ne pas être repéré, j'aurais pu me blesser, me lasser. Pourtant chaque décision que j'ai prise m'a hissé vers le podium et la gloire. Elle rit, mais je suis sincère quand je dis qu'elle a grandement participé à mon ascension dans le monde de la Formule 1.

Aussi, je resserre mes bras autour de sa taille, je la soulève pour la poser sur le plan de travail. Ses yeux légèrement écarquillés me font sourire.

— J'avais dix-huit ans, je voulais être inoubliable à tes yeux, je voulais qu'aucun mec du lycée ne m'arrive à la cheville, je voulais que tu ne penses qu'à moi. Jour et nuit, nuit et jour… c'était peut-être parce que c'était purement égoïste de ma part de le vouloir que ça s'est retourné contre moi.

Avec douceur, elle caresse mon visage, puis mes cheveux et soudain, tous les sentiments qui m'ont filé des insomnies, font battre mon cœur plus fort.

— T'as réussi ton coup, murmure-t-elle finalement. Même après huit ans d'absence…

— Je suis désolé.

Elle ne dit rien, elle se contente juste de se blottir plus fort contre moi. Ava n'a pas encore la moindre idée du fait que je ne veux plus qu'elle soit loin de moi, de ma vie.

— *Forelsket*, souffle-t-elle si bas que j'ai l'impression de le rêver. Je crois que j'en suis atteinte, si seulement... il est possible de le dire ainsi.

Je m'éloigne juste assez pour voir son visage. Elle a les joues rouges mais, elle plante ses iris bleu neige dans les miens. Il se dégage d'elle quelque chose d'envoûtant, quelque chose à quoi je suis totalement réceptif voire accro.

— Tu m'as dit que ça désignait l'indescriptible et l'euphorie qu'on ressent quand... on commence à tomber amoureux.

Mon palpitant bat fort, comme lorsqu'il se prend des *shoots* d'adrénaline sur les circuits. Ses mots me ravagent, me mettent complètement KO. Savoir qu'elle est sur la même longueur d'onde que moi me rend plus heureux que jamais.

— On dit que c'est une sensation enivrante, où le cœur bat la chamade, où l'esprit est captivé par la présence de l'autre et où chaque moment passé ensemble est empreint de magie.

Elle hoche la tête, sûre d'elle, un léger sourire aux coins des lèvres.

— C'est exactement ça.

— Merde Ava... t'es hors compétition. T'as le putain de don de me battre à plate couture. J'espérais que tu cesses de m'en vouloir, j'espérais que tu le ressentirais toi aussi et...

— C'est pour ça que tu es venu me chercher ?

— La vérité, c'est que je ne t'ai jamais oubliée, Ava. Je t'ai même souvent regrettée. La vérité, c'est que lors de tous ces moments passés ensemble, même s'ils t'étaient imposés, je me suis senti revivre. J'ai ressenti à nouveau toute l'alchimie qu'il y avait entre nous, la même énergie, le même délice qui coule dans mes veines juste avant un grand prix. La vérité, c'est que tu as toujours eu le même pouvoir que la Formule 1 sur moi.

— Lequel ?

— Celui de me rendre accro et dépendant aux sensations

qui émanent de toi. Tu es aussi grisante qu'une course à trois cents à l'heure.

— Rien que ça.

— Plus que ça.

Dans une parfaite symbiose, nos lèvres se frôlent et finissent rapidement par se dévorer. C'est idiot, mais à l'instant, je me sens complétement invincible. Plus rien ne me semble insurmontable. Encore moins, si je peux vivre pleinement mes deux plus belles passions en même temps.

Chapitre 31

Jesse

— Après ! lance Dario.
— Avant ! je réponds en le fixant dans le blanc des yeux.
— Après, c'est évident.
— T'es complétement barjot, ma parole. Comment mon coéquipier peut-il répondre ça avec autant de certitude, alors qu'on sait bien que c'est avant qu'on le fait et pas après. Je veux dire, tu pilotes auprès d'un mec depuis presque trois ans et tu te rends compte que tu ne le connais pas vraiment...

Dario me lance un regard noir dont il a le secret. Mes lèvres frémissent, mais je me retiens de rire. Lentement, il porte son verre à sa bouche pour boire une gorgée, masquant lui aussi son hilarité.

— Je peux savoir qu'elle est l'idiotie sur laquelle vous êtes encore en train de débattre ? lance Zayn.

Il nous rejoint sur la terrasse du restaurant que Julian a privatisée. La vue donne sur la Piazza Maggiore, la place principale de Bologne. Zayn a l'habitude de nos conneries, ce qui explique sa lassitude.

— Ton meilleur pote pense qu'on mouille la brosse à dents avant de mettre le dentifrice, moi je dis qu'on la mouille après.

Zayn se pince l'arête du nez avant de souffler un grand coup. Tout en sirotant mon cocktail sans alcool, j'éclate de rire. Il a l'habitude. Dario et moi, on adore se lancer dans des débats stériles qui n'ont ni queue ni tête. On n'y coupe jamais dès qu'on se voit. C'est probablement pour ça, sans doute que l'émission de Rita était assez drôle.

— Dis-lui que j'ai raison, je lance.

— Je ne me lance dans aucun débat avec vous deux, vous êtes des fous furieux. C'était quoi le dernier ?

— Peut-on oui ou non porter une cravate avec un chemisette, lance Dario.

— Mais sur ce débat on était plutôt d'accord, j'ajoute.

— Vous êtes vraiment fêlés, soupire Zayn. Faudrait enquêter sur la pression des G sur votre cerveau, je suis certain que ça vient de là.

Dario lui envoie un baiser. Rien que pour ces moments de calme, de rire entre nous, je n'échangerais ma place pour rien au monde. Je suis heureux dans mon métier d'avoir rencontré des gens aussi géniaux. Autant Zayn qui s'occupe de ma carrière, que mon coéquipier.

— Tu dis ça, mais tu nous aimes plus que tu aimes ta maman.

— Ma mère est une sainte, laissez-la en dehors de cette conversation. Au mieux, je vous supporte les gars, ni plus ni moins. Et si vraiment mon avis est important pour vous, on mouille la brosse à dents avant.

La moue de Dario vaut tout l'or du monde alors que j'éclate d'un rire franc. Ouais, si on ajoute ma relation avec Ava, je me sens vraiment bien ces derniers temps.

— T'es un vendu. T'es son agent.

— T'avais qu'à accepter qu'il soit le tient.

Dario ricane.

— Si vous voulez un débat intéressant, on peut parler des gars qui vous inspirent le plus, plutôt que de vos trucs débiles.

— Le seul qui m'a toujours inspiré, c'est Mario Andretti, je réponds. Cet homme est une légende.

— Moi, j'aime bien Flash McQueen, raille Dario. Même si ce n'est qu'un pilote de NASCAR, il est hyper talentueux.

Zayn qui ne s'attendait pas à une telle réponse pouffe de rire avant d'interpeller une serveuse pour se commander à boire. Rien de tel qu'une soirée comme ça pour rebooster l'énergie. Demain commence les phases de qualifications, et j'ai hâte d'y être pour montrer une nouvelle fois ce que je vaux.

— Vous êtes intenables quand vous êtes ensemble.

— Ne me mets pas dans le même lot que celui-là. J'ai répondu Andretti, je te signale. Ce mec est le seul pilote à avoir remporté le titre de champion du monde en Formule 1, en IndyCar, en championnat du monde des voitures de sport et en NASCAR. Le gars a tout raflé. Il nous met une branlée monumentale, je suis un grain de poussière sur sa godasse. Il a beaucoup trop de talent.

— Mec, t'es aussi un grain de poussière sur ma chaussure, balance Dario. S'il n'y a que ça pour te faire plaisir.

— Mec, t'es derrière moi au classement, alors n'exagère pas.

On se fait un *high-five*.

— Mario Andretti est une légende, mais en Formule 1 pure, je dirais Kimi Raïkkonen. Il n'a pas gagné le plus de grands prix, ni même de titres, mais j'ai toujours trouvé qu'il était exceptionnel.

— À mon sens, tous ceux qui se sont illustrés dans ce sport sont des légendes.

Julian débarque sur la terrasse au moment où Dario ouvre la bouche. Toujours affublé de ses lunettes de soleil, il nous claque un immense sourire.

— Salut les gars ! dit-il.

— Bonjour, boss ! répond Dario.

Il s'installe avec nous. Il semble de bonne humeur. Je crois que, tout comme Zayn, Julian respire mieux maintenant que je ne fais plus le mariole dans la presse *people*. Ils ne le savent pas mais, moi aussi, je me porte mieux. Je n'ai jamais eu à me plaindre de ma vie, de mes choix, mais quand je repense à celui que j'ai pu être, je comprends maintenant, que j'ai pas mal abusé. On ne m'a jamais forcé à prendre du bon temps avec ces femmes, mais je le regrette.

— Vous êtes prêts pour demain ? nous demande-t-il.

— Plus que prêt, comme toujours, je réponds.

Ils ricanent tous à cause de mon ton enjoué. Et pour cause : ça fait trois ans que je remporte les GP sur ce circuit. Je ne sais pas pourquoi, mais j'excelle plus que de raison sur celui-là. Il m'inspire à chaque fois. Lors des qualifs, j'espère battre le record de pole position, comme le record du tour en course. Je me sens particulièrement motivé. Le Grand Prix d'Émilie-Romagne est l'un de mes préférés. Peut-être car mon écurie est italienne et que j'ai envie de m'illustrer dans son pays. Mais la ville, les décors, l'ambiance toute particulière qu'il y a dans les paddocks… Ava est restée aux États-Unis. Pour être plus exact, elle a pris l'avion pour Denver. Elle voulait rentrer chez elle et voir sa meilleure amie. Je crois qu'elle voulait passer du temps dans le karting de son père et je ne vois pas pourquoi j'aurais refusé. Maintenant que notre relation est plus saine, sans ces non-dits entre nous, j'ai envie qu'elle fasse ce qu'elle désire réellement. Elle me manque, je l'avoue, j'ai hâte de la retrouver. Avant, je ne me languissais pas vraiment de rentrer après les grands prix, maintenant c'est différent. L'avoir retrouvée me rend heureux, je comprends que c'est elle qui me manquait depuis des années.

— Il reste encore pas mal de courses, mais on se place déjà en haut du classement à tous les niveaux, lance Zayn.

Julian hoche la tête.

— On a perdu quelques points au GP d'Arabie Saoudite, mais Jesse s'est maintenu suffisamment haut dans le classement, alors on ne s'est pas laissé distancer par les autres. Et Dario nous a assuré un podium ce jour-là.

J'ai toujours autant la haine quand on en parle ou que j'y repense. Je ne supporte pas de m'être montré si vulnérable, si mauvais. D'avoir laissé mes émotions prendre le dessus et tout gâcher.

— Arrête de te soucier de ça, lance Julian en m'observant. Ce qui compte, c'est maintenant.

Dario me frappe amicalement dans le dos avant d'ajouter :

— Cette année, la Subrata est en forme, j'ai l'impression.

Julian soupire en hochant la tête. La Subrata est une de nos écuries concurrentes. Et comme toutes celles qui concourent avec et contre nous, elle est dangereuse. Mon but, tout comme celui de mon équipier, c'est de les distancer le plus possible. Cette année encore, je compte finir tout en haut du podium. Je veux remporter mon troisième titre de champion du monde. Et je ne laisserai aucune écurie, aucun pilote me distancer. J'ai déjà utilisé ma carte joker, j'ai déjà été mauvais quand je me suis laissé submerger par mes émotions. C'était une fois de trop, je vais voler sur la piste.

— Ils n'ont manqué qu'un podium depuis le début de la saison, confirme Julian, mais ils se placent suffisamment bien pour ne pas être trop loin aux points. Ils sont à trente points de nous pour l'instant au classement des constructeurs.

— Steel est en forme cette année, je dis. Il maîtrise parfaitement son véhicule.

— Il disait dans la presse qu'il avait envie de montrer ce qu'il vaut cette année et qu'il comptait nous en mettre plein la vue. Il est plutôt bien parti.

— Mais je me sens au meilleur de moi-même et, malheureusement pour lui, je ne compte pas lui faire de fleur.

Ils éclatent tous de rire.

— Bien dit ! lance Dario. Je vais en faire autant.

— En revanche, Castell a encore embouti une bagnole, ajoute Zayn. C'est la troisième je crois. Les dégâts pour la *team* doivent être assez colossaux.

Ni Dario ni moi ne nous moquons de Castell. C'est un *rookie*, et on sait très bien comme il est dur parfois de maîtriser les monoplaces. Et combien il doit se sentir frustré et perturbé.

Il ne défonce pas ses bagnoles pour le plaisir, loin de là. Les abandons, les accidents, ce n'est jamais facile à encaisser.

— J'espère qu'il va s'en sortir, on s'est parlé rapidement sur le dernier GP, il était vraiment mal, lance Dario.

— Quand on sait que dans ce milieu ont est facilement sur la sellette, il doit avoir peur.

Chapitre 32

Ava

Je crois que je ne me rends pas bien compte. Je crois que je ne m'y fais pas encore. Avant que Jesse ne débarque avec son stupide *deal*, je croupissais sous les dettes, et tenter de récupérer le karting de mon père était la seule chose qui m'empêchait de m'écrouler. Maintenant... tous ces problèmes n'existent plus. Une part de moi a du mal à en prendre conscience.

— Quand je pense qu'on est ici à se casser le dos pour nettoyer alors que tu pourrais être en Italie avec ton mec.

Elle a raison, mais j'avais envie de passer du temps avec elle et de venir ici. J'ai trop souvent voulu le faire, sans le pouvoir. Jesse s'est qualifié en troisième position. Dans une interview après les essais, il disait qu'il avait fait exprès de se placer ainsi pour profiter de l'aspiration de la voiture devant lui. J'ai, je crois, un peu hâte qu'il rentre.

— J'avais envie de te voir.

— Et j'en suis très heureuse, répond-elle. Mais ton mec n'a pas les moyens de payer une équipe de nettoyage ?

J'ai remarqué depuis hier, qu'elle utilise les mots « ton mec » pour parler de Jesse. On dirait que quelque chose la tracasse, mais qu'elle ne veut pas me le dire.

— Sans doute, mais je n'en ai pas envie. Tu sais comme j'aime cet endroit, tu sais comme j'avais à cœur de le retrouver alors, je veux juste y passer du temps. Tilda, qu'est-ce qui se passe ?

Elle plante son regard dans le mien puis secoue la tête.

— Rien.

— Tu es certaine ?

— Je ne sais pas... Tout me gonfle en ce moment. Le boulot, les mecs... J'ai l'impression que la routine est en train de me tuer.

— Je suis désolée, je ne savais pas que tu te sentais mal.

Je me sens égoïste et horrible comme amie de la traîner ici pour faire du nettoyage alors qu'elle aurait sans doute voulu s'évader un peu.

— Tu veux qu'on aille ailleurs ?

— Non, dit-elle en souriant. Parlons plutôt de toi, de ta vie, c'est quand même plus trépidant. Tu dois être tellement heureuse d'avoir récupérer ce karting.

— C'est l'endroit que je préfère au monde, alors oui...

Tilda esquisse une légère grimace en scrutant l'accueil que nous nettoyons depuis deux bonnes heures maintenant.

— Il ne paye plus de mine, mais à l'époque, il y avait toujours du monde... il lui faudrait un vrai bon coup de neuf, mais si on le fait, il sera aussi bien qu'avant. Tu sais, j'ai baigné dans cet univers, j'ai grandi ici, c'est un peu mon havre de paix.

Et je crois que même si je suis encore mal à l'aise que Jesse ait remboursé mes dettes aussi facilement, je lui suis reconnaissante en même temps. Je me souviens que je faisais mes devoirs dans la salle de restaurant après les cours, que j'ai perdu une dent de lait en me cognant sur le comptoir de l'accueil, que j'ai passé plus d'heures à récurer les karts qu'à sortir avec les jeunes de mon âge. Je me souviens de chaque endroit où Jesse m'a embrassée, des courses qu'on faisait et de celles que je gagnais. J'aurais pu détester cet univers, ne pas aimer cet endroit, on est très souvent différents de nos parents, on n'adhère pas forcément à leurs centres d'intérêt, mais, moi, j'ai plongé... corps et âme. Et maintenant que je suis de nouveau là, je sais que j'y ai ma place. Il y a encore tellement de choses à faire mais, d'ici quelque temps, je suis certaine qu'il rouvrira ses portes.

— Qu'est-ce que tu vas en faire maintenant que tu l'as récupéré ? demande Tilda.

— Je ne sais pas... L'ouvrir, lui redonner vie, comme mon père aurait adoré le faire. Et pourquoi pas organiser des formations en karting ?

De toute façon, je ne pourrai jamais faire tourner ça toute seule, ni en un claquement de doigt, mais j'y arriverai. J'ai l'impression que tout ira bien maintenant. Jeter cette pièce dans la fontaine en espérant que tout s'arrange n'était peut-être pas une si mauvaise idée.

— Moi qui pensais que maintenant que tu es en couple avec Jesse, tu ne ferais plus rien.

— Ça ne me ressemble pas. Je ne veux pas vivre à ses crochets...

Je trouverais ça terriblement humiliant de le laisser m'entretenir sans rien faire de ma vie. Si j'ai récupéré cet endroit, c'est grâce à Jesse, j'en ai bien conscience. Mais ce n'est pas par pur caprice. Non, un jour, il renaîtra de ces cendres, et j'essayerai d'en faire quelque chose d'aussi bien que ce qu'avait fait mon père.

— Tu veux qu'on fasse une pause et qu'on aille manger quelque part ? je demande.

— Je veux bien, approuve Tilda.

Je délaisse mes chiffons que je jette dans le seau d'eau. Tilda m'imite.

— Mais t'as eu le droit de ne pas assister à une course ?

— Depuis qu'on a décidé de ne plus être un faux couple, oui.

— Quand je pense que tu m'assurais qu'il n'y aurait jamais rien entre vous, raille-t-elle.

— C'est étrange parce que j'avais la conviction que je ne lui pardonnerais jamais d'être parti. Et puis, quand je me suis rendu compte que j'étais amoureuse de lui, c'était comme une évidence, ça ne m'a pas frappée de manière fulgurante. Tu vois ce que je veux dire ?

— C'est simple et logique, tu as compris que tu l'aimais, tout simplement ?

Je hoche la tête.

— Exactement... Je crois qu'il aurait pu revenir de mille et une façons différentes, je serais toujours retombée amoureuse de lui.

— Je rêve de ressentir quelque chose comme ça, soupire Tilda.

— Ça va arriver, j'en suis certaine.

— Je me disais bien que tu serais fourrée ici.

La voix qui s'élève me fait sursauter et fait battre mon cœur. On devait se retrouver demain dans sa maison, à Los Angeles. Le fait qu'il soit là me rend plus heureuse que jamais. Et, bien que je sois complètement débraillée, vêtue d'un vieux jogging troué, les cheveux attachés à l'arrache, on dirait qu'il me trouve belle.

— Depuis combien de temps tu me reluques comme un *stalker* ?

— Je ne sais pas, tu es tellement belle que tu me fais perdre le fil du temps...

— Belle, t'es sûre de toi ?

— Tu sais que j'adore quand tu es débraillée.

Je me redresse et je me jette dans ses bras sans aucune précaution, fichant probablement de la poussière sur ses fringues propres. Loin d'être dérangé, il referme ses bras autour de moi.

— On ne devait se voir que demain.

— C'est vrai, mais tu me manquais, dit-il contre mes cheveux. Tu me manquais même trop, et je n'avais pas envie d'attendre. C'est auprès de toi que j'avais envie de me ressourcer après ce grand prix.

Ses mots ont le don de faire battre mon cœur. Qu'il me dise ce genre de chose me fait de l'effet, mais c'est surtout les entendre ici, là où les premiers sentiments que nous avons ressentis l'un pour l'autre sont nés. Nos lèvres se trouvent après cinq jours d'absence, et je n'ai jamais eu autant l'impression d'être en manque de lui. Je suis sans doute plus accro que je ne veux bien me l'avouer. Me retrouver ici avec lui, à l'embrasser, c'est comme un bond dans le temps. J'ai de nouveau seize ans. En tout cas, la chaleur qui me tiraille dans le bas-ventre est toujours la même.

— Je suis heureuse que tu sois là.

Jesse m'embrasse encore, et je pose ma tête sur son torse pour apaiser le feu et l'ivresse que je ressens d'être retombée amoureuse du garçon qui a volé mon cœur la première fois à l'intérieur de ces murs.

— Félicitations pour ta victoire au fait. Tu as été exceptionnel.

Il sourit comme un bienheureux.

— Merci, j'avais envie de m'illustrer dans le pays où est basée ma *team*. Je voulais que l'hymne italien résonne sur le podium.

— Dario devait être aux anges aussi.

Jesse acquiesce.

— Et la *team* encore plus, confirme-t-il.

— Je crois que je regrette de ne pas avoir été là pour le coup.

J'embrasse son menton.

— Je suis certain que tu as passé tes cinq jours ici, lance Jesse.

— Peut-être, je réponds en souriant. C'est plus fort que moi, on dirait que l'endroit m'appelle. Encore une fois, je ne pourrai jamais te remercier assez pour ça.

— Non, pas de remerciements.

Il se détache du mur, crochète ses doigts aux miens et m'entraîne en silence vers la piste *indoor*. Tout est resté en l'état. Les vieilles combinaisons sont toujours suspendues sur les portants, elles ont pris la poussière, les casques également. Tout comme les outils qui traînent là où je passais mon temps à briquer les karts. Rangés le long des pistes ils sont encore là. Il faudrait une remise à neuf pour lui rendre un nouvel éclat, mais j'aime toujours autant cet endroit et je suis certaine qu'il marcherait encore.

— C'est ici qu'on s'est embrassés la première fois, dit-il en brisant le silence.

Je rougis car je m'en souviens comme si c'était hier. C'était mon premier baiser.

— Et c'est sur cette piste que je t'ai battu à plate couture aussi...

— Qui te dit que je ne te laissais pas gagner ? grogne-t-il.

— Ton regard, Jesse. Ton regard qui me faisait comprendre que tu pensais : « putain, elle ne rigole pas cette fille-là ». Quand on voit le pilote émérite que tu es devenu, c'est un honneur d'avoir pu être ton adversaire.

À la façon dont il m'embrasse soudain, je devine que mes mots lui plaisent et le flattent peut-être aussi un peu. Quand il s'éloigne, je halète légèrement.

— Tu me ferais l'honneur de faire une course contre moi, ici et maintenant ? demande-t-il.

Je hoche la tête, la joie au cœur.

— Tu me laisseras gagner ?

— Si je le faisais, tu m'en voudrais.

Il me connaît trop bien.

Je l'observe tandis qu'il s'avance, silencieux, le sourire aux lèvres. Il me semble plus apaisé et plus beau que jamais, comme si, tout comme moi, il appréciait ces moments entre nous. Je le laisse faire. Les sentiments qui m'envahissent me rendent heureuse. Il y avait longtemps que je n'avais pas ressenti un tel apaisement. Le bruit du moteur me sort de mes pensées et me file les larmes aux yeux. Quand il se redresse, j'ai l'impression de voir ce garçon de dix-sept ans, celui dont j'étais amoureuse.

Il a ce même sourire aux coins des lèvres, il a toujours cette insouciance et ce pouvoir de faire battre mon cœur.

Nous installons les karts sur la ligne de départ. Je connais encore chaque virage et chaque ligne droite ; je sais que lui aussi. Nous démarrons en même temps, et bien que les kartings soient vieux et encrassés, ils filent sur la piste. Je crois que je pleure et que je ris en même temps. De bonheur. C'est incroyable comme un moment aussi banal que celui-ci peut me faire aimer la vie. Je double Jesse dans un virage dont ils ne se souvenait visiblement plus. Je n'ai plus les réflexes que j'avais avant, contrairement à lui, mais je ne me débrouille pas trop mal.

Chapitre 33

Ava

Il est presque minuit ici à Los Angeles quand l'avion atterrit sur le tarmac de l'aéroport. Les jours que nous venons de passer à Monaco pour la dernière course de Jesse étaient tout aussi exaltants que les autres, mais il y a quelque chose en plus là-bas, qui rend l'ambiance plus magique encore. La principauté est magnifique et le cadre vraiment incroyable. Il s'est illustré encore un fois confirmant à tout le monde les raisons pour lesquelles on le dit si doué dans son domaine. Cependant le vol de retour a duré presque douze heures, et je suis crevée.

Tout ce que je veux, c'est me prélasser dans un lit et dormir comme un bébé pendant les prochaines vingt-quatre heures.

Main dans la main, Jesse et moi marchons sur le tarmac pour rejoindre l'intérieur de l'aéroport. Je l'écoute me parler de la semaine chargée qui l'attend. C'est curieux d'évoluer avec lui sans avoir de *deal* entre nous. Maintenant, je peux juste être moi et faire ce que je veux, tout comme lui. Je ne suis plus une pièce en plus...

— Tu as réfléchis à ma proposition ?

Il me tire de mes pensées. Il m'a proposé d'investir dans le centre de karting et de m'aider à monter un business plan pour qu'on le remette sur pied. Ce qui me fait sourire, c'est qu'il semble aussi motivé que moi dans ce projet, sans pour autant imposer ses volontés. Il est juste là en soutien, et ça me rend simplement heureuse.

— Toute aide sera la bienvenue, je dis en souriant.

Jesse lâche ma main pour passer un bras autour de mon épaule et m'attirer contre son torse.

— Je veux juste qu'il redevienne comme avant. Je veux voir les pistes pleines, briquer les karts...

Il y a quelques jours, ma banque m'a appelée. Mon banquier soudain devenu mielleux voulait savoir si le virement que j'avais reçu était un bug ou pas. Jesse m'avait dit qu'il me transférerait la somme dont nous avions convenue après avoir scellé notre *deal*, mais comme il avait racheté le club pour moi, je n'y croyais pas vraiment... toute cette somme d'un seul coup lorsqu'on est habitué à bien moins, c'est troublant. Cet argent n'est pas le mien mais, pour lui, c'est tout comme. J'ai râlé peut-être plus pour la forme qu'autre chose, parce que je savais qu'il n'accepterait jamais que je le rembourse. Même s'il ne me dit rien, et même si ça me gêne, il ne me laissera plus dans la misère que j'ai connue.

— Avec l'argent que tu m'as donné...

— Que tu as gagné en bossant pour moi, me coupe-t-il.

— Donc avec cet argent, je pense que j'ai largement les moyens de rénover tout ça.

Il hoche la tête.

— N'oublie pas que si tu as besoin de conseils, j'ai mon avocat à disposition et Zayn aussi... il a de très bons contacts.

C'est moi qui acquiesce cette fois. Je crois à la réincarnation, ou du moins au fait qu'il y ait quelque chose après la mort, j'en ai la certitude, c'est pourquoi je suis persuadée que mon père veille sur moi. Et je suis certaine également qu'il est heureux pour nous, pour moi. Il a fait ce qu'il a fait et, s'il avait été encore en vie, je lui en aurais voulu, mais il n'est plus de ce monde. J'aurai toujours un doute sur ses véritables intentions, mais je me souviens de cette phrase soufflée contre mon front alors que j'étais à moitié endormie, et je me dis qu'il a peut-être fait ça pour nous. La question de savoir si ça aurait été aussi intense que maintenant entre nous s'il n'y avait pas eu toutes ces années d'absence me travaille beaucoup.

— Pas trop fatiguée ? demande Jesse.

— Si, je vais probablement dormir pendant vingt-quatre heures.

— On va se dépêcher d'aller récupérer nos bagages. Mon chauffeur doit nous attendre devant normalement. On sera vite à la maison.

Même si je sais que c'est réel entre nous, même si je sais que nous avons officiellement mis des mots sur notre histoire à savoir plus de faux couple, c'est encore un peu bizarre pour moi. Pas nous, pas lui, parce que ça me semble si logique, mais plutôt sa vie, son train de vie et accessoirement combien il pèse. Mais j'imagine qu'avec le temps je finirai par m'y habituer.

— T'es en train de m'habituer au confort, Jesse Størm, ce n'est pas bon.

— Va falloir t'y faire Ava-*da Kedavra*.

Il m'embrasse sur le front, et ça me fout le cœur en vrac. Ses cheveux sont détachés aujourd'hui, et j'adore ça. On continue d'avancer, jusqu'au sas où l'on peut récupérer les bagages, mais j'ai l'impression qu'il y a un monde dingue.

Soudain tout bascule.

— Il est là !

— Størm est arrivé !

— Jesse ! Ava !! Une déclaration ?

En une seconde à peine, on se retrouve cernés par des centaines de journalistes. Les flashs de leurs appareils photo crépitent par dizaine sans discontinuer et nous bousillent les yeux. Je ne comprends pas, et Jesse à mon côté semble aussi paumé de moi. Surprise par cette vague humaine, je me serre contre lui. Mon cœur bat très fort contre mes côtes, je ne sais pas ce qu'il se passe, mais je n'aime pas cet effet de masse aussi brutal. Depuis qu'on a commencé à se voir, nous n'avions jamais été acculé de la sorte. Jesse resserre sa prise sur ma main et me ramène contre lui, il essaye de se frayer un chemin dans la foule.

— Jesse Størm, est-ce vous avez une déclaration à faire ?

Il secoue la tête, interdit.

— Laissez-nous passer, putain de vautours.

Je sens la colère et l'agacement qui émanent de lui, mais les journalistes semblent s'en moquer royalement. Ils se rapprochent encore de nous, micros tendus ou alors téléphones portables ouverts sur des applications de microphones pour capter une déclaration sur je ne sais quoi.

— Une déclaration, Jesse, s'il vous plaît.

— Vos fans attendent la vérité.

Qu'est-ce qu'ils peuvent bien vouloir comme ça ? Ils ne sont certainement pas là pour parler de sa seconde place. Non, c'est autre chose qui les rend aussi excités et intrusifs.

— Jesse, les propos à votre encontre sont-ils vrais ?

— Vous comptez continuer à faire semblant ? lance un autre journaliste.

— Ava, qu'allez-vous faire maintenant ?

Ils se rapprochent tous tellement qu'on se fait bousculer. Jesse tente toujours de se frayer un chemin parmi la masse humaine qui nous barre la route. Mon cœur bat à un rythme effréné, il me fait mal. Je veux fuir ce monde.

— Jesse, une déclaration sur votre fausse relation avec Ava ? hurle un journaliste.

En entendant ces mots, je cesse de respirer, et les larmes inondent mes joues sans même que je ne les sente arriver. Cette fois des centaines de flashs immortalisent nos réactions à chaud. Tandis que j'ai l'air au fond du trou, Jesse semble être prêt à trucider toutes les personnes qui nous importunent à l'instant. Comment est-ce possible ? Comment…

— Rien à déclarer, gronde Jesse.

Je ne sais pas par quel prodige, il arrive à nous extirper de ce cortège malveillant. On court vers son chauffeur et on se jette dans la voiture qui démarre en trombe. Je tremble tellement que je ne parviens pas à boucler ma ceinture. Dans un cri de frustration, je tire dessus, mais elle se bloque. Jesse passe alors au-dessus de moi et me la prend des mains.

— Calme-toi, dit-il d'une voix apaisante.

Nos regards se croisent. Je ne comprends pas bien les sentiments qui l'animent, on dirait qu'il est en proie à de nombreuses émotions.

— Calme-toi, on est loin de la foule pour l'instant.

— Nos bagages ?

— Je m'en occuperai plus tard, il y avait plus urgent que deux trois affaires.

Il m'embrasse sur le front et boucle ma ceinture sans problème. Puis il s'assied à son tour. Comment peut-il être si serein ?

— Il y a des journalistes également devant chez vous, monsieur. Mais nous avons établi un périmètre de sécurité pour que la voiture puisse entrer sans encombre. Si vous souhaitez vous rendre ailleurs, dites-le-moi.

— D'accord, merci Jamie. La maison, ce sera très bien.

Mon palpitant est toujours dans un état d'excitation que je n'explique pas. Les mots des journalistes résonnent dans ma tête, comme un tocsin infini. Ils savent, ils sont au courant pour nous. Alors il s'est passé quelque chose. Mes mains tremblent, et ma jambe s'agite nerveusement.

— Détends-toi, Ava, dit-il en posant une main sur mon genou.

Il me frictionne tendrement la jambe pour apaiser mes tremblements. Mais comment peut-il être si attentionné et doux alors que je suis terrifiée ? Je lève la tête vers lui. Il a son téléphone collé à l'oreille. Son visage est sévère, je crois que je ne l'avais jamais vu si sérieux. Même avant une course.

— Fait chier ! grogne-t-il.

Il n'est peut-être pas si apaisé finalement. Il s'active sur son téléphone et le remet à son oreille. Il cherche à joindre quelqu'un.

— C'est moi, il s'est passé quelque chose. Je ne comprends pas... rappelle-moi dès que tu as ce message, j'ai besoin de toi.

Son timbre de voix est sincère, il semble avoir réellement besoin de son interlocuteur. Et même si je crois savoir de qui il s'agit, je pose quand même la question.

— C'était qui ? je demande.

— Zayn.

Il ne dit rien de plus, alors je baisse les yeux sur sa main, toujours posée sur ma jambe. La voiture finit par ralentir. Les vitres à l'arrière sont teintées, heureusement, les journalistes ne peuvent pas nous voir. Le chauffeur de Jesse râle. Il n'arrive pas à avancer jusqu'au portail comme il le souhaite.

— Bon sang, ils me font chier ces rapaces, siffle-t-il.

Jesse reste silencieux.

Le chauffeur manœuvre prudemment et, après cinq bonnes minutes, la voiture finit par atteindre le portail et se garer dans l'allée. Nous en sortons, Jesse me fait entrer dans la maison. Dans l'allée, il parle avec son chauffeur, avant de me rejoindre.

— Merde, gueule-t-il soudain. Comment ça a pu...

On se regarde. Un peu en chien de faïence.

Je n'ai pas envie de me justifier, je n'ai pas envie de le dire, parce que ce n'est pas moi, et il le sait. Enfin, je veux au moins croire qu'il ne pense pas que c'est moi.

— Il n'y avait que nous qui étions au courant.

— Enfin presque que nous, je dis.

— Zayn savait, Julian également.

— Et Tilda, je souffle.

— Ce n'est pas Zayn, lance Jesse de but en blanc. Encore moins Julian.

— Alors c'est Tilda, c'est ça ?

On se regarde comme deux bêtes curieuses. On ne s'accuse pas, mais on accuse nos entourages. Dans tous les cas, nous sommes l'un contre l'autre. Jamais Tilda ne ferait une chose pareille, jamais elle ne me trahirait de la sorte. Pour quoi faire ? Mes mains tremblent à nouveau. La colère, la peur, le doute me lèchent la peau. Comment la vie a-t-elle pu prendre cette tournure ? Pourquoi faut-il que les choses évoluent ainsi alors qu'on était si bien ?

— Ce n'est pas Zayn, c'est mon meilleur ami.

— Pas plus que Tilda. De quel droit tu l'accuses avec autant de certitude ?

— Zayn n'a rien à gagner à me trahir de la sorte. Parce qu'il perdrait son boulot, notre amitié et sa réputation...

— Alors tu...

Je m'interromps quand Zayn débarque en trombe dans le salon. Il a l'air éreinté et ravagé. Colère et inquiétude se mêlent sur son visage. Je ne sais pas trop quoi penser de sa présence. Il est vrai que Jesse l'a appelé en lui disant qu'il avait besoin de lui. Déjà dans la voiture il était certain que ce n'était pas lui qui avait fait fuiter ces informations.

— Vous allez bien ? demande-t-il.

Il se précipite vers Jesse, et ils se serrent mutuellement dans les bras. C'est bizarre, mais cette accolade me donne des frissons, elle me fait me sentir bien seule.

— Je suis venu dès que j'ai vu ton message, ajoute-t-il.

Jesse hoche la tête. Moi, je me contente d'inspirer et d'expirer calmement pour tenter de calmer mes nerfs.

— Bon, apparemment, l'histoire de votre relation a fuité dans la presse et, bien sûr, ça va faire la une de tous les tabloïds. On ne peut rien faire pour stopper l'engrenage pour l'instant. Ava, est-ce que tu aurais parlé à quelqu'un, n'importe qui autour de nous ou de toi ?

— Non, je siffle.

— Pas la peine de me répondre sur ce ton, réplique-t-il.

— Ne m'accuse pas alors. Ça pourrait très bien être toi.

— Quelle raison j'aurais de trahir mon meilleur ami et mon employeur ?

— Parce que, moi, j'en aurais ? Je le connaissais bien avant toi.

— Disons que ta situation financière n'est pas très brillante, tu aurais pu revendre ça au plus offrants histoire de t'assurer encore plus d'argent.

Avant même que je ne l'atteigne pour le gifler, Jesse repousse brusquement Zayn.

— Non, pas de ça, éructe-t-il. Tu ne l'accuses pas et plus jamais tu lui parles comme ça. Compris ?

Les deux amis se regardent hargneusement, mais Zayn hoche la tête. Bien que Jesse vienne de me défendre, je me sens quand même très mal. Peut-être parce que Zayn a vidé son sac et dit le fond de sa pensée sur moi.

Je ne devrais pas regarder mon téléphone portable, mais je le fais quand même. Tilda est férue des réseaux sociaux, alors elle a forcément vu ce qui se passe. Sauf que je n'ai pas la moindre notification d'elle.

— Je sais que tu n'as rien fait, mais ton amie était au courant pour nous...

Jesse tente de me prendre la main, mais je l'esquive et recule d'un pas.

— Jamais elle n'aurait fait ça. Ça fait six ans qu'on est amies..., je le coupe. Pourquoi aurait-elle fait ça ?

— L'argent, lance Zayn.

Je le déteste de s'immiscer dans notre conversation.

— Il a raison, approuve Jesse. Ça pourrait être de la jalousie aussi.

Je secoue la tête.

— Les raisons qui auraient pu la pousser à faire ça sont nombreuses, renchérit Zayn. Je ne connais pas votre amitié, mais elle pourrait être jalouse de voir que ta relation avec Jesse a évolué. Peut-être une peur de l'abandon. Toi tu t'extrais d'une situation financière pas très cool et elle, elle reste au même endroit sans vraiment évoluer.

— Tu as raison, tu ne connais pas notre relation.

— Ava...

Les journalistes ont beau ne plus nous entourer, j'ai l'impression d'être acculée. J'ai la sensation qu'ils sont deux contre moi. Je me sens oppressée et terriblement seule. Pourquoi faudrait-il que ce soit la faute de Tilda et donc la mienne ?

— Allume ta télé, lance alors Zayn. Je vois Chromecast sur l'écran de mon portable.

Jusqu'à présent ni Jesse ni moi n'avions été fouiller sur Internet pour chercher des informations. Si je me fie au petit regard qu'il me lance, il semble fier de ce qu'il vient de trouver. Je sens des frissons glisser le long de mon échine. Après quelques secondes, l'écran s'illumine sur le site Internet que Zayn a trouvé sur son téléphone. Le titre en gros plan est saisissant :

« BREAKING NEWS : JESSE STØRM ET SON FAKE DATING

Jesse Størm (aka le pilote Serial Fucker) est de nouveau pris dans la tempête. Le jeune homme de 26 ans semble être tombé bien bas cette fois. Alors que tout paraissait se dérouler sereinement entre lui et Ava, sa récente compagne, on apprend qu'il s'agirait en fait d'une mascarade. Si les deux faux tourtereaux semblaient amoureux pour les caméras, la réalité serait tout autre. D'après nos informations, deux solutions s'imposaient au pilote de Formule 1 : faire une cure de désintoxication sexuelle ou prendre une fausse petite amie pour lisser son image aux yeux de la presse à scandale mais également à ceux de son écurie et de ses sponsors qui ne supportaient plus ses scandales dans la presse. On rappelle que le dernier en date montrait Jesse en train ou sur le point de pratiquer un acte sexuel avec une femme dans une de ses nombreuses voitures. Pour éviter la cure, Jesse Størm aurait alors fait appel à une femme qu'il aurait grassement payée pour qu'elle joue le rôle de sa petite amie.

La source qui aurait divulgué ces informations aurait tenue à rester secrète pour le moment. Elle aurait dit au journaliste avec qui elle a été en contact qu'elle révèlerait son identité au plus offrant et qu'elle en dévoilerait davantage alors. Notre source anonyme a étayé ses révélations de preuves. Dans les images qui vont suivre, on trouve de nombreuses conversations entre Ava, la fausse petite amie de Jesse Størm, et une tierce personne. On y trouve aussi des photos des hôtels où Ava a résidé et des nombreux vêtements offerts par Jesse Størm. La source serait aussi en possession d'enregistrements vocaux sur cette affaire. Une chose est sûre, tout le monde attend les premières déclarations de Jesse et d'Ava sur cette histoire qui entache une nouvelle fois la réputation de Jesse Størm. »

— Il y a d'autres sites de ce genre. Mais globalement ils relatent tous la même information et les sites relayent les mêmes captures d'écran merdiques de tes conversations avec ta copine.

Je sens leur regard sur moi tandis que Zayn continue de faire défiler les preuves. Je me décompose. Tout ça, je l'ai envoyé à Tilda. C'est ma vie privée qui se retrouve étalée au grand jour. D'accord, cette conversation met complètement à mal la réputation de Jesse, mais c'était censé rester entre Tilda et moi.

Je déteste qu'il puisse voir tout ça.

Je déteste que la terre entière puisse voir tout ça.

Même si Jesse avait parfaitement conscience que j'étais en colère contre lui au début de notre relation, je n'avais pas envie qu'il tombe là-dessus.

— Tu penses toujours que ce n'est pas ta copine qui a cafté à la presse ? siffle Zayn.

Oui, je le pense toujours.

Parce que si c'est elle, ça veut dire que je n'ai plus d'amie. La seule personne à qui j'ai donné ma confiance pendant ces dernières années n'aurait pas hésité à me vendre pour de l'argent sans se soucier une seule seconde de moi ?

— Mon téléphone a dû être piraté, c'est arrivé à de nombreuses stars.

— Bon sang, Ava, rugit Jesse. Ouvre les yeux. T'es pas Rihanna ni Miley Cyrus, t'es juste une meuf lambda alors qui aurait eu l'idée d'aller pirater ton foutu téléphone ?

Je pleure souvent sous le coup de l'émotion. Qu'elle soit heureuse ou triste. Je sens que mes yeux picotent, et les larmes commencent à couler sur mes joues. Les mots de Jesse sont durs, ils me font encore plus mal quand c'est lui. Parce que je l'aime et que je n'aurais jamais rien fait pour lui nuire. Et pourtant, pourtant... il a toutes les raisons de croire que ce n'est pas son meilleur ami mais bien la mienne qui nous a trahi.

— Ava, c'est évident que c'est Tilda.

Je souffle.

J'ai l'impression d'étouffer.

Je ressens le besoin de partir loin d'ici, de m'oxygéner. Je tourne sur moi-même comme une folle et je repère le vide-poche posé sur le petit meuble de l'entrée.

— Ava ?

— Faut que je sorte.

— Tu ne vas nulle part, gronde-t-il.

— Tu ne peux pas m'empêcher de partir.

— Ava...

Sa voix est semblable à un rugissement.

— J'ai besoin de sortir d'ici, tu comprends ? J'ai... vous êtes deux contre moi, et j'ai été trahie et...

— Moi aussi j'ai été trahi. Tu n'es pas la seule, alors arrête !

— Ce n'est pas pareil, toi tu...

J'ouvre la porte.

L'air plus frais à l'extérieur me fait du bien. Jesse me suit.

— Rentre, remets-les clés à leur place. Tu ne peux pas partir.

— Et pourquoi ?

— Parce que je ne veux pas, parce que je n'en ai pas envie... Parce qu'il y a une floppée de journalistes devant la maison et qu'ils peuvent te mettre en danger, parce qu'ils n'auront aucune pitié pour toi même si tu craques... au contraire ils en profiteront, car ça fait vendre. Choisis la raison que tu veux, je m'en branle, mais tu ne pars pas.

— Tu n'as pas d'ordres à me donner, Jesse.

— Il ne s'agit pas que de toi, gronde-t-il en attrapant mon poignet. J'ai fait venir cette foutue garce chez moi, elle connaît mon adresse, ma maison. Qu'est-ce qui te dit qu'elle n'a pas pris des photos, mis des caméras et qu'elle ne s'en resservira pas ? Tu veux partir pour ton petit confort, mais cette putain d'histoire va bien au-delà de ton mal-être bordel.

— Je...

— Je te faisais confiance et, comme tu semblais heureuse avec cette femme que je ne connaissais pas, je lui ai fait confiance pour te faire plaisir. Il ne s'agit pas seulement d'une trahison entre amies, Ava. Ça va bien au-delà de ça.

Je secoue la tête. Je me débats, mais il maintient sa prise.

— Il en va de ma réputation. Moi, j'ai tout à perdre, mes contrats, mes sponsors, mon écurie, mon putain de métier.

Il y a de la douleur dans sa voix, parce que, la Formule 1, c'est littéralement toute sa vie.

— Je sais que tu en souffres aussi à l'instant mais, Ava, c'est mon avenir qui est sur le point de basculer à cause de cette salope. Essaye de me comprendre. Je ne veux pas que tu partes parce qu'on doit penser à la suite, à ce qu'on va dire, à ce qu'on va faire, à comment on va le faire. On a décidé d'être ensemble toi et moi, on doit réagir comme un tout. Et pas en solo.

Je réprime un sanglot.

— Je dois aller la voir. Je dois savoir pourquoi elle m'a fait ça... parce que, comme tu dis, je n'avais rien. Rien à part une amie. Alors j'ai besoin de savoir pourquoi ce rien m'a trahie.

Jesse me libère. Peut-être voit-il que je ne reculerai devant rien pour avoir cette conversation avec Tilda. Je monte dans sa voiture, mais il pose son bras de sorte à ce que je ne puisse pas fermer la portière.

— Dis-lui que je vais la ruiner, la mettre sur la paille. Dis-lui que l'avocat qui va plaider cette affaire gagnera plus en travaillant pour moi qu'elle en ayant vendu notre histoire à la presse. Quand on en aura fini avec elle, il ne lui restera plus rien. Je n'aurai pas le moindre scrupule.

Je ne l'avais jamais vu aussi haineux, jamais si en colère. Mais je comprends. Je le comprends. Ses mots sont lourds de sens, mais il les pense sincèrement. Si elle a vraiment fait ça, alors elle aura fait la plus grande erreur de sa vie. Je le connais assez pour le savoir, il faut croire qu'elle ne s'en doutait pas ;

Une part de mon esprit se refuse à le croire, pourtant il y a des choses qui se dessinent et deviennent évidente. Elle a parlé du karting de mon père et elle voulait que je rentre avec elle... Ses allusions constantes à l'argent dans nos dernières conversations et le fait qu'elle laisserait tomber le stylisme pour se caser avec un vieux si ça lui assurait la sérénité financière...

J'ignore de quoi parlait cette source quand elle parlait d'enregistrement vocaux, mais si c'est Tilda, je peux au moins essayer de les récupérer. Pour ne pas qu'elle lui nuise davantage. Je le regarde et j'ai honte. Honte de ces messages qu'il a lus, honte du *bad buzz* autour de lui alors que ce n'est pas si grave... finalement. Parce que ça ressemble un peu à un scénario de film romantique. Sauf que ce n'est pas vraiment romantique ce soir.

— Je lui dirai.

Chapitre 34

Ava

J'avais oublié à quel point mon appartement était triste et petit... pourtant à revoir mon modeste mobilier, mes objets de décorations, je ressens comme une pointe de nostalgie. Je ne me rendais pas compte, en vivant dedans que j'avais quand même réussi à créer un espace confortable. J'ai galéré toutes ces années mais, quelque part, j'avais un coin à moi. Pour ne pas perdre totalement le karting de mon père, j'aurais choisi ce même chemin cent fois. Je me rends compte qu'auprès de Jesse, j'ai pris l'habitude d'apprécier les jolies choses, les grands espaces... J'en ai un peu honte quand même. Après tout, je savais que j'allais revenir ici, même si j'étais loin de m'imaginer dans quelles circonstances. Mais comment ne pas profiter d'une vie aisée quand on a connu pas mal de misères ?

Je retiens un sanglot quand je vois sur les murs de mon salon, les photos de Tilda et moi. Je suis tiraillée entre la tristesse et l'incompréhension. Étonnamment, je ne me sens pas en colère, pas encore. Plus de vingt-quatre heures se sont écoulées depuis que nous avons appris la fuite de notre fausse histoire dans la presse et, bizarrement, je n'ai pas eu la moindre nouvelle de Tilda.

Pas de sons, pas d'images.

Absolument rien.

Et ça ne fait que la rendre plus coupable encore. J'ai beau vouloir la disculper ou plutôt espérer qu'elle n'a pas fait ça, plus les heures passent et moins je crois en elle. J'essaye de me souvenir de ce que j'ai fait de mal. D'un moment en particulier, que ce soit par messages ou alors par téléphone… J'essaye de me remémorer un mot, ou une phrase que j'aurais dite et qui l'aurait vexée. Mais je n'y parviens pas.

Argent, jalousie.

Les accusations de Zayn ne me semblent plus si grotesques quand on y pense. Mais rien n'excusera jamais ce qu'elle m'a fait. Peu importe ses explications. Si elle avait eu le moindre problème, j'aurais accouru, même s'il s'était agi d'argent.

Je n'ai pas eu de nouvelles non plus de Jesse… comme j'ai été incapable de dormir cette nuit, j'ai regardé de nombreuses fois mon téléphone. J'ai lu des tonnes d'articles parus sur notre histoire. Entre *putaclics*, titres racoleurs et articles douteux, cette histoire fait des vagues, c'est certain. J'ignore comment Zayn et Jesse vont calmer les choses, mais j'espère sincèrement qu'ils y arriveront. Je n'ai jamais voulu que sa carrière soit impactée d'une quelconque manière, par ma faute en plus.

Tilda n'était pas chez elle hier.

Je n'ai pas insisté.

Mais je me la suis jouée Jesse Størm, je suis allée voir mon propriétaire. J'ai tambouriné comme une folle à sa porte et j'ai agité un billet de cent dollars devant son nez en lui demandant si elle vivait toujours ici. Il m'a répondu que oui. J'attends qu'elle rentre pour lui sauter dessus.

Je m'assieds sur mon fauteuil.

J'avais tellement envie de fuir que je n'ai rien emporté avec moi, excepté mon sac à main. Affublé d'une casquette et d'un sweat noir que j'ai acheté dans une des boutiques de l'aéroport, j'ai pris l'avion puis un taxi pour me réfugier ici.

Soudain, j'ai un sursaut.

J'ai oublié mon chien.

J'ai laissé mon chien à Los Angeles.

Je ne doute pas un seul instant que Jesse prendra soin de lui, mais comment j'ai pu abandonner mon bébé à des milliers de kilomètres de moi ?

J'attends à la fenêtre de mon appartement. Je guette comme une voyeuse le retour de Tilda. Je suis allée m'acheter un café, ainsi que deux trois choses à grignoter. Je n'avais absolument pas prévu qu'il y aurait des journalistes en bas de chez moi, ni que certains me suivraient dans la rue. Je me suis sentie complétement perdue. Ils m'ont posé de nombreuses questions concernant Jesse et sur notre relation, mais je n'ai pas répondu. J'ignore quand cela va cesser, mais j'espère que ce sera rapide.

Un taxi ralentit devant l'immeuble, Tilda en descend, les bras chargés de sacs. J'inspire profondément, et je sors dans le couloir. Quand son regard croise le mien, elle ne feint même pas l'étonnement ni d'être heureuse de me voir. Je ne sais pas trop ce que je ressens...

— La délation, ça paye bien à ce que je vois, je raille.

Elle me toise et esquisse un sourire de garce.

— Assez, en effet.

Son ton est sec, désagréable. Comme si tout ce temps, elle avait dissimulé sa véritable personnalité. J'ai toujours du mal à croire qu'elle ait changé comme ça du jour au lendemain.

— Tu ne fais même pas semblant d'être innocente ?

— Honnêtement, j'ai la flemme.

Je la détaille de pied en cap.

— T'as pas idée comme tu fais cliché avec tes sacs et les fringues de luxe que tu viens d'acheter.

Elle me lance un regard furieux alors que j'esquisse le même genre de sourire qu'elle avait encore il y a quelques secondes.

— Je t'emmerde, Ava. J'ai aucun compte à te rendre.

— Tu crois ça ?

Elle passe devant moi, en ignorant mes mots, comme si je n'avais jamais rien été pour elle. Qu'est-ce qu'elle a fait de nos soirées télé, de nos longues conversations sur la vie, les mecs ? A-t-elle oublié que nous nous réconfortions l'une l'autre quand nous étions tristes ? Et nos rêves de partir en voyage ensemble au soleil ? Si elle s'en fout, moi ça me touche, mais fini d'être gentille. Fini Ava la pauvre petite chose qui se lamente sur sa vie, qui se laisse marcher dessus, qui n'a pas confiance en elle. Non, cette Ava est morte. Aussi quand je lui arrache ses sacs des mains et que je les laisse tomber sur le sol, elle est à la fois furieuse et étonnée.

— Pour qui tu te prends ? siffle-t-elle.

— Tu ne me tournes pas le dos et tu ne me parles pas sur ce ton, non plus.

— Tu t'es trouvé une personnalité ma parole. Tu crois que t'es quelqu'un parce que t'as baisé avec ton pilote ?

Bon sang, ses mots me font un mal de chien.

— Quand il se sera lassé de toi, ajoute-t-elle avec un regard dédaigneux, il retournera faire mumuse avec des minettes beaucoup plus jeunes.

Plus elle parle et plus j'ai l'impression de faire face à une étrangère. J'avais espéré qu'il y ait une raison à cette trahison, même si ça aurait été difficile voire impossible de lui pardonner, mais je commence à croire qu'il n'y avait pas vraiment de cause en fin de compte. Je crois simplement qu'elle a saisi une opportunité et que je ne comptais pas assez pour elle. Pas plus que l'argent, les fringues…

— Et, toi, t'as enfin ôté ton masque pour révéler ta vraie personnalité ? Qu'est-ce qui t'a pris ? Pourquoi tu as fait ça ?

— L'argent, répond-elle, cash. T'as pas idée de combien ça m'a rapporté de vendre cette petite histoire entre Jesse et toi. Je n'ai même pas hésité deux secondes avant de tout déballer. Peu importe que tu m'en veuilles.

Elle n'a aucun scrupule.

— Je ne comptais pas pour toi ? Pas du tout ?

— Honnêtement ?

Elle a un rictus en me regardant.

— Tant que tu étais une pauvre chose endettée et miséreuse, tu étais bien, avoue Tilda. À côté de toi, j'avais l'impression d'être intéressante et puis… t'es venue te la raconter avec cette histoire de *deal* avec Størm. Tu as voulu m'offrir une formation comme si je faisais pitié, sans parler des fringues que tu me donnais parce que tu n'en voulais plus. Alors que toi tu te tapais la belle vie. Alors quand j'ai pu saisir l'occasion de tirer avantage de cette histoire merdique avec ton pilote, j'ai sauté sur l'occasion.

Il va peut-être tout perdre, elle se moque complètement des conséquences. Elle n'a pensé qu'à elle, et elle se fout de ce qu'elle détruit autour d'elle. Je vois dans son regard, dans sa voix, qu'elle n'éprouve pas de remords. Le sentiment qui s'imprime en moi me donne un regain de vindicte. Pour qui elle se prend cette garce ?

— À aucun moment t'as pensé qu'il ne voudrait plus de moi. Qu'il n'aurait plus confiance en moi ? T'es une foutue garce avide de fric à ce point ?

— Il faut croire.

Son sourire me donne envie de le lui arracher, mais je ne veux surtout pas lui faire du mal. Pas parce que je n'ai pas envie – car j'en ai très envie – mais parce que je ne veux pas que ça se retourne contre Jesse d'une quelconque manière. Maintenant que je sais de quoi elle est capable, j'imagine qu'elle pourrait aller crier aux journalistes que je l'ai agressée, que je suis folle, et l'image de Jesse serait plus salie encore. Quand je pense que j'ai emmené cette fille chez lui…

— Il va peut-être tout perdre, son écurie, ses sponsors, son job et toi tu t'en fous ? Son nom est sali dans la presse, on ne parle que de ce faux couple, on nous insulte et, toi, tu t'en fous ?

— Qu'est-ce que tu veux que ça me fasse ? Je n'ai rien fait d'illégal que je sache.

Elle se penche alors pour ramasser ses sacs.

— Je crois qu'on n'a plus rien à se dire… si tu veux, il y a des journalistes qui attendent une interview de la pute de Jesse Størm. Je leur ai dit que tu étais là…

Elle rit comme une hystérique.

Elle a dû voir sur les réseaux sociaux que j'étais dans le coin.

— Profite de ta vie, Tilda. Profite de tout ça, je t'assure que lorsqu'il enverra son avocat s'occuper de toi, il ne te restera plus rien.

Son visage reste impassible, mais j'espère qu'elle tremble intérieurement.

Chapitre 35

Jesse

Quatre jours depuis la fuite dans les médias.

Quatre jours qu'elle est partie.

Quatre jours que je vis en apnée.

Mon histoire avec Ava fait le tour des médias, j'ignore pourquoi les gens peuvent s'intéresser à ce point à ma vie, mais il ne se passe pas une seule journée sans qu'un article ne sorte. Tout le monde parle de ce faux couple, personne ne sait qu'à la fin nous en étions vraiment un. Personne ne s'imagine que j'étais amoureux d'elle quand je n'étais encore qu'un gamin et que visiblement, je n'ai jamais cessé de l'aimer tout ce temps.

— Tu m'écoutes ? râle Zayn.

— Non.

— Fais au moins semblant de te préoccuper de la situation.

— Ferme ta gueule ! je grogne. Je me préoccupe de la situation, et je me préoccupe en même temps d'Ava.

— Je sais qu'elle te manque mais...

— Zayn, si je ne me souciais pas de mon image, de la Formule 1, je serais déjà parti la retrouver.

— Si elle n'est pas revenue, c'est peut-être qu'elle est coupable. Peut-être qu'elle a fait le coup avec sa copine.

— Je t'adore, mais parfois j'ai envie de te foutre mon poing dans la gueule.

Il soupire. Il sait que j'en serais capable. Je ne supporte pas qu'il l'insulte de la sorte. Je sais qu'elle n'a rien fait, je sais également que la situation ne doit pas être facile pour elle.

— Bon, j'ai repéré du positif cette nuit.

— Quoi donc ?

Je me penche sur l'îlot central de ma cuisine en buvant une gorgée de café.

— Certains articles voient cette histoire comme une romance digne d'un film. Et de nombreux commentaires sur les réseaux sociaux partent dans ce sens. Ils parlent d'une histoire à la *Pretty Woman*. D'un *Fake Dating* 2.0. Certaines photos récentes d'elle dans la rue montrent qu'elle semble triste. Alors il y a des spéculations sur le fait que vous étiez amoureux...

— Montre-moi ça.

Je parcours rapidement les articles sur la tablette de Zayn. Effectivement, il a raison. Je ne sais pas trop quoi en penser. Je me fous généralement de ce que les gens pensent de moi et de mes frasques. L'avis de mon écurie et de Zayn a toujours été celui qui comptait le plus pour moi.

— Les journalistes la suivent encore, annonce Zayn. Il y a plusieurs clichés d'elle sur les réseaux sociaux qui datent d'aujourd'hui. Où qu'elle aille, ils la traquent.

— Je ne pensais pas qu'ils seraient assez vicieux pour l'emmerder elle, alors qu'elle était inconnue avant que j'en fasse ma fausse copine.

— Tu l'as fait sortir de l'ombre. Et cette histoire affole littéralement les foules. Ça fait quatre jours, les gens souhaitent désespérément que l'un de vous deux prennent la parole. Ils veulent autant ta version des faits que la sienne. D'autant que les *screens* des conversations viennent de ses messages à elle.

— Je...

J'ignore comment elle se sent. Elle ne répond pas à mes

appels. Mais tous ces journalistes qui la suivent, l'espionnent et prennent des photos d'elles... tout ça doit lui faire peur.

— Je vais envoyer Owen la surveiller. Je veux qu'il veille sur elle.

— OK, je le préviens.

Zayn pianote sur son téléphone.

— Il partira avec son chien, j'imagine qu'il doit lui manquer. Je veux qu'il soit auprès d'elle en fin d'après-midi ou ce soir au plus tard.

— Et si elle ne veut pas de lui ?

— Alors il la surveille de loin, mais je veux qu'il garde un œil sur elle dans chacun de ses déplacements.

Tandis que Zayn colle son téléphone à son oreille, je me penche pour caresser Patmol. Elle lui manque aussi. Une part de moi espère qu'elle est partie en le laissant ici car elle voulait revenir, mais cela n'est pas le cas pour le moment. Je ne peux pas croire qu'elle ne m'aime pas, parce que ses regards, ses sourires ne trompaient pas. Ni notre officialisation d'ailleurs.

— C'est fait, dit Zayn. Il arrive d'ici une trentaine de minutes pour prendre ses ordres.

— Rappelle-moi quand on doit donner cette interview ?

— Dans deux jours.

— Aujourd'hui, je veux la faire aujourd'hui, au plus tard demain matin.

Mon ton semble assez percutant car Zayn ne trouve rien à dire.

Je ne suis pas à l'aise en dehors des interviews ou conférences sportives. Je pense toujours que ma vie privée ne regarde personne d'autre que moi, même si, je le sais, je suis une personnalité publique.

Mais cette interview est importante. La plus importante.

J'en ai longuement parlé avec Zayn et Julian, et nous avons convenu que parler sincèrement de cette histoire avec Ava au public était la meilleure chose à faire. Les conversations entre Ava et Tilda ayant été balancées sur le Net, nous n'avions pas la possibilité de dire que tout ceci n'était qu'un mensonge pour nous faire rompre. De toute façon, je n'aurais pas assumé ce mensonge, et puis la vérité aurait très bien pu éclater au grand jour aussi. Bien sûr, Julian n'était pas très content, je dirais même qu'il était fou de rage, mais j'ai la chance dans mon malheur d'avoir un boss compréhensif. Quand il a vu mon état, il ne m'a jamais râlé dessus. Dario m'a pas mal soutenu aussi, faisant bloc à chaque fois qu'on lui parlait de moi. Mes résultats étant pour le moins irréprochables en ce début de saison, il en a déduit que cette mascarade n'avait pas influé sur mes aptitudes. Et ils ont compris aussi que j'étais tombé amoureux d'Ava.

Assis dans un fauteuil en cuir noir, je me trouve à nouveau en face de Rita Parker, l'animatrice du plus gros *talk-show* du moment. Comme on lui a offert le scoop de ma première déclaration depuis le scandale, elle a accepté de changer son style d'émission ce soir. Pas de questions cash et décalées. Non, cette fois, on parle avec le cœur. Je suis prêt. Avec près de six millions de spectateurs par jour, je sais que cette interview à cœur ouvert sera écoutée, vue et partagée sur les réseaux sociaux.

Tout ce qui compte pour moi aujourd'hui, c'est de parler sincèrement, de dire la vérité et de faire comprendre à Tilda qu'elle n'a plus rien à balancer sur Ava et moi. Un peu à la *8 Miles*, quand Eminem balance son *flow* en se moquant de lui-même, il cloue son adversaire sur place. Je veux faire la même chose. En dévoilant tout, en disant toute la vérité, il n'y aura plus rien à dire. Tilda n'aura plus la moindre influence sur nous. Je ne l'ai pas encore attaquée, car je ne veux pas qu'elle se serve d'Ava. Je n'ai pas envie qu'elle balance des informations privées sur elles. Elles ont été amies pendant des années, et elle sait des détails intimes sur elle. J'ai besoin de l'aval d'Ava pour le faire, j'ai besoin qu'elle soit près de moi. Mais lorsque je pourrai, je n'hésiterai pas une seconde.

— Jesse, je suis ravie de vous accueillir sur ce plateau.

— Merci à vous.

Je porte un pantalon de costume bleu marine avec un pull fin noir, mais j'ai l'impression d'étouffer. J'ai attaché mes cheveux comme Ava aime, en demi-chignon.

— Je ne vais pas y aller par quatre chemins, ce dernier scandale vous concernant affole absolument tout le monde tout comme moi. Je veux savoir. Est-ce vrai que vous étiez engagé dans une fausse relation avec Ava ?

Je prends une inspiration discrète :

— Oui, c'est vrai.

— Je ne peux pas croire qu'un homme aussi populaire et charmeur que vous ait recours à ce genre de manœuvre. Cette source anonyme qui a révélé cette histoire dit que c'était pour éviter de faire une cure de désintoxication sexuelle, c'est vrai aussi ?

— Ça l'est. J'ai vingt-six ans, j'ai de l'argent, je suis plutôt charmeur comme vous dites. J'aime la vie, alors je sors, je profite. Malheureusement je suis humain et j'oublie parfois que de nombreux journalistes observent tous mes faits et gestes. Il est vrai que j'ai de nombreuses conquêtes à mon actif mais, honnêtement, la cure de désintox était excessive selon moi. Alors l'idée de faire croire à la presse que j'étais amoureux m'a semblé meilleure puisque le but était d'améliorer mon image aux yeux de tous. À aucun moment, je n'ai imaginé que cette histoire fuiterait de la sorte.

— Vous avez été pris de court ?

— Je crois que les nombreux clichés des journalistes ce jour-là le prouve, je réponds. Les gens pensent connaître le fin mot de l'histoire mais il n'en est rien. Ils s'imaginent que j'ai fait appel à une *escort girl*, mais pas du tout. Ava est bien plus que cela pour moi. J'avais douze ans quand je l'ai connue.

— Ce n'est donc pas une inconnue ? C'était une amie de longue date.

— Plus qu'une amie, Ava était mon amour de jeunesse. J'avais dix-sept ans lorsque je suis tombé amoureux d'elle, elle en avait quinze.

— OMG, s'extasie Rita. C'est tellement beau. Jesse est-ce que vous avez renoué avec elle dans le but de retrouver cet amour perdu ?

— Je suis parti à dix-huit ans quand j'ai signé mon premier contrat, je n'avais pas envie que le monde de la Formule 1 ne l'engloutisse. Tous ces médias, tous ces fans, Ava était encore au lycée, et j'imagine qu'elle voulait une vie plus stable. J'ai très souvent pensé à elle.

Je ne mens même pas en disant cela.

— Quand l'idée de faire un faux couple m'est venue, je ne voyais personne d'autre qu'elle pour jouer le rôle de ma petite amie. Parce que je l'avais déjà aimée par le passé, parce que je la connaissais et parce que je savais qu'elle ne pourrait jamais me trahir. Avec elle je savais que nous offririons une belle image.

— Est-ce que ce faux couple a viré au vrai couple ? C'est vraiment la question qui brûle les lèvres des gens sur Twitter depuis quelques heures. Nous avons fait des sondages et regardez un peu le résultat...

Sur le grand écran derrière nous apparaissent alors deux jauges. Ceux qui pensent que ça a toujours été faux entre Ava et moi et ceux qui supposent qu'on s'est mis ensemble pour de vrai. Si elle savait comme je m'en tamponne de ce sondage, comme je m'en fous de l'avis des gens.

— Soixante-neuf pour cent, Jesse. Soixante-neuf pour cent des gens qui ont voté pensent que vous avez fini par tomber amoureux. Est-ce le cas ?

— Oui, de jour en jour. Quand le scandale a éclaté nous avions déjà discuté de tout ça, nous étions réellement ensemble, d'où notre surprise quand les journalistes nous ont surpris à l'aéroport en nous mentionnant ces faits dont nous ignorions qu'ils avaient fuités.

— Comment vous sentez-vous aujourd'hui, Jesse ? Êtes-vous soutenu par votre écurie ?

— Je me sens mal, parce que même si à la base c'était un *deal* pour qu'elle joue ma fausse petite amie, elle est devenue bien plus que cela, et je n'avais pas envie qu'Ava devienne la cible de journalistes qui répètent sans rien connaître de sa vie qu'elle est une *escort girl*.

— Je comprends tout à fait. Est-ce que vous savez qui est cette source ? Une personne de votre entourage ?

— Je crois savoir de qui il s'agit et je pense qu'elle doit être aigrie pour tenter de détruire la vie des gens juste pour un peu d'argent.

— Cette personne dit qu'elle a encore des choses à dévoiler, vous la croyez ?

Je hoche la tête.

— Peut-être veut-elle parler de l'argent que j'ai proposé à Ava ? Comme tout contrat, comme tout travail, il y avait salaire en retour.

— Si vous voulez être totalement transparent, peut-être pourriez-vous nous parler de cette somme ?

— Je lui ai proposé deux cent cinquante mille dollars pour qu'elle accepte de jouer ma fausse petite amie.

— C'est une sacrée somme.

— Je sais, mais je ne voulais personne d'autre qu'elle.

Chapitre 36

Ava

Mardi.

Je suis fatiguée, je dors très mal.

Mon matelas est horrible. Mon chien me manque, Jesse me manque. Mais je ne peux pas revenir, je ne peux pas me pointer chez lui, ni me pointer au prochain grand prix l'air de rien alors qu'à cause moi il a failli tout perdre. Même si ce n'était pas moi directement, la trahison est venue de mon côté et… c'est cette amie que j'ai défendue jusqu'au bout qui a sali sa réputation. Il me disait que c'était elle, et j'ai continué de la défendre.

Il ne veut plus me voir, j'en suis certaine.

Comment pourrait-il en avoir envie après ça ?

Mercredi.

Je l'aime et je ne lui ai même pas dit.

Je l'ai toujours aimé, et il ne le sait pas.

Alors que je descends la poubelle, je remarque que la porte de mon propriétaire est ouverte. Il y a plusieurs personnes dans le sas, qui discutent avec lui, je n'y prête pas attention, jusqu'à ce qu'un homme crie : « c'est elle ! » Mon cœur se met à battre contre ma cage thoracique. Quand je me retourne trois journalistes sont face à moi. Leurs microphones sont tendus vers moi, tout comme leurs appareils photo.

— Ava, une déclaration ? Ava, s'il vous plaît le monde entier attend une déclaration de votre part.

Je secoue la tête et je me tourne pour les fuir. Ont-ils le droit de harceler les gens comme ça ? Et qui choisit ce genre de métier ? N'ont-ils pas conscience qu'ils sont intrusifs et méchants ?

— Ava, qu'en est-il de votre relation avec Jesse Størm ?

— Puisque vous êtes ici, c'est que cette révélation dans la presse a mis fin à votre contrat ?

J'essaye de les ignorer, de réfléchir et je me pince les lèvres pour ne pas leur donner la satisfaction d'entendre le son de ma voix, même si je meurs d'envie de leur crier à tous qu'ils peuvent brûler en enfer.

— Ava, étiez-vous réellement l'*escort* de Jesse ? Est-ce que vous étiez plus que ça ? Vous a-t-il payée pour avoir des relations sexuelles avec lui ?

Mes mains tremblent sur la poignée de la porte. Je ne sais plus si je dois l'ouvrir et fuir ou si je dois la lâcher et monter m'enfermer chez moi.

— Ava ?

Je file vers la sortie et me mets à courir contre le vent et sous la pluie battante qui s'abat sur Denver.

Je me demande si lui aussi subit ce genre de chose, si on lui pose les mêmes questions et comment il réagit à ça.

Jeudi.

Je n'ai pas mangé depuis hier midi, il faut que je sorte, mais j'ai peur de tomber sur un paparazzi. Ils me flanquent la chair de poule, je les déteste. Ils s'acharnent à me suivre, et on se demande bien pourquoi. Je ne suis personne. Ils n'étaient plus là quand je suis rentrée après mon jogging sous la pluie, mais quand je suis sortie pour acheter à manger, ils étaient revenus et quand j'ai voulu me rendre au club de karting de mon père, deux m'ont suivie en voiture.

Jesse me manque de plus en plus et mon chien aussi. Je n'ose même pas lui envoyer un message et encore moins l'appeler pour lui demander comment je peux le récupérer. J'ai peur de craquer en l'appelant, j'ai peur de je ne sais pas quoi... qu'il m'abandonne pour de bon cette fois. En lui laissant Patmol peut-être que j'espère qu'il reste un lien entre nous et non une trahison dans la presse.

Vendredi.

Peu importe l'heure. Qu'il soit 6 heures du matin, midi, 15 heures ou même minuit, ils sont toujours là, au pied de mon immeuble. Et où que j'aille, ils me suivent et me prennent en photos. Ils me posent des questions sur moi, sur Jesse, sur notre relation. Je suis rentrée dans l'ancien karting de mon père il y a une heure et je n'ose pas ressortir, de peur de tomber sur eux.

Je n'avais pas imaginé une seule seconde que les journalistes me suivraient de la sorte. J'avais bien conscience de la notoriété de Jesse, mais de là à ce que cette révélation dans la presse les rende aussi fous... je ne suis personne. Juste une fille sans fric qui a accepté le *deal* foireux de son amour de jeunesse. Je ne mérite pas tout ce battage médiatique.

Je m'assieds sur une des banquettes poussiéreuses de l'ancien restaurant du karting et je souffle. Bizarrement, aujourd'hui, me retrouver dans cet endroit ne me soulage pas vraiment. Parce que les deux hommes qui ont le plus compté pour moi ne sont plus là.

Il me manque atrocement. Plus encore qu'il y a huit ans et pourtant, à cette époque, j'avais l'impression d'avoir été amputé d'une partie de mon cœur. Je guette chaque jour sur les réseaux sociaux les articles sur lui. Je suis à l'affût de la moindre chose qui le concerne. À mon grand soulagement, je n'ai rien vu à propos d'un éventuel licenciement de la part de son écurie ou de ses sponsors. Ils auraient été fous de se priver de lui, il fait partie de l'élite de la F1, aussi queutard qu'il ait pu être, personne ne peut lui enlever son palmarès.

Je laisse ma tête partir en arrière quand je sens quelque

chose me chatouiller les doigts. Je pousse un cri en agitant les mains quand je remarque une boule de poil familière.

— Patmol ! je m'écrie.

Il aboie et me fait la fête. Alors que j'attrape mon chien dans mes bras, je fouille la salle du regard, mais ce ne sont pas ses yeux à lui que je rencontre. Ce sont ceux d'un homme qui m'est familier. Large carrure, très grand, habillé tout en noir. Je me souviens.

— Vous êtes l'un des gardes du corps de Jesse ?

— Oui. Je me suis permis de rentrer, je suis désolé d'avoir troublé vos pensées. Mais je devais m'assurer que vous alliez bien.

— Merci d'avoir ramené Patmol.

— Il n'y a pas de quoi.

Je serre ma boule de poil dans mes bras. J'aurais aimé que ce soit Jesse qui me le rapporte, mais je suis simplement heureuse que mon bébé soit enfin là. Même si je crains que si Jesse me l'a fait ramener par l'intermédiaire de quelqu'un d'autre, cela signifie qu'il ne veut plus avoir affaire à moi.

— Je devrais vous payer un café pour avoir fait tout ce voyage afin de me ramener mon chien.

— Je n'ai pas fait ce voyage que pour cela et je n'ai pas besoin que vous me payiez un café. Je fais juste mon travail.

— Non ?

Je le regarde d'un air dubitatif.

— M. Størm m'a chargé de votre surveillance. Que vous soyez d'accord ou pas, tant que les journalistes vous traqueront, je veillerai à ce que rien ne vous arrive.

Mon cœur bat plus fort dans ma poitrine. Il veille encore sur moi. Je ne sais pas trop quoi penser. J'aimerais qu'il veille sur moi pour toujours. J'aimerais qu'on l'écrive pour de bon, notre histoire. Mes pensées font remonter ma tristesse, alors avant que le garde du corps ne voie mes larmes, j'enfouis mon visage dans le pelage de Patmol qui est toujours dans mes bras.

Samedi

J'ai été tellement privée du karting de mon père que je ne peux pas m'empêcher d'y venir. Je n'ai pas tellement la tête tournée vers l'avenir en ce moment, mais je sais qu'un jour cet endroit sera de nouveau ouvert et plein de vie. Le garde du corps de Jesse est à l'entrée, les bras croisés sur son torse. Je me suis dit que ce serait sympa de commencer à nettoyer les bureaux, à dépoussiérer tout ça… accompagnée de Patmol, je débarque dans le bureau de mon père. La poussière a élu domicile ici. Je glisse mon doigt sur son bureau. J'y trace une vague avant de m'asseoir sur le vieux siège usé. J'ouvre les tiroirs. Il n'y a plus rien dedans, excepté une enveloppe blanche. Sans rien écrit dessus. Et des vieux *flyers* du temps où c'était encore ouvert. Je me sens bien quand je suis ici. Lentement, j'ouvre l'enveloppe persuadée qu'elle est vide, pourtant, je me fige en reconnaissant l'écriture de mon père. Je sors le papier plié, et lorsque je vois le prénom écrit dessus, mes yeux me brûlent. Je voudrais, je devrais la ranger mais c'est plus fort que moi. Je la lis.

Dimanche

Je suis plus rassurée maintenant qu'Owen est là. Il n'est pas bavard, il se contente de me suivre comme mon ombre et il éloigne les journalistes qui m'approchent d'un peu trop près. Je ne sais pas quand cette folie va s'arrêter, mais, j'espère que ça ne va pas tarder, car je me sens fatiguée. J'aimerais retrouver un rythme de vie normal, même si je ne sais plus trop ce que c'est.

Après une petite heure, on rentre à la maison. Arrivé dans l'escalier qui mène à notre étage Patmol grogne.

— Qu'est-ce qui se passe, mon grand ?

Je regarde autour de moi, il ne semble pas qu'il y ait des journalistes. Et Owen nous suit sans rien dire. Mon chien aboie quand on parvient dans le couloir, et il tire comme un fou sur sa laisse. Tellement fort qu'elle m'échappe. Je le regarde galoper jusqu'à la porte de mon appartement et gratter contre celle-ci en grognant.

— Patmol ?

J'ouvre la porte, perplexe, mais lorsque j'entre dans le salon, mon cœur manque un battement. Exactement comme il y a trois mois. Mais en même temps, tout est différent. Il est assis sur mon canapé à m'attendre, sauf que cette fois, mon chien ne le mord pas mais le lèche, parce qu'il est ravi de le revoir. Et moi, je ne suis pas en colère, non, je suis à la fois heureuse et triste.

Chapitre 37

Jesse

J'ai voulu la surprendre, comme la première fois, quand je suis revenu dans sa vie et que je l'attendais chez elle comme un connard présomptueux et imbu de lui-même. Je me redresse et je la dévore des yeux. Elle est magnifique, la femme de ma vie.

— L'accueil n'est pas le même, je dis.

Elle me sourit. Ce sourire dont je ne sais plus me passer, ce sourire que je veux voir me porter à chaque course.

— Je peux te mordre la main, si tu veux, dit-elle d'une petite voix. Je suis tellement heureuse que tu sois ici.

Je sais ce qu'elle a subi ces derniers jours et je crois comprendre pourquoi elle n'est pas revenue. Elle avait peur que je ne veuille plus d'elle, que je sois en colère et que mon écurie ne veuille plus que je la fréquente après cette histoire. Je sais maintenant que je la vois que je n'aurais jamais accepté que mon boss m'interdise de la revoir. Je l'ai sacrifiée une fois pour la Formule 1, je ne recommencerai jamais.

Je la prends dans mes bras, et elle sanglote quand d'une main je guide son visage vers mon torse. Elle referme ses bras autour de moi, j'en fais autant. Elle m'a manqué. Je la serre fort pour m'imprégner des sensations que j'éprouve de la retrouver. C'est la dernière fois que je la laisse partir comme ça.

— Je vais te dire plusieurs choses, Ava. J'ai besoin que tu m'écoutes.

— Oui ?

— D'abord, je t'aime, Ava. Je t'ai toujours aimée. Je t'aime et je suis revenu te chercher parce que je sais que c'est réciproque, mais tu es une idiote. Une idiote qui pense que je ne veux pas d'elle dans ma vie, qui a peur.

— Je ne suis pas idiote.

Je l'embrasse sur le nez, puis le front.

— Un peu si, mais j'adore les idiotes. Elles me font craquer. Je tombe toujours amoureux d'elles. Pire, de la même idiote. La première fois que j'ai craqué pour toi, tu es arrivée devant moi avec du maquillage plein le visage en pensant que je ferais attention à toi. Je t'avais déjà remarquée depuis longtemps. J'ai récidivé quand tu m'as frappé le torse avec ta tête et qu'on s'est embrassés. Je me suis dit : « Jesse si tu l'embrasses, tu vas y laisser ton âme. » J'ai plongé direct parce que je savais que ce serait incroyable.

— Deux idiots, j'ai l'impression.

Je caresse sa joue en hochant la tête.

— J'avais envie de tomber amoureux de toi, parce que je me souvenais de ce que ça faisait et que je voulais me prendre ces sentiments de plein fouet.

— T'es fou.

— Ava, j'assumerai notre histoire jusqu'au bout. Elle n'est pas conventionnelle, mais je n'en ai pas honte. C'est vrai, nous étions un faux couple pour calmer le jeu sur mes conneries, mais on est retombés amoureux et c'est tout ce que je retiens. Les gens connaissent la vérité, et je m'en fous. Au moins, je n'aurai plus à mentir.

— Dire qu'on est retombés amoureux...

Je souris.

— Tu sais, je me demande si on a cessé de l'être un jour.

Elle ouvre la bouche, mais les mots semblent lui manquer.

— Ensuite, il faut que tu saches que j'ai une vie mouvementée. Une vie régulée par la F1. Je bouge souvent, je m'entraîne souvent. C'est une vie très médiatique. Je crois savoir ce que tu as subi ces derniers jours avec les journalistes qui te suivaient et je comprends que ça t'ait fait peur. Ils sont comme des vautours avides de chair fraîche. Si on officialise notre relation, tu vivras cette vie mouvementée et médiatisée avec moi. Je suis désolé de t'imposer leur présence, mais je ne peux pas faire autrement. Je n'ai pas de contrôle là-dessus.

— Je sais...

— Mais je peux t'assurer qu'on sera loin des scandales qui nous ont amenés à ce *deal*. J'ai des avocats, et Zayn veillera toujours sur nous.

— Ton écurie, tes sponsors, Zayn, ils...

— Personne n'a le droit de me dire qui fréquenter. Une fois, j'ai laissé un homme me dire ce que je devais faire et crois-moi, je ne suis pas près de recommencer, personne ne m'interdira de t'aimer et de faire ma vie avec toi.

Ava sourit.

— Bien sûr cette histoire n'a fait plaisir à personne, mais pour contrer les futures révélations de Tilda, j'ai donné une interview à cœur ouvert où j'ai parlé de nous avec la plus grande sincérité. J'ai parlé du *deal*, de notre relation avant et après, de combien tu as touché. Pour éviter que Tilda ne se fasse de l'argent ou même qu'elle dévoile quelque chose d'intime, il fallait la jouer ainsi, comme ça, elle n'a plus rien à dire puisque j'ai déjà tout déballé.

— Tu as fait ça ?

Elle secoue la tête, surprise.

— Tu l'ignorais ?

— Oui... je, j'ai un peu fui les réseaux sociaux, et Owen était plutôt efficace contre les journalistes ces deux derniers jours, ils ne m'ont pas approchée. Tu as vraiment tout dit ?

— J'ai été le plus honnête possible. C'était, à mon sens, la meilleure chose à faire. Pour que Tilda ne profite plus de toi ni de notre histoire et pour que les journalistes se taisent.

Elle acquiesce.

— Tu as eu raison. Alors tu n'es pas viré ?

— Non, je dis en souriant. Je suis beaucoup trop doué pour ça. Malgré le *deal* entre nous, mes résultats sont très bons, j'entends par là que cette histoire ne m'a pas causé de tort, niveau performance. Je crois même qu'essayer de briller à tes yeux, te rendre fier, vouloir coûte que coûte que tu sois de la *team* Jesse Størm a contribué à me rendre encore meilleur cette saison.

— T'as réussi ton coup.

— Le meilleur que j'ai jamais joué. Tout ce qui compte, c'est nous. Je ne suis pas bien sans toi, je ne me sens pas complet. C'est un fait. Je pensais être heureux parce que j'aimais ma vie et que je la vivais à fond, mais quand je vous ai eues, toi et la Formule 1 en même temps, j'ai compris que je vivais à côté du bonheur depuis longtemps. Je veux vivre notre histoire pleinement, sans condition. Et j'aimerais beaucoup que ce soit réciproque. Que toi aussi tu veuilles la même chose.

Elle reste bouche bée.

— Avec passion, dévotion... je veux qu'on retrouve ce qu'on avait avant qu'ils ne détruisent tout. Je veux te voir sourire, rire et même râler. Je veux que tu mettes des coups de tête dans mon torse. Et surtout, je veux que nos sentiments soient réciproques.

— Je veux, je veux, je veux... tu fais encore un caprice de star.

Je souris.

— Je t'aime Ava-*da Kedavra*.

J'essuie une de ses larmes.

— Je crois qu'on va y arriver alors. Je t'aime moi aussi. Tu sais, j'ignorais qu'elle allait faire ça et j'en suis désolée.

— Comme si tu avais besoin de te justifier. Les gens sont justes décevants parfois. Je suis désolé que tu aies perdu ta meilleure amie de la sorte et j'imagine pour un paquet de fric qu'elle aura rapidement dilapidé...

Elle hoche la tête.

— Moi aussi, mais je ne veux surtout pas être amie avec une personne aussi malveillante. J'avais envie de la frapper parce qu'elle s'est comportée comme une vraie garce y compris devant moi, mais j'avais peur qu'elle ne salisse un peu plus ta réputation si je le faisais.

Je l'embrasse à nouveau sur le front.

— Merci.

— Mais si elle sort de nouvelles choses, sur nous ?

— Elle aura affaire à mes avocats mais je ne crois pas qu'elle ait grand-chose de plus sur nous. Et puis, je ne compte pas laisser passer ça. Zayn a déjà réglé les papiers concernant cette formation que tu lui avais offerte. Ne t'en fais pas, je ne lui permettrai plus jamais de nous nuire. Si tu te souviens lui avoir dit quelque chose de vraiment compromettant, on avisera.

— Je ne crois pas non...

— Alors tout ira bien, j'en suis certain. En attendant, j'aimerais qu'on ne parle plus d'elle... elle ne le mérite pas.

— Je suis bien d'accord.

Je la serre dans mes bras pendant de longues secondes. Profitant de ce drôle de calme, appréciant d'avoir retrouvé la femme que j'aime. Je sais que les journalistes lorsqu'ils nous reverront officiellement ensemble reviendront à la charge, mais on sera tous les deux et, je pense qu'on survivra à cette épreuve.

— Jesse ?

— Oui ?

— Dis-moi que tu m'aimes en norvégien...

— Que tu m'aimes en norvégien, je dis alors, le sourire aux lèvres.

Sa tête se heurte alors contre mon torse, pour mon plus grand bonheur.

— *Jeg elsker deg.*

Ava se presse davantage contre moi.

— Au fait, ta présence ici ne va pas impacter ta prochaine course ?

— Tu m'aimes, Ava, et c'est le seul carburant dont j'ai besoin. L'adrénaline que tu apportes à mon cœur mêlée à celle que la F1 me fout aux tripes vont me rendre incroyable, je te jure...

— Toujours aussi imbu de toi-même... Tu t'entends ?

— Non, je crois en moi et, encore une fois, c'est toi... C'est la façon dont tu me regardes qui me donne cette assurance.

Se hissant sur la pointe des pieds, elle pose ses lèvres sur les miennes. Le baiser que nous échangeons est lent, doux, incroyable. Peu importe ce qui se passe à partir de cet instant, je sais qu'on sera heureux ensemble.

— Je dois repartir demain pour la prochaine course, tu veux venir avec moi où tu souhaites rester ici ?

— Je veux voir cette confiance en toi sur la piste, raille-t-elle. Mais il faut que je te montre quelque chose avant que l'on parte. C'est important.

Je plisse les yeux.

— J'ai trouvé quelque chose dans le bureau de mon père. C'est pour toi. Je crois qu'il est important que tu le voies.

— Dis-moi...

Elle hoche la tête et elle s'en va vers son buffet. D'un tiroir, elle en sort une enveloppe blanche qu'elle me donne.

— Si c'est de l'argent...

— Ouvre !

Il s'agit d'une lettre. Les larmes me montent aux yeux quand je vois la signature au bas du feuillet que je déplie.

« JESSE,

Je ne sais pas bien par où commencer cette lettre, je pensais que ce serait facile, mais il faut croire que non. Alors désolé si les mots deviennent brouillons, ou un peu fouillis... je

veux juste t'écrire ce que j'ai sur le cœur. J'en ai besoin et peut-être que toi aussi.
J'ai fait en sorte de mener ma vie sans regrets mais, aujourd'hui, alors que mon cancer se fait de plus en plus invasif, je ne peux plus me voiler la face… si devoir quitter Ava alors qu'elle est encore si jeune est un grand regret, tu es mon second et le plus lourd depuis toutes ces années…
Te pousser à partir vivre ta passion, te pousser à quitter cette vie ici qui ne t'aurait jamais rendu heureux et… à quitter Ava, a été l'une des épreuves les plus difficiles de ma vie. Je vous ai fait du mal à tous les deux, mais ça me semblait être la chose la plus intelligente à faire. Quand on est parents, on essaye de faire le mieux possible pour nos enfants. Parfois maladroitement, mais on essaye. Je ne voulais pas qu'elle souffre de tes départs à répétition, de la vie qui t'attendait, tout comme je ne voulais pas que tu te prive de cette vocation qui était la tienne juste par obligation ou dévotion pour votre couple. Te pousser à partir me semblait si logique… pourtant, j'ai souffert de ton départ. Ava aussi. Tu me manques et j'aurais aimé que tu sois moins borné que moi, que tu reviennes en me disant d'aller me faire foutre. Je t'aurais accueilli à bras ouverts. Je savais qu'elle t'aimait, je savais que tu l'aimais et… je suis certain qu'un jour vous vous retrouverez. J'ai la conviction ancrée dans mes tripes que ce n'était pas le bon moment. Tout comme après vous avoir vus, impuissant, tomber amoureux, je crois honnêtement qu'un amour pareil ne s'évanouit pas comme ça.
Mon garçon, sache que je n'ai manqué aucune de tes courses, jamais. Ta première pole position, ta première

compétition, ton premier sacre de champion du monde… j'ai tout vu les yeux rivés sur l'écran de ma télé. Le cœur battant, les larmes aux yeux, le poing serré et le sourire aux lèvres. Je ne sais pas si je suis ton plus grand fan, mais je ferai toujours partie de ces gens qui t'acclament. Tu es doué, tu as toujours eu en toi les tripes de t'illustrer dans ce milieu. Dès que tu t'es pointé, j'ai su, j'ai vu en toi ce potentiel débordant, cette fougue dévorante, cette envie féroce. J'ai tout de suite compris que tu serais un grand pilote, que tu laisserais ton empreinte dans l'histoire de la Formule 1 si seulement on t'en donnait la chance. Je suis heureux de l'avoir fait. Après Ava, tu es ma plus belle fierté. J'ai toujours eu la sensation au fond de mes tripes que tu étais comme un fils pour moi… Je ne sais pas si cette lettre te donnera le même réconfort qu'à moi, mais sache que je t'aime, petit merdeux, et que je suis désolé de vous avoir éloignés l'un de l'autre.

PS : Même si elle est forte, même si elle n'a besoin de personne, veille sur elle pour moi.

KIRK »

J'accuse le coup des mots que je viens de lire. Je n'attendais rien de lui, même si je l'espérais. Cette lettre, c'est un cadeau du ciel. C'est un pansement pour mon âme, c'est un baume sur mes pensées… le choix de Kirk n'était peut-être pas le bon, mais qui étais-je pour contester la décision d'un père à cette époque ? Peut-être qu'il avait raison, nous étions trop jeunes. Peut-être savait-il que la Formule 1 était une passion plus forte que tout et que je devais la vivre… et qu'il a pris cette décision pour m'aider, pour me pousser à aller vivre mon rêve. Peut-être avait-il senti qu'Ava était la seule barrière qui se trouvait entre mon rêve et moi. Je n'arrive pas à lui donner totalement raison ni totalement tort.

— Tout va bien ? souffle Ava.

— Oui, très bien.

Je lui souris. Elle s'approche de moi, se love à nouveau dans mes bras. Je me sens complet, comme si j'avais toujours attendu de retrouver Ava, comme si j'avais toujours attendu les mots de Kirk. Cette lettre me rend heureux, elle me fait du bien à l'âme.

— Merci de me m'avoir donné cette missive. J'ai longtemps eu besoin d'entendre ça… j'espérais qu'il me dise quelque chose dans le genre. Ça panse des années de solitude.

Et ça me conforte dans l'idée qu'il doutait de cette décision, qu'il était fier de moi et qu'il m'aimait. Savoir qu'il a vu toutes mes courses, le lire avec ses mots…

— On ne peut rien changer, soupire Ava. On peut juste se dire qu'on est ensemble maintenant…

Je caresse sa joue.

— Il avait raison, on s'aime encore. Et je compte veiller sur toi. Plus question que tu sois loin de moi. Je n'aurais pas la force de vivre ça une deuxième fois. Plus jamais, Ava.

Elle souffle contre moi. J'embrasse son front.

— Alors, est-ce que tu veux qu'on officialise notre relation ? je demande. Avec tout ce que ça implique. Toi et moi, comme ça aurait toujours dû être. Nous deux, sans *deal*, sans conditions. Toi et moi à égalité, même si on sait tous les deux que tu me bats à plate couture.

— Je veux officialiser notre relation, soupire-t-elle. Même si à chaque fois que tu dis ce genre de chose je craque pour toi.

Cette fois, je l'embrasse à pleine bouche. Elle me rend mon baiser avec ardeur, puis avec délicatesse.

— Je t'aime, Ava.

Lentement, on atterrit sur le sofa. Elle s'assied à califourchon sur moi.

— Tu aurais pu m'accueillir comme ça la première fois que tu m'as revu.

Elle se presse contre moi.

— Et rater tous les préliminaires de notre fausse histoire ? Voyons, on se serait ennuyés sans défis, sans étincelles...

— Dit comme ça...

Ava se penche pour m'embrasser à nouveau.

Son odeur, sa peau douce, son goût, elle m'avait manqué. Mais plus question de me passer de ces sensations, plus question de me passer d'elle et de l'amour que je ressens à son égard. On m'a toujours dit que j'avais une chance insolente quand je pilotais. Je ne le crois pas ; je pense que je suis simplement doué. En revanche, j'ai une chance insolente en amour, parce que le destin m'a remis sur le même chemin que cette fille avec les mains toujours pleines de cambouis dont j'étais amoureux. Je compte bien rattraper tout ce temps avec elle. Tout comme j'ai vécu ma passion comme un fou, je vivrais avec Ava de la même manière. Comme un fou.

Épilogue

Ava

Deux ans plus tard

Qui aurait cru qu'un jour, j'assisterais à l'avant-première d'un film ? Un film tiré de ma propre histoire d'amour.

À peine un an après la trahison de Tilda, notre histoire d'amour faisait toujours autant parler. Et, à mon grand étonnement, les gens ont fini par conclure que c'était digne d'une comédie romantique. Pourtant, jamais je n'aurais imaginé qu'un producteur prenne contact avec Jesse pour en faire un film. J'ai beau être face au parterre de journalistes présents pour l'occasion, j'ai toujours du mal à en prendre conscience. Jesse se penche vers moi, et m'embrasse sur la joue. Comme à son habitude quand nous sommes face aux journalistes, il me glisse des compliments à l'oreille. Cette fois, en norvégien. Ces derniers temps, il m'apprend à le parler et, cet hiver, on va y passer deux semaines.

On ne s'est plus quitté après nos retrouvailles. J'ai affronté la presse avec lui, on a officialisé notre relation, et je n'ai jamais eu à le regretter. On rattrape le temps qu'on a perdu.

— On ne l'a jamais fait dans un cinéma.

Je tente de rester de marbre face aux journalistes qui nous mitraillent encore de photos.

— C'est fini les scandales.

— N'empêche que ça pourrait faire une histoire pour un deuxième film.

Je ris.

Il était déjà imbu de lui-même, alors un film qui parle de son histoire d'amour et aussi par conséquent de lui, c'est grandement flatter son ego.

Je soupire quand on quitte enfin le tapis rouge. J'ai beau me prêter de mieux en mieux à ce petit jeu, je ne suis toujours pas très à l'aise dans ce genre d'exercice.

Tandis qu'on s'installe dans la salle de projection, je fixe l'écran sur lequel il est inscrit : *Drive Me Insane*, avec la photo du couple qui joue nos rôles. Alors que le monde afflue, je me demande toujours si Tilda est verte de jalousie. Elle a bien essayé de me recontacter, mais je ne lui ai jamais répondu. J'ignore ce qu'elle voulait et je ne veux pas le savoir. Elle n'a eu aucun scrupule pour Jesse et même pour moi, juste pour se faire un peu de fric. Elle n'a jamais révélé son visage à la presse car quelques jours après, les gens ont commencé à l'insulter massivement sur les réseaux sociaux, à dire qu'elle était toxique, ce genre de chose... je ne sais pas si elle l'a bien vécu. Et comme Jesse avait donné une interview dans laquelle il a parlé de nous à cœur ouvert, elle n'avait plus rien à dire. Je crois même que c'est cette interview qui a rendu les gens un peu haineux vis-à-vis de Tilda.

Je ne sais pas si elle verra ce film un jour, ou même si elle regarde encore les infos qui nous concerne Jesse et moi, mais j'espère que oui. Et j'espère qu'elle crèvera de jalousie en voyant les acteurs qui jouent nos rôles.

Dacre Montgomery et Madelyn Cline.

Mentalement je pousse un cri hystérique rien que de dire leurs noms. Et un autre quand le duo d'acteurs s'assied à côté de nous.

Dans quelle vie ce genre de chose arrive ?

Encore un an après

Jesse pilote toujours et il est toujours aussi doué. Et avec une passion dévorante ; il me suffit de voir son visage radieux avant et après une course pour comprendre à quel point, il est heureux.

Je me dis souvent qu'il a eu raison de partir vivre sa passion il y a maintenant onze ans de cela. Il n'aurait jamais été heureux sinon. Ce sport est fait pour lui, c'est une part de ce qu'il est. Honnêtement, je n'ai pas vu le temps passer, mais je profite de chaque jour pleinement. Je sais la chance que j'ai d'avoir retrouvé l'homme que j'ai toujours aimé et de vivre avec lui. Quand il n'est pas sur tous les circuits automobiles du monde, on vit entre le Colorado et la Californie. Je m'occupe du karting à distance quand on est à Los Angeles, mais il marche du tonnerre. Voir cet endroit renaître de ses cendres est l'une de mes plus grandes fiertés. Il a suffi que les gens sachent que Jesse Størm avait fait ses premiers essais avec un volant ici, et qu'il venait souvent, pour que le monde afflue en masse. Papa aurait été heureux de voir ça. J'aime y être, cela restera à tout jamais mon lieu préféré au monde.

Le cœur battant, je regarde sa monoplace prendre la pole position. Dans l'écurie, ce sont des hurlements de joie. S'il maintient sa place, il sera champion du monde cette année.

Quand il franchit la ligne, je pleure de joie.

Il nous faut de nombreuses minutes pour nous retrouver. Je me jette dans ses bras et je l'embrasse. Je ne le lui dis pas, mais il sait combien je suis fière de lui. Pour le voir chaque jour, je sais qu'il donne tout ce qu'il a pour être le meilleur et quand il gagne ainsi, c'est encore plus beau. Le bonheur est imprimé sur des traits. Il rayonne, et j'ai l'impression qu'il n'a jamais était aussi beau.

Il se met soudain à genoux.

Tout le monde nous regarde, son écurie, les journalistes. Il y a des cris. Je crois comprendre, et mon cœur bat soudain tellement fort que j'ai l'impression qu'il va lâcher.

Non… ce n'est pas possible.

Puis il ouvre un petit écrin et glisse son regard dans le mien. Il n'a encore rien dit, mais j'ai déjà envie de pleurer.

— Ava, mon ange, pour rendre cette journée vraiment parfaite, accepterais-tu de me donner ta main ?

— Oui.

Je veux crier pourtant, j'ai l'impression que c'est un souffle qui m'échappe. Il glisse un anneau à mon doigt, et les gens hurlent autour de nous. Je me love dans ses bras. Il m'embrasse encore.

— Je t'aime, glisse-t-il contre mon oreille.

— Je t'aime.

J'avais tort tout à l'heure car, à cet instant précis, il semble plus beau que jamais. Il irradie de mille feux. Si le bonheur peut se matérialiser, alors il a les traits de l'homme de ma vie. Si le bonheur peut s'écouter, alors sa mélodie est celle des battements de mon cœur.

Remerciements

À la meuf qui squatte absolument tous mes remerciements, la nana qui lit avec amour et dévotion tous mes manuscrits, *because*, elle n'a pas le choix. Ma Jiminie, merci, merci, merci. Cette fois sans doute plus que les autres. Merci pour tes vocaux, tes explications, tes croquis… Comme d'habitude, je remercie la lecture, le ciel, la vie… de t'avoir foutu sur ma route. Je t'aime ma Jiminie.

À Manu, merci pour ton aide précieuse, même à deux jours de rendre mon manuscrit.

À la team HarperCollins d'avoir cru en cette histoire quand j'ai juste dit : fake dating + F1. Merci pour la confiance et la cover incroyable !!

À Sylvie qui m'a suivie jusqu'ici, merci d'avoir bossé cette histoire avec moi.

À Spotify et mes écouteurs, sans vous, je ne suis rien.

Édité par Harper Collins France

Composition et mise en pages
Nord Compo à Villeneuve-d'Ascq

Achevé d'imprimer en janvier 2024.

CPI
FIRMIN-DIDOT

à Mesnil-sur-l'Estrée (Eure)

Dépôt légal : février 2024.

Pour limiter l'empreinte environnementale de ses livres, HarperCollins France s'engage à n'utiliser que du papier fabriqué à partir de bois provenant de forêts gérées durablement et de manière responsable.

Imprimé en France